国学经典

辛弃疾词选

[宋]辛弃疾 著
李之亮 注评

中州古籍出版社

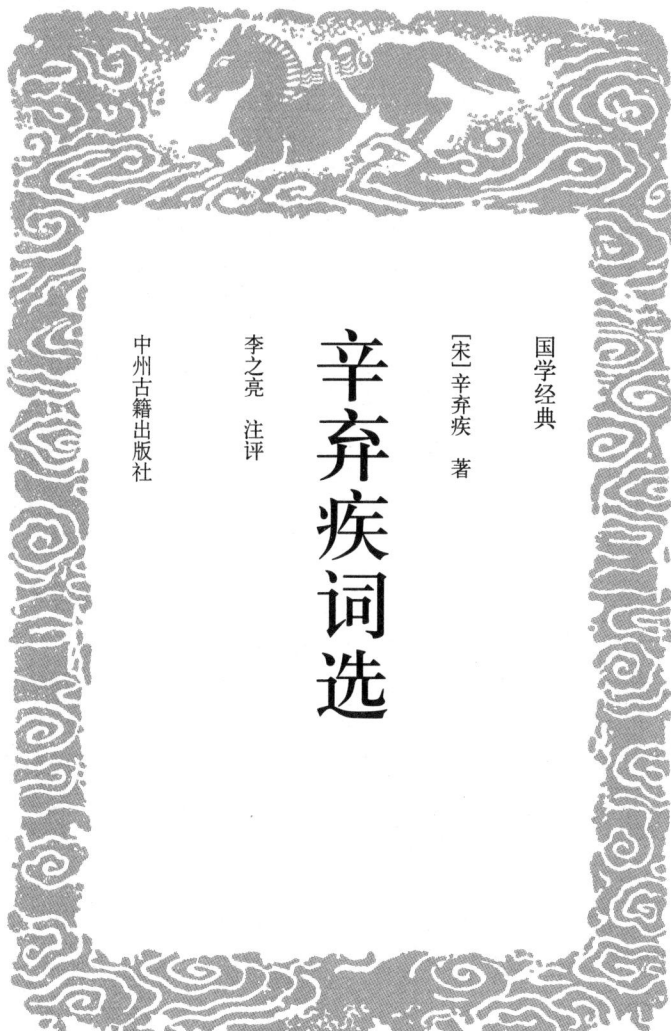

辛弃疾词选

前　言

辛弃疾，字幼安，号稼轩。历城（今山东济南）人。生于金熙宗天眷三年（1140），也就是宋高宗绍兴十年，卒于宋宁宗开禧三年（1207），享年六十八岁。《宋史》卷四〇一有他的本传。

辛弃疾的少年和青年时光，是在金人统治下的"金国"度过的。1149年，金主完颜亮杀死熙宗完颜亶自立为帝，改元天德。此人是个极其残忍又野心勃勃的家伙，即位四年，便把都城从东北的会宁府（今黑龙江哈尔滨东南）迁到了燕京（今北京），发疯般地征兵屯粮，积极为南侵临安做准备。他这样做受害最深的当然是中原百姓，以致当时山东、河北等地，已经到了民不聊生的地步。哪里有压迫，哪里就有反抗，到了正隆六年（1161），南宋高宗绍兴三十一年八月，完颜亮"自将三十二总管兵伐宋"，准备一举攻占南宋之际，山东中部先后出现了两支农民起义军队伍，一支是济南农民耿京发起并领导的，另一支便是年仅二十一岁的辛弃疾领导的。完颜亮被部下杀死后，金国内部矛盾进一步激化，暂时无暇顾及起义军，耿京趁机自称天平军节度使，节制山东、河北忠义军马。辛弃疾认为这是个很好的抗金机会，为了扩大义军规模，集中兵力与金人作战，他主动率领自己的队伍归并到耿京麾下，并担任了耿京的节度掌书记。尽管当时形势对起义军来说十分有利，有远见卓识的辛弃疾还是认为孤军作战，想在短时间内推翻金人的统治是不可能的，于是他向耿京建议：归顺宋朝，与南宋大军南北夹击，才能最终收复失地。耿京采纳了辛弃疾的意见，并委派他为特使前往临安，向南宋朝廷奉表称臣，商议如何抗金事宜。

绍兴三十二年（1162），辛弃疾带着耿京的嘱托来到江南，高宗在建康府亲自召见了他，并下诏任命耿京为宋王朝的天平军节度使，辛弃疾为天平军节度掌书记。谁知就在辛弃疾南下期间，义军叛徒张安国竟然将耿京杀害了。辛弃疾回到海州（今江苏连云港）才得知这个消息，"与众谋曰：'我缘主帅来归朝，不期事变，何以复命？'"（《宋史·辛弃疾传》）当时张安国已经当上了金国的济州（今山东巨野）知州，悲痛与盛怒之下的辛弃疾做出了一个惊天的决定，他要一闯金营，亲手把叛徒杀死，为耿京报仇。说干就干，他与统制官王世隆和忠义人马全福等几十人连夜赶到济州。张安国正与金将饮酒，辛弃疾直冲上前，硬是在大厅广众之中将张安国抓获，马不停蹄地连夜南行，直到过了淮河才稍稍松了口气。随后"献俘行在，斩安国于市"，可耻的叛徒最终得到了应有的惩罚，年仅二十三岁的辛弃疾也因此受到朝野士民的广泛称赞。然而南宋朝廷不但没有让辛弃疾继续领兵，反而把他带过来的万余名士兵遣散（辛弃疾擒住张安国后，当即动员了万余人弃金奔宋），命他担任了承务郎、江阴军签判。怀着一腔热血、千辛万苦才来到南宋，本想轰轰烈烈干出一番大事业的辛弃疾，像被兜头浇了一盆冷水，从头凉到了脚，他这才醒悟：原来南宋朝廷对自己并没有太多的信任，他们忙不迭地要做的第一件事，竟然是解除自己的兵权！他深感对不住那些已经被散置在淮南州县中的义军勇士，好像是自己欺骗了他们，然而一切只能暂时如此。

宋孝宗赵昚即位后，大有驱除金虏、恢复旧疆的宏伟志向。他任用主战派将领张浚主持军政，积极准备北伐。可惜符离（在今安徽宿州）一战，宋军大败，朝廷中主和的一派又占了上风。在此期间，辛弃疾认真分析了敌我形势，认为符离之战虽败犹荣，起码扭转了绍兴时期秦桧一味妥协投降的卖国方针，对南宋军民的抗金情绪也具有很强的鼓舞意义，南宋不应因一战之败再次改变既定的方针。他根据自己以前的作战经验还认为，与敌作战，"一鼓作气"是非常重要的，打仗一定要争取主动，不能总是疲于应对，敌人来了不得不打，那样会使自己先陷入被动地位，士气也很难激励。他把这些想法以及若干建议写成奏章，取名为《美芹十论》，于乾道元年（1165）呈递给孝宗。《十论》不但冷静地分析了敌我形势，更可贵的是，奏章中充满了必胜的信心。可惜辛弃疾来到南宋后，一直处在被边缘化的状态，又只是个地方小官，谁能把他的议论当成头等大事来对待呢？南宋与金的胶着与对峙，就这样又挨了好几年。

然而孝宗的抗战决心并没有因史浩等主和派占上风而消磨，乾道五年（1169）八月，曾在采石矶大战中立下大功的虞允文（这一战金主完颜亮被部下杀死，彻底改变了宋金格局），自枢密使升为尚书右仆射、同平章事兼枢密使。虞允文是个坚决主战的大臣，且很懂得招揽人才。《宋史·虞允文传》说："允文多荐知名士，如洪适、汪应辰。及为相，籍人才为三等，有所见闻即记之，号《材馆录》。凡所举，上皆收用，如胡铨、周必大、王十朋、赵汝愚、晁公武、李焘，其尤章明者也。"此时辛弃疾正在建康府通判任上，他抓住这个机会，再次把自己的主张写成九篇文字，取名《九议》，呈给了虞允文。这次上书很有效，乾道六年，孝宗亲自在延和殿召见了他。也是他命运不好，当时南宋刚刚与金人订立了和约，所以他的这些建议又被搁置了下来，这使得辛弃疾十分失望，他的很多表现壮志难酬的词，都是在此期间写的。虞允文在相位时，处理了不少朝廷内部的棘手事，如立太子、选谏官、选经筵讲官、整顿三衙等，使南宋原本乌烟瘴气的朝政肃清了很多。乾道八年，虞允文请求退位，授少保、武安军节度使、四川宣抚使，进封雍国公，回到了老家四川。临行时，孝宗对他寄托了极大的希望，甚至明明白白地对他说："丙午之耻，当与丞相共雪之。"正当南宋君臣摩拳擦掌准备大举北伐、辛弃疾很快将有机会报效祖国时，虞允文于淳熙元年（1174）病逝，北伐之议骤然松懈下来。此后的辛弃疾，只能耐住性子，一年又一年地在温暾水般的政治气氛中打熬着岁月，此间曾担任过一任滁州知州。

淳熙元年正月二十六日，左朝散大夫叶衡受命知建康府（今江苏南京），辟辛弃疾为江东留守司参议官。叶衡早就对辛弃疾十分看重，二人的亲密交往，使叶衡更加器重这个年轻人。不到一个月，叶衡便被召赴行在，担任了签书枢密院事。六月，除参知政事。十一月，自兼枢密使、参知政事除右丞相。叶衡的火箭式升迁对辛弃疾来说无疑是件好事，果然，经叶衡举荐，辛弃疾也被提升为仓部郎官、提点江西刑狱。而后又调京西转运判官，改差知江陵府（今湖北江陵）兼湖北安抚，不久又迁知隆兴府（今江西南昌）兼江西安抚，召为大理少卿，出为荆湖北路转运副使，改荆湖南路转运副使，未久知潭州（今湖南长沙）兼湖南安抚。又加右文殿修撰，差知隆兴府兼江西安抚。这段时间，辛弃疾虽然不可能立马疆场，毕竟在仕途上还算比较顺利，担任了好几任方面大员。然而好景不长，淳熙八年，他受到言官莫须有的弹劾，不得不离开官任，提举武夷山冲佑观去了。宋朝的"提举武夷山冲佑观"为"祠禄官"，这是宋朝特有的一种官，即处置那些既没有太大错误又不受朝廷看重的官员，给他们一个管理道观的差使，实际上只是保留他们的部分俸禄，不让他们再主持官事而已。至于居住在何处，没有一定的限制，他完全不必真到武夷山去上班，可以随意自选居住地，所以他选择了上饶铅山。他大概没有想到，他竟然在铅山一住就是十年！直到光宗绍熙二年（1191），才被朝廷想起，给了个福建提点刑狱的差使。绍熙四年八月，就地改任福建安抚使兼知福州。次年八月，再次遭台臣王蔺等人弹劾罢归。到了宁宗嘉泰三年（1203）六月，二度闲居了十年的辛弃疾被命为浙西安抚使兼知越州（今浙江绍兴），当年十二月被召回朝，又任知镇江府一年多，开禧元年（1205）六月十九日改知隆兴府，七月初五日再度宫观。临终前，朝廷曾任命他为枢密都承旨，可惜此时的辛弃疾已经心力交瘁，还没受命便与世长辞了。

辛弃疾为什么到了晚年又突然被起用？这和南宋一位有争议的权臣韩侂胄有直接的关系。韩侂胄是北宋名相韩琦的后代，他清除异己握稳权力后，发誓要在他主政期间将北方失地收回来。辛弃疾自然是他必须要用的人才之一。已经等得太久的辛弃疾终于又回到了朝廷的视野。他受召回朝时，爱国诗人陆游写诗为他送行，直接将他与管仲、萧何相比。到了镇江，镇江人刘宰也把他比做张良、诸葛亮，足见他在当时士子的心目中有多么高的声望，人们对他寄托了多么厚的期望。韩侂胄决意北伐，无疑与辛弃疾切盼了大半生的愿望相吻合，他当时是非常赞成的，内心的激动也不难想象。在镇江,他积极安排战守之具,工作做得有声有色。正当他满怀豪情地自称"廉颇老矣,尚能饭否",准备把余生贡献给祖国一统的大业时,又"坐缪举,降朝散大夫,提举冲佑观",被迫回到铅山旧居,"享受"他那"管竹、管山、管水"的田园生活去了。辛弃疾为什么会在这样的关键时刻被罢免?有一种说法是:因为他对韩侂胄过多任用纨绔子弟表示过担忧,得罪了这批后进之徒。具有讽刺意味的是,这些小人生怕被老将辛弃疾分了军功,最终的结果却是南宋大败,直到朝廷把韩侂胄的首级交到金人手里,这场"北伐"才算最终了结!我研究宋朝文史三十多年,在很多场合说过宋王朝的好话,譬如以仁治国、不杀大臣、重视民命、经济和文化超高速度地发展,等等,然而不得不再次提及的是,宋朝的党争实在是太令人扼腕了!也就是说,宋朝的很多事,其实是自己搞糟的,搞垮的,是永远值得后来统治者借鉴的。所谓党争,实际上就是君子集团和小人集团的利益之争。宋朝的小人不仅多,而且能量很大,他们有的是时间、有的是精力对君子之俦死缠烂打,直到把君子们整垮才弹冠相庆。从北宋的欧阳修、司马光、苏轼到南宋的李纲、胡铨,包括本书的主人公辛弃疾,都饱受小人的攻讦和诬陷。这些小人整人的诀窍很简单:不管你为国为民做了多少好事,只要揪住你一丁点儿错处便大做文章,肆意上纲上线,不把那点儿小失误夸大到比天还大不拉倒。后来各代小人们整治君子的最有效法宝莫出于此。君子们面对他们的"弹劾",明知其用心刻毒如蛇蝎鬼蜮,也无可奈何,只能隐忍退出,这也是和平年代里为什么容易形成尸位纵横、小人得志的根本原因。宋朝的皇帝都不坏,也不残暴,但他们有个共同的弱点,就是遇事总喜欢各打五十大板,这也是造成宋朝君子之流往往不能久居其位的原因之一。辛弃疾当年"气吞万里如虎",然而在阴险恶毒的小人面前,一点脾气都没有,要么痛哭,要么苦笑,要么躲到山旮旯儿里凉快去!中国历代的法典,有惩治杀人放火的,有惩治卖国投敌的,就是没有惩治阴险中伤的。也就是说,小人们总会在法律的框架内去害人,甚至去杀人,而不会受到任何的制裁。

《宋史·辛弃疾传》说辛弃疾"豪爽尚气节",这是他与生俱来的性格,这种性格表现在官场上,就是不会逢迎;表现在文学创作上,就是豪放,所以研究宋词的人往往把他的词作和苏轼的词作称为"豪放派",这不仅表现在他们的词作基本风格爽朗奔放,不做忸怩之态,还表现在他们的性格本身都属于"直性子",而不是见人说人话见鬼说鬼话的花花肠子。苏轼曾经自评其为人说:"言发于心而冲于口,吐之则逆人,茹之则逆予,以谓宁逆人也,故卒吐之。"(《思堂记》)意思是说人的语言是发自内心而出之于嘴巴的,说出来就会得罪人,不说出来就会使自己憋闷。索性宁可得罪人冲口而出,也不能让自己憋死。您想,这种性格的人,会讲假话吗?会讲鬼话吗?会讲违逆本心取悦于人的漂亮话吗?辛弃疾也是同样的性格,他本身就是个山东汉子,性格爽直,又很早就经历过战争的洗礼,自认为堂堂正正,犯不上奴颜媚骨地讨好谁。他做官如此,做人如此,写文章如此,填词也是如此。他的文学创作,实在来得有些歪打正着,试想,如果南宋朝廷能给他提供跃马横刀的机会,他哪有闲心填什么词呀!正因为他得不到喋血疆场的机会,又"几十年如一日"地吃祠禄〔我在《一本书读懂宋朝》(中华书局2010年9月版)《宋朝的祠禄官》一节里讲道:宋朝吃祠禄时间最长的官员,北宋属司马光,南宋属辛弃疾〕,客观上给了他充足的时间投入文学创作——不写点什么还能干吗去？总不能一天到晚喝酒吧。从他大量的词作中可以看出，他在官时虽然也有些作品，但比起闲居时少多了，而且越到晚年，他的创作越丰富，数量也越多，这是因为人生的感悟越来越丰富，感慨也越多。他或许没有想到，这些词作留给后人的，不仅仅是对他伟岸人格的高度赞赏，还有对这些珍贵精神食粮无尽的享用。辛弃疾的词作具有永恒的魅力，这魅力一点儿也不比李白、杜甫、苏轼等人差，至今稍有文学素养的国人，谁不能背诵几首稼轩词？"七八个星天外，两三点雨山前"、"都将万字平戎策，换得东家种树书"、"生子当如孙仲谋"、"落日楼头，断鸿声里，江南游子。把吴钩看了，栏干拍遍，无人会、登临意"，哪一句不是被人们津津乐道的？我还清楚地记得，1982年我大学毕业时纪念册上有一栏是：你最喜欢哪位作家的作品？当时我虽然还没读过几本书，但既然要填写，我就根据已有的感受写道："李太白诗，辛稼轩词。"这个历史的见证，至今还留在我所有同学的档案柜里。我当时这么说，几十年后仍是如此说，始终没觉得有什么不妥。今年开春，中州古籍出版社卢欣欣主任打来电话，约我写一本《辛弃疾词选》，我当时的第一感觉是：六十岁已过，终于等到了为纪念册上那句话还愿的机会！

　　辛弃疾一生写过多少首词，已经很难说清，流传到今天的，还有六百多首。如此丰富的作品，反映了作者南渡以后各个时间段的思想、交游、仕履以及生活经历和感受，某种意义上说，堪称是一部韵文体的自传。抛开其他，如果单就其文学创作的风格和特点来说，也远不止"豪放"二字所能概括。所谓"豪放"，其实仅仅是相对于"婉约"来说的。辛词本身自有无限风光，他不仅是个矢志报国的将军，还是一个有血有肉、有着丰富内心世界的性情中人。我想借这个机会，把辛词的写作风格说得稍细一些，这样或许会使读者对辛词的认识更为开阔和全面。本书的选析，也基本上是依据这样一个原则进行的，即：将辛词各类风格的作品尽可能照顾到，不能只收"壮岁旌旗拥万夫"之类。以我来看，辛词至少有几个方面可圈可点：一、审美的高境界；二、语言的高度凝练和概括，这其中也包括历史典故和前人成句的恰当化用；三、写情与写景的巧妙融合；四、刚（豪放）与柔（婉约）的恰当把握。

辛词之所以为许多人爱不释手，很重要的一个原因是具有高尚的审美情趣。一件文学作品能不能吸引读者，就看它是否能让人看过之后觉得很美，确切点儿说，这个广义的"美"应该包括真、善、美。辛弃疾本身就是个情操高尚的人，他的所思所想，大都是"大事"。《宋史·辛弃疾传》讲了一个他少年时的故事，说他和同学兼朋友党怀英卜卦。"怀英遇《坎》，因留事金；弃疾得《离》，遂决意南归。"这事听起来有些不可思议，但仔细想想，两人都是把人生大计放在很重要的位置上去认真对待，根本没把鸡毛蒜皮的小事放在心上。我们现在不是还经常说某人"大器"，某人"小器"吗？小器之人，即使天赋聪明，充其量不过是个王安石笔下的"仲永"，而绝不可能成为柳宗元笔下的"区寄"，因为二者的天赋秉性和气量，已经决定了他们必然的前途和归宿。关于"器"的问题，孔子在《论语》中就有所论说，可见古代圣贤是很看重气量的。气量决定人的精神境界，为什么俗语常说"宰相肚里能撑船"呢？气量大嘛。反之，没有气量的人，给他个宰相他都干不好。一个人凡事往大处考虑，他的精神境界就高尚；凡事先想有没有小便宜可占，他的精神境界肯定是低下的。精神境界高尚的人，写出的诗文自然带出高雅和大方的气息,让人看了心里舒服。那些专以尖刻为意,以阴暗伤人为豪,骂两句人就觉得大获全胜,以为别人不敢惹他的小人,谁肯说他们是具有高尚境界的人呢?辛弃疾的词里,我们看不到他跟哪个小人没完没了地纠缠,遇到这类人和事,他只是仰天一笑而已。古来留下美名者,没有一个是境界低下的人。"文要人传,人要文传",这是千古不变的真理。人的境界高,他的审美情趣就高,这是一个问题的两个方面,因为这样的人崇尚的是真诚和善良,而真诚和善良本身就是美的根基。辛弃疾具备这样的品格和素养,他的词自然具有很高的审美情趣。

辛弃疾似乎天生具有高超的语言概括能力,他的词,就像齐白石、韩美林等丹青圣手的画,寥寥数语,便能把很繁复的景致或事物囊括殆尽,而且浑然一体,形神毕肖。以本书所选的《鹧鸪天·代人赋》为例,下阕写眼前景物说:"山远近,路横斜。青旗沽酒有人家。城中桃李愁风雨,春在溪头荠菜花。"短短二十七个字,把远山近山、大路小路、酒家小店、溪水野菜近乎神奇地勾画出来,闭上眼睛,我们便会真切地感受到那幅乡间水墨,甚至具有很强的透视感。这二十七个字里,我们还可以感受到作者热爱乡间、厌烦城市的情绪,这种情绪是由"城中桃李愁风雨"担当的。而"城中桃李"本身另有所指,这样一来,除审美、意境再次得到升华之外,还把作者对城中那些"桃李"们的脆弱也暗示出来。试想,这二十七个字概括了多少内容?类似的高度概括之笔在本书中还有很多,如《浪淘沙·山寺夜半闻钟》写历史之沧桑,仅用"古来三五个英雄。雨打风吹何处是,汉殿秦宫"十八个字;《水调歌头·元日投宿博山寺,见者惊叹其老》写形形色色纷繁复杂的人生,用"无穷天地今古,人在四之中。臭腐神奇俱尽,贵贱贤愚等耳,造物也儿童"四句；《西江月·遣兴》写古书害人，用"近来始觉古人书，信著全无是处"两句；《鹧鸪天·有客慨然谈功名，因追念少年时事戏作》写无端被朝廷闲置，用"都将万字平戎策，换得东家种树书"两句，把需要表现的复杂感情和事物、景致囊括得天衣无缝。这对于初学写作的人，实在是最好的范本和教科书。

历来有人说辛弃疾的词喜用典故，难免"掉书袋"之嫌。我认为说这种话的人，大概是因为看古书太少而大惊小怪。看看李善注的《文选》，再看看唐宋文人的作品，就能比较出来：辛弃疾的用典，一是不多，二是即使用典也大都是熟典，也就是当时但凡有点文化的人一看就能明白的典故。在用典这点上，辛弃疾比起欧阳修、苏轼、王安石等人（本人详细笺注过此三人的全集，深有这方面的体会。三书均已由四川巴蜀书社出版），只能说是小巫见大巫，所以我认为这属于完全没有讨论价值的问题，要紧的倒是辛弃疾所用典故的精准和贴切令人啧啧称赏。举例来说，《水调歌头·再用韵答李子永提干》词："君莫赋《幽愤》，一语试相开。长安车马道上，平地起崔嵬。我愧渊明久矣，独借此翁湔洗，素壁写《归来》。斜日透虚隙，一线万飞埃。　　断吾生，左持蟹，右持杯。买山自种云树，山下斫烟莱。百炼都成绕指，万事直须称好，人世几舆台。刘郎更堪笑，刚赋看花回。"用了嵇康《幽愤诗》、陶渊明《归去来兮辞》、刘禹锡《再游玄都观》诗等典故，分别把李子永的幽愤、委屈，以及自己的现状和心情准确地表达出来。这样用典有什么不好？难道我们想让古人的诗词都写成"举头望明月，低头思故乡"才算是最好吗？辛弃疾虽然不是诗人，但他也深受江西诗派的影响，喜欢化用古人的成句填词。这样做其实无所谓好也无所谓不好，关键是"化"得是否自然贴切，不留痕迹，能不能准确表达作者的思想感情。如果仅仅是堆砌，当然不值得提倡和赞扬，但如果"化"得很"神奇"，那又有何不可？细想，历代山水画家，是不是全在"化"前人的作品？历代篆刻家，是不是全在"化"汉朝的印记？历代剧作家，是不是全在"化"元明杂剧？天下文章原本就是"一大抄"，说到底还是要看"化"得如何，这才是关键。举个最典型的例子，就能看出辛弃疾"化"的水平如何。《踏莎行·赋稼轩，集经句》："进退存亡，行藏用舍。小人请学樊须稼。衡门之下可栖迟，日之夕矣牛羊下。　　去卫灵公，遭桓司马。东西南北之人也。长沮桀溺耦而耕，丘何为是栖栖者。"这首词如果碰上对经书不熟的人去读，不知道作者用的全是经书里的句子，我想他也一定会拍案叫绝：这不是活脱脱一个被闲置的辛稼轩吗！

　　稼轩词在写情与写景方面，很善于将二者有机地融合为一，即使是看似单纯的写景，也会灌注他本人的好恶。他甚至不惜常用拟人手法赋予景物以人的感情和思维，并在与之"对话"中表达自己的内心世界。著名的《清平乐·村居》："茅檐低小，溪上青青草。醉里吴音相媚好，白发谁家翁媪？　　大儿锄豆溪东，中儿正织鸡笼。最喜小儿亡赖，溪头卧剥莲蓬。"纯粹是一幅极富诗意的乡村生活画卷，然而透过这些画面，我们仍能明显地感觉到作者厌倦官场的浓烈情绪。再如《浪淘沙·赋虞美人草》："不肯过江东，玉帐匆匆。至今草木忆英雄。唱著虞兮当日曲，便舞春风。　　儿女此情同，往事朦胧。湘娥竹上泪痕浓。舜盖重瞳堪痛恨，羽又重瞳。"读这样的词，你会不由自主地跟着作者的思路跑，使你弄不清作者究竟在写虞姬还是在写花草。静下心来慢慢回味，才明白作者实际上是在为英雄气短、英雄末路而大发感慨——虞美人草和虞姬都成了项羽的陪衬。这类作品在稼轩词里数量相当多，它能让我们明白：辛弃疾绝不单纯是个武夫，他的"文化水儿"，他的内蕴，远不是寻常俗子所能理解的。

与此相关的还有辛词中的"刚"与"柔"问题。不少读者受到某些教科书的误导，认为辛弃疾的词都是"汉水东流，都洗尽、髭胡膏血。人尽说、君家飞将，旧时英烈"（《满江红·汉水东流》）之类的句子。其实他也有表现"柔"的词，正如苏轼不仅有"大江东去，浪淘尽、千古风流人物"（《念奴娇·赤壁怀古》），也有"似花还似非花，也无人惜从教坠。抛家傍路，思量却是，无情有思。萦损柔肠，困酣娇眼，欲开还闭"（《水龙吟·次韵章质夫杨花词》）这样柔情似水的作品。我一向认为，"豪放"与"婉约"只是个粗线条的分类，甚至是很不准确的分类，研究者往往仅据某位作者的某几首词便得出一个结论，是很靠不住的。稼轩也写女子的形貌神态，也写男女柔情。为了证明这一点，本书特地选了一篇《浣溪沙·赠子文侍人，名笑笑》："侬是嶔崎可笑人。不妨开口笑时频。有人一笑坐生春。　　歌欲颦时还浅笑，醉逢笑处却轻颦。宜颦宜笑越精神。"这首词实在找不出一丁点儿的豪放气，却体现了辛弃疾全方位的人格和品位。

以上这些话不仅是编写此书时才有的感想，我对稼轩词的喜爱远不始于今天，只是今天有机会在这里多说几句而已。也许说得并不正确，那也没关系。"诗无达诂"嘛，读者有更新的感受，不受我的影响，那是最令我高兴的结果。我本是搞古籍整理出身的人，习惯于把语词典故给读者解释清楚。至于分析文学作品，其实是件勉为其难的事。以上这些话，就算是一家之言吧。

本书选编原则上依照唐圭璋的《全宋词》,也适当参考了一些今人的著述,在此一并交代。

李之亮
2011年6月4日端午节前书

目　录

太常引(建康中秋为吕叔潜赋) ——————————— 23
水龙吟(登建康赏心亭) ——————————————— 24
菩萨蛮(金陵赏心亭为叶丞相赋) ——————————— 26
摸鱼儿(观潮上叶丞相) —————————————— 27
水调歌头(寿赵漕介庵) —————————————— 30
浣溪沙(赠子文侍人,名笑笑) ———————————— 32
满江红(建康史帅致道席上赋) ———————————— 33
念奴娇(登建康赏心亭呈史留守致道) ————————— 36
念奴娇(西湖和人韵) ——————————————— 38
满江红(赣州席上呈陈季陵太守) ——————————— 39
菩萨蛮(书江西造口壁) —————————————— 41
满江红(汉水东流) ———————————————— 42
霜天晓角(旅兴) ————————————————— 45
念奴娇(书东流村壁) ——————————————— 46
鹧鸪天(东阳道中) ———————————————— 47
满江红(江行和杨济翁韵) ————————————— 49
摸鱼儿(更能消几番风雨) ————————————— 51

阮郎归（耒阳道中为张处父推官作） ———————————— 53

满庭芳（和洪丞相景伯韵） ————————————————— 54

贺新郎（赋滕王阁） ——————————————————— 57

木兰花慢（席上送张仲固帅兴元） ——————————————— 59

菩萨蛮（稼轩日向儿童说） ———————————————— 62

祝英台令（晚春） ———————————————————— 63

水调歌头（盟鸥） ———————————————————— 64

水调歌头（汤朝美司谏见和，用韵为谢） ——————————— 66

踏莎行（赋稼轩，集经句） ———————————————— 68

水调歌头（再用韵答李子永提干） —————————————— 70

临江仙（即席和韩南涧韵） ———————————————— 72

水龙吟（为韩南涧尚书甲辰岁寿） —————————————— 74

清平乐（独宿博山王氏庵） ———————————————— 76

鹧鸪天（博山寺作） ——————————————————— 77

丑奴儿（书博山道中壁） ————————————————— 79

念奴娇（赋雨岩） ———————————————————— 80

生查子（游雨岩） ———————————————————— 81

满江红（游南岩和范廓之韵） ——————————————— 82

鹧鸪天（游鹅湖醉书酒家壁） ——————————————— 84

鹧鸪天（鹅湖归病起作） ————————————————— 85

清平乐（检校山园书所见） ———————————————— 86

洞仙歌（访泉于奇师村，得周氏泉，为赋） —————————— 87

生查子（山行寄杨民瞻） ————————————————— 89

八声甘州（故将军饮罢夜归来） ——————————————— 90

水龙吟（题瓢泉） ———————————————————— 91

定风波（暮春漫兴） ——————————————————— 93

青玉案(元夕) ……………………………………………………… 95
沁园春(戊申岁,奏邸忽腾报,谓余以病挂冠,因赋此) …………… 96
贺新郎(把酒长亭说) …………………………………………… 99
贺新郎(同父见和,再用前韵) ………………………………… 101
破阵子(为陈同甫赋壮语以寄) ………………………………… 103
念奴娇(用东坡赤壁韵) ………………………………………… 104
水调歌头(相公倦台鼎) ………………………………………… 106
水调歌头(题永丰杨少游提点一枝堂) ………………………… 109
西江月(夜行黄沙道中) ………………………………………… 111
添字浣溪沙(三山戏作) ………………………………………… 112
水调歌头(壬子被召,陈端仁给事饮饯席上作) ……………… 114
定风波(再用韵,时国华置酒,歌舞甚盛) …………………… 116
鹧鸪天(点尽苍苔色欲空) ……………………………………… 117
最高楼(吾拟乞归,犬子以田产未置止我,赋此骂之) ……… 118
念奴娇(梅) ……………………………………………………… 119
柳梢青(三山归途代白鸥见嘲) ………………………………… 121
沁园春(再到期思卜筑) ………………………………………… 122
卜算子(饮酒败德) ……………………………………………… 124
沁园春(将止酒,戒酒杯使勿近) ……………………………… 125
念奴娇(和赵国兴知录韵) ……………………………………… 127
临江仙(停云偶作) ……………………………………………… 129
贺新郎(甚矣吾衰矣) …………………………………………… 130
哨　遍(秋水观) ………………………………………………… 132
哨　遍(用前韵) ………………………………………………… 135
鹧鸪天(寻菊花无有戏作) ……………………………………… 139
新荷叶(上巳日,吴子似谓古今无此词,索赋) ……………… 140

水调歌头(我志在寥阔) ……………………………………… 141

念奴娇(赋傅岩叟香月堂两梅) …………………………… 144

婆罗门引(别杜叔高。叔高长于楚词) …………………… 146

行香子(博山戏呈赵昌甫韩仲止) ………………………… 147

鹧鸪天(有客慨然谈功名,因追念少年时事戏作) ……… 149

新荷叶(再题傅岩叟悠然阁) ……………………………… 151

卜算子(千古李将军) ……………………………………… 152

定风波(大醉归自葛园,家人有痛饮之戒,故书于壁) … 154

行香子(归去来兮) ………………………………………… 155

满江红(暮春) ……………………………………………… 156

满江红(倦客新丰) ………………………………………… 158

水龙吟(老来曾识渊明) …………………………………… 160

一枝花(醉中戏作) ………………………………………… 162

鹧鸪天(读渊明诗不能去手,戏作小词以送之) ………… 163

玉楼春(三三两两谁家女) ………………………………… 164

西江月(遣兴) ……………………………………………… 165

丑奴儿(近来愁似天来大) ………………………………… 166

浣溪沙(漫兴作) …………………………………………… 167

昭君怨(人面不如花面) …………………………………… 168

汉宫春(会稽蓬莱阁怀古) ………………………………… 169

永遇乐(京口北固亭怀古) ………………………………… 171

南乡子(登京口北固亭有怀) ……………………………… 173

玉楼春(乙丑京口奉祠西归,将至仙人矶) ……………… 174

西江月(堂上谋臣帷幄) …………………………………… 175

沁园春(带湖新居将成) …………………………………… 177

水调歌头(舟次扬州,和杨济翁、周显先韵) …………… 179

木兰花慢(滁州送范倅) ———————————— 181

清平乐(村居) ————————————————— 182

贺新郎(听琵琶) ———————————————— 183

水龙吟(过南剑双溪楼) ————————————— 185

卜算子(答晋臣,渠有方是闲、真得归二堂) ————— 187

鹧鸪天(代人赋) ———————————————— 189

最高楼(醉中有四时歌者,为赋) ————————— 190

江神子(和人韵) ———————————————— 191

满庭芳(和洪丞相景伯韵呈景卢内翰) ——————— 192

山鬼谣(问何年,此山来此) ——————————— 194

贺新郎(用前韵送杜叔高) ———————————— 196

水调歌头(元日投宿博山寺,见者惊叹其老) ———— 198

汉宫春(即事) ————————————————— 199

沁园春(弄溪赋) ———————————————— 201

鹧鸪天(鹅湖归病起作) ————————————— 203

定风波(用药名招婺源马荀仲游雨岩。马善医) —— 204

浣溪沙(种梅菊) ———————————————— 206

杏花天(嘲牡丹) ———————————————— 207

浪淘沙(赋虞美人草) —————————————— 208

生查子(独游西岩) ——————————————— 210

水调歌头(我亦卜居者) ————————————— 211

水调歌头(醉吟) ———————————————— 213

贺新郎(别茂嘉十二弟) ————————————— 214

沁园春(和吴尉子似) —————————————— 217

浪淘沙(山寺夜半闻钟) ————————————— 219

西江月(以家事付儿曹示之) ——————————— 220

汉宫春(立春日) ———————————————— 221

临江仙(簪花屡堕戏作) ———————————— 222

南歌子(新开池戏作) —————————————— 223

鹧鸪天(黄沙道中) ——————————————— 224

鹧鸪天(自古高人最可嗟) ———————————— 225

沁园春(灵山齐庵赋,时筑偃湖未成) ——————— 226

鹧鸪天(睡起即事) ——————————————— 228

鹧鸪天(有感) ————————————————— 230

鹧鸪天(吴子似过秋水) ————————————— 231

卜算子(夜雨醉瓜庐) —————————————— 232

沁园春(答余叔良) ——————————————— 234

水调歌头(送杨民瞻) —————————————— 235

洞仙歌(丁卯八月病中作) ———————————— 237

千年调(蔗庵小阁名曰厄言,作此词以嘲之) ———— 239

鹧鸪天(登一丘一壑偶成) ———————————— 241

瑞鹧鸪(胶胶扰扰几时休) ———————————— 242

瑞鹧鸪(乙丑奉祠归舟次余干赋) ————————— 243

瑞鹧鸪(京口有怀山中故人) ——————————— 245

瑞鹧鸪(期思溪上日千回) ———————————— 247

朝中措(为人寿) ———————————————— 248

浣溪沙(父老争言雨水匀) ———————————— 249

霜天晓角(赤壁) ———————————————— 250

水调歌头(和马叔度游月波楼) —————————— 252

太常引（建康中秋为吕叔潜①赋）

一轮秋影转金波②，飞镜又重磨③。把酒问姮娥④。被白发、欺人奈何？　　乘风好去⑤，长空万里，直下看山河。斫去桂婆娑⑥。人道是、清光⑦更多。

[注释]

①建康：建康府，治所在今江苏南京。吕叔潜：据邓广铭先生考证，此人名大虬，叔潜当为其字，为南宋中期俊彦之士，然其仕履不详。此时作者任建康府通判，叔潜当是来与作者交往之后辈。②金波：月光。《汉书·礼乐志》："月穆穆以金波，日华耀以宣明。"颜师古注解说："言月光穆穆，若金之波流也。"③飞镜：亦喻明月。李白《把酒问月》诗："皎如飞镜临丹阙，绿烟灭尽清辉发。"又重磨：谓中秋之月尤其明亮，好像重新打磨过一样。④姮娥：即嫦娥。传说月中之女神。《淮南子·览冥》："羿请不死之药于西王母，姮娥窃以奔月。"高诱注解说："姮娥，羿妻。羿请不死之药于西王母，未及服之，姮娥盗食之，得仙，奔入月中，为月精也。"⑤乘风好去：苏轼《水调歌头》词："我欲乘风归去，又恐琼楼玉宇，高处不胜寒。"⑥斫去桂婆娑：即"斫去婆娑之桂"的倒装。《初学记》卷一引虞喜《安天论》云："俗传月中仙人桂树，今视其初生，见仙人之足，渐已成形，桂树后生。"后民间又有吴刚斫桂的传说。婆娑，树木扶疏纷披之貌。⑦清光：月亮的清辉。韩愈《夜歌》："静夜有清光，闲堂仍独息。"杜甫《一百五日夜对月》诗："斫却月中桂，清光应更多。"

[评析]

这首词作于作者在建康府时，中秋赏月，遂发此慨。上阕最引人注目的是那句"被白发、欺人奈何"。此时作者到南宋已经数年，朝廷一直没有采纳他的抗金方略，以致蹉跎岁月，直到头白。这对于一个血性汉子来说，是比死更难忍受的折磨。杜牧诗云："公道世间唯白发，贵人头上不曾饶。"岁月流逝对于任何人来说，都是最公道的，谁也别想超越这条规律。越是如此，作者就越是感到时不我待，渴望尽快地参与到收复中原的战斗中去，不枉男儿一世。下阕抒发对宁谧和谐的向往，他多么希望明月将它的光辉更多地洒向人间。如果用今天的评论术语说，上阕写的是作者对祖国对民族的强烈忧患意识，下阕则以天人合一的理念，表达出作者渴望天下大同与和谐的愿望。

水龙吟（登建康赏心亭①）

楚天②千里清秋，水随天去秋无际。遥岑远目③，献愁供恨，玉簪螺髻④。落日楼头，断鸿⑤声里，江南游子⑥。把吴钩⑦看了，栏干拍遍，无人会、登临意。　　休说鲈鱼堪脍⑧。尽西风、季鹰⑨归未？求田问舍⑩，怕应羞见，刘郎⑪才气。可惜流年，忧愁风雨，树犹如此⑫。倩何人唤取，红巾翠袖⑬，揾英雄⑭泪。

[注释]

①赏心亭：故址在南京市水西门上，下临秦淮河，为观赏胜景之处。②楚天：指今南京以西之地，旧为楚国，故称楚天。③遥岑（cén）远目：放眼远处的群山。岑，指山峰。《文选》谢灵运《晚出西射堂》诗："步出西城门，遥望城西岑。"吕向注："岑，峰也。"④玉簪螺髻：意谓远山看起来很像美人头上的碧玉簪和青螺髻。⑤断鸿：失群的孤雁。唐李峤《送光禄刘主簿之洛》诗："背枥嘶班马，分洲叫断鸿。"⑥江南游子：作者为济南人，飘落南国，故自称为江南游子。⑦吴钩：一种弯形的刀。李贺《南园诗》："男儿何不带吴钩，收取关山五十州。"⑧休说鲈鱼堪脍：用晋人张翰的故事。《晋书·张翰传》载，吴人张翰因见秋风起，乃思吴中莼菜、莼羹、鲈鱼脍，曰：

"人生贵得适志,何能羁宦数千里,以要名爵乎!"遂命驾而归。⑨季鹰:张翰的字。《晋书·张翰传》:"张翰字季鹰,吴郡吴人也。……翰有清才,善属文,而纵任不拘,时人号为'江东步兵'。"⑩求田问舍:指做富家翁。《三国志·魏志·陈登传》载,许汜与刘备在刘表处坐,论起天下人,许汜称陈登为湖海之士,然豪气不除。刘备问何以知之。汜曰:"昔见元龙(陈登的字),久不相语,自上大床卧,使客卧下床。"刘备曰:"君有国士之名,今天下大乱,帝主失所,望君忧国忘家,有救世之意。而君求田问舍,言无可采,是元龙所讳也,何缘当与君语!如小人(刘备)欲卧百尺楼上,卧君于地,何但上下床之间耶!"⑪刘郎:指刘备。⑫树犹如此:感慨年光流逝之语。《世说新语·言语》载,东晋桓温北征,见到他早年栽种的树木已经长成十围,叹道:"木犹如此,人何以堪!"⑬红巾翠袖:歌女的巾帕和衣袖。此处代指歌女。⑭揾(wèn):擦拭。英雄:作者自指。

[评析]

这首词作于孝宗乾道五年(1169),作者当时在建康府通判任上。此时作者来到南宋已经八年,却始终没有得到朝廷的重视,他的复国方略也被搁置一边,无人理睬。这使他的抗金激情受到了极大的挫伤。词中表现出浓重的人生苦短之叹,同时为自己英雄无用武之地而深感愤懑。上阕起首写秋天的景色,奔腾而去的长江,似与长天融为一体,增加了秋的肃杀和悲凉之气,这也正是作者内心的真实写照。随后又把远处的群山赋予人的感情,说它们状如美人,却愁眉不展,体现了作者对沦陷国土的热爱以及急于收复疆土、使大好江山不再是一副"献愁供恨"模样的焦灼心情。自"江南游子"至本阕之末,直抒自己孤立无援的苦闷,同时也对朝廷一味向金人妥协、弃置良将贤才的做法表示了深深的不满和无奈。下阕用张季鹰命驾归乡、许汜求田问舍两个典故,从反面表达了自己不愿随俗浮沉、希望为国建功立业的豪迈情怀,同时又对老大无成、报国无门的现状深表慨叹。末句最能感人肺腑:我们见到的,是一位豪杰之士,在极度的苦闷压抑中泪水纵横,其情感之浓烈达到了高峰。

菩萨蛮（金陵赏心亭为叶丞相①赋）

青山欲共高人②语，联翩万马来无数。烟雨却低回，望来终不来。　　人言头上发，总向愁中白。拍手笑沙鸥，一身都是愁③。

[注释]

①叶丞相：右丞相叶衡。《宋史·宰辅表》四："（淳熙元年四月己卯）叶衡自朝散大夫、户部尚书除端明殿学士、签书枢密院事。六月癸未，迁中大夫，除参知政事。十月，诏兼权知枢密院事。（十一月）丙午，叶衡自兼枢密使、参知政事迁通奉大夫、除右丞相。"《宋史·叶衡传》："叶衡字梦锡，婺州金华人。绍兴十八年进士第。……知荆南、成都、建康府，除户部尚书，除签书枢密院事，拜参知政事。……拜右丞相兼枢密使。上锐意恢复，凡将帅、器械、山川、防守悉经思虑，奏对毕，从容赐坐，讲论机密，或不时召对。时会子浸患折阅，手诏赐衡曰：'会子虽曰流通，终未尽惬人意，目即流使有二千二百余万。今用上下库黄金、白金、铜钱九百万，内藏库五百万，并蜀中钱物七百万，尽易会子之数，专命卿措置，日近而办，卿真宰相才也。'……上谕执政，选使求河南，衡奏：'司谏汤邦彦有口辨，宜使金。'邦彦请对，问所以道，既知荐出于衡，恨衡挤己，闻衡对客有讪上语，奏之，上大怒。即日罢相，责授安德军节度副使、郴州安置。……年六十有二薨，赠资政殿学士。衡负才足智，理兵事甚悉，由小官不十年至宰相。"②高人：此处为双关语。因青山甚高，故所语当为高大之人。又暗指识见甚高非同流俗的人。③拍手笑沙鸥，一身都是愁：意谓如果按照愁方白头的理论，那么沙滩鸥鸟满身雪白，岂不是全身都成了"愁"？

[评析]

此词写作者在江西任安抚使时，渴望与正在建康府任知府的丞相叶衡一叙衷肠。全词明白如话，比况联想，妙语连珠。上阕写不但自己渴望一见叶相,连南昌的群山都在期盼着叶相的到来,可惜久久盼望,最终还是没能前来。下阕四句全在言愁,起首用俗语说:人发愁时容易白头。其实是指自己已经白了头。接下来是两句调侃:如果照此理论,雪白的鸥鸟岂不是浑身都是愁了?作者这么说,大概是想让读者轻松一笑,殊不知越是如此,读者读出的就越是他内心的酸涩。叶衡是当时主张抗战的宰辅,所以作者很想把满腹愁闷对他诉说,如今不能如愿,那愁当然越积越多。辛弃疾的后半生,几乎都是伴随着"愁"字生活的。这个本当喋血疆场的山东汉子,最终竟然愁死在江南秀色中。

摸鱼儿(观潮上叶丞相①)

望飞来、半空鸥鹭。须臾动地鼙鼓②。截江组练驱山去③,鏖战未收貔虎④。朝又暮。悄惯得⑤、吴儿不怕蛟龙怒⑥。风波平步⑦。看红旆惊飞⑧,跳鱼直上,蹴踏浪花舞。　　凭谁问,万里长鲸吞吐⑨。人间儿戏千弩⑩。滔天力倦知何事⑪,白马素车东去⑫。堪恨处,人道是、子胥冤愤终千古⑬。功名自误⑭。谩教得陶朱⑮,五湖西子,一舸弄烟雨⑯。

[注释]

①观潮:指农历七月观钱塘江潮。《武林旧事》卷三:"浙江之潮,天下之伟观也,自既望以至十八日为最盛。方其远出海门,仅如银线,既而渐近,则玉城雪岭,际天而来,大声如雷霆,震撼激射,吞天沃日,势极雄豪。"叶丞相:叶衡,已见上《菩萨蛮·金陵赏心亭为叶丞相赋》注①。②须臾:指鸥鹭飞来不大工夫之后。动地鼙(pí)鼓:惊天动地的鼓声。此处喻潮头奔涌发出的巨大声音。白居易《长恨歌》:"渔阳鼙鼓动地来,惊破《霓裳羽衣曲》。"③截江:横截在钱塘江面。组练:《左传·襄公三年》:"(楚子重)使

邓廖帅组甲三百，被练三千以侵吴。"孔颖达疏引贾逵曰："组甲，以组缀甲，车士服之；被练，帛也，以帛缀甲，步卒服之。"后指精锐部队或军士的武装军容。驱山去：向着如山之高的潮头驱驰而去。④鏖战未收貔（pí）虎：指潮中的勇士们已经表演了很久。鏖战，指搏击潮水。未收貔虎，没有下令收军。貔虎喻勇士。《尚书·牧誓》："如虎如貔，如熊如罴。"孔安国传云："貔，执夷，虎属也，四兽皆猛健。"《武林旧事》卷三："每岁京尹出浙江亭教阅水军，艨艟数百，分列两岸，既而尽奔腾分合五阵之势，并有乘骑弄旗标枪舞刀于水面者，如履平地。倏尔黄烟四起，人物略不相睹，水爆轰震，声如崩山。烟消波静，则一舸无迹，仅有敌船为火所焚，随波而逝。"⑤悄惯得：早就习惯。⑥吴儿不怕蛟龙怒：指吴越水乡的健儿都是好水性，不怕潮水形成的任何变化。《武林旧事》卷三："吴儿善泅者数百，皆披发文身，手持十幅大彩旗，争先鼓勇，溯迎而上，出没于鲸波万仞中，腾身百变，而旗尾略不沾湿，以此夸能。"⑦风波平步：谓健儿们走在波涛之上，如履平地。⑧红旆（pèi）：红旗。旆本指旗末状如燕尾的垂旒。亦代指旗帜。惊飞：在潮头飞舞。⑨长鲸吞吐：指水势甚壮，如长鲸吞舫吐浪。《文选》左思《吴都赋》："于是乎长鲸吞舫，修鲵吐浪。"李善注解说："舫，舡之别名。《异物志》云：'鲸鱼，长者数十里，小者数十丈，雄曰鲸，雌曰鲵。'"⑩人间儿戏千弩：指五代吴越王钱镠命强弩数百射潮，真乃人间之儿戏，不足为据。《宋史·河渠志》七："浙江通大海，日受两潮。梁开平中，钱武肃王始筑捍海塘，在候潮门外。潮水昼夜冲激，版筑不就，因命强弩数百以射潮头，又致祷晋山祠。既而潮避钱塘，东击西陵，遂造竹器，积巨石，植以大木。堤岸既固，民居乃奠。"钱武肃王，吴越第一代王钱镠。梁开平四年，筑捍海塘，作障潮，通江门。江涛激之，版筑不能就，镠以强弩数百射涛头，作诗投于海门，涛趋西陵，功乃就。⑪滔天力倦知何事：谓潮头奔涌，至力倦时，会发生何事。此句为下句"白马素车东去"作铺垫。⑫白马素车东去：《太平广记》卷二九一："伍子胥累谏吴王，赐属镂剑而死。临终，戒其子曰：'悬吾首于南门，以观越兵来。以鲮鱼皮裹吾尸，投于江中，吾当朝暮乘潮，以观吴之败。'自是自海门山，潮头汹高数百尺，越钱塘渔浦，方渐低小。朝暮再来，其声震怒，雷奔电走百余里。时有见子胥乘素车白马，在潮头之中，因立庙以祠焉。"⑬子胥冤愤终千古:谓伍子胥被吴王错杀,冤魂千古不散。《咸淳临安志》卷七一:"忠清庙在吴山,神伍氏,名员,楚大夫奢之子。平王以谗杀奢,子胥奔吴,言伐楚之利,欲以报仇。后十七年,吴与楚战而胜,遂入郢。平王之子昭王奔随。又十年,吴伐越,王阖庐伤而卒,王夫差立。立三年而入越,句践栖于会稽,使大夫种行成于吴。王许之。子胥谏不听,曰:'吴其为沼乎!'……子胥欲避吴祸,私使人至齐,属其子于鲍氏曰王孙氏。王闻之,赐之属镂以死。将死,曰:'植吾墓槚。槚,可材也。吴其亡乎!'后十二年,越果灭吴。《史记》云:吴人怜之,为立祠于江上,因命曰胥山。"⑭功名自误:意谓伍子胥所以冤死,皆因其功名之心太重。⑮谩:随意。陶朱:春秋时越国谋臣范蠡。越国攻破吴国后,范蠡离开越国,泛游五湖,后又辗转到齐,养鱼经商致富,自称陶朱公。《史记·越王勾践世家》:"(范蠡)乃归相印,尽散其财,以分与诸友乡党,而怀其重宝,间行以去,止于陶。……逐什一之利。居无何,则致赀累巨万。天下称陶朱公。"⑯五湖西子,一舸弄烟雨:意谓范蠡携美女西施泛游五湖,逍遥于烟雨之间,何其乐也。《国语·越语》下:"范蠡不报于王,击鼓兴师以随使者,至于姑苏之宫,不伤越民,遂灭吴。反至五湖,范蠡辞于王曰:'君王勉之,臣不复入越国矣。'王曰:'不谷疑子之所谓者何也?'对曰:'臣闻之,为人臣者,君忧臣劳,君辱臣死。昔者君王辱于会稽,臣所以不死者,为此事也。今事已济矣,蠡请从会稽之罚。'王曰:'所不掩子之恶,扬子之美者,使其身无终没于越国。子听吾言,与子分国;不听吾言,身死,妻子为戮。'范蠡对曰:'臣闻命矣。君行制,臣行意。'遂乘轻舟以浮于五湖,莫知其所终极。"此处未言携西施同往。其携西施游五湖之事,史籍无载,或出于后人杜撰。

[评析]

这首词很难说清属于哪一类,附题本身内容就不集中,先说"观潮",其次又说是献给叶衡丞相。词的内容也很丰富。上阕自然要先写钱塘江潮气势之雄壮,弄潮儿技艺之娴熟、表演之精湛乃至惊心动魄。其实古人对钱塘江潮的描写,诗、文、词都不算少,各有千秋,在这方面想取胜于他人,未必是件容易做到的事。可以看出,作者似乎很清楚这一点,所以对江潮的描写,看上去没有太用心思。尽管此时在观潮，作者的心思似乎也没全在这上面。果然，下阕的内容便大有升华：虽然使用的都是与钱塘江潮有关的典故，但有了实际内容的江潮，已不仅仅是场面的问题，作者要表现的，已过渡到对历史的评判和思考层面。写伍子胥，给出的评论是：尽管他死得很冤，很惨，究其原因，是因为他的功业之心太重：吴国兴亡关你何事，你何必非要屡屡谏诤？写范蠡则正好相反：人家那才叫活得明白：功成身退，百无一忧。读到这里，哪个还有心思管江潮如何？读者都会认真体会：此时的作者是不是也想学范蠡了呢？其实恰恰相反，作者在这里说的是反话，他认为伍子胥的一生才是壮烈的一生，范蠡表面上看很聪明，但在作者看来，这种态度是不可取的。如果人人都学范蠡，国将不国，何得"赀累巨万"？覆巢之下，安有完卵？这是连七岁孩子都懂得的道理，身为王臣，岂能不知？从中我们看到的，还是作者不得施展抱负的深深遗憾，而不是所谓"活明白了"。

水调歌头（寿赵漕介庵①）

千里渥洼②种，名动帝王家。金銮当日奏草③，落笔万龙蛇④。带得无边春下，等待江山都老，教看鬓方鸦⑤。莫管钱流地⑥，且拟醉黄花⑦。　　唤双成⑧，歌弄玉⑨，舞绿华⑩。一觞为饮千岁⑪，江海吸流霞⑫。闻道清都帝所⑬，要挽银河仙浪，西北洗胡沙⑭。回首日边去，云里认飞车⑮。

[注释]

①寿赵漕介庵：为赵漕使介庵公祝寿。赵漕使名端彦，字德庄，号介庵，太祖赵匡胤之父赵弘殷的第八世孙（赵匡胤弟之第七世孙）。高宗绍兴八年进士。孝宗乾道中，担任江南东路计度转运副使。漕，宋代转运使司长官的俗

称。宋代路（大致相当于今天的省）中设有四个大的监司，分别是经略安抚使司、转运使司、提点刑狱司和提举常平司，分管一路军政民政、粮谷转运、刑狱复核和推行常平赈济等事。四个司分别俗称为帅司、漕司、宪司和仓司。赵端彦担任的是转运副使，故称之为"漕"。据韩元吉《南涧甲乙稿》卷二十一《直宝文阁赵公墓志铭》载，赵端彦终年五十五岁，卒于孝宗淳熙二年。则本年他应该是四十八岁。②渥洼：河流名，在今甘肃省安西县境内，传说是产神马之处。《史记·乐书》记载，汉武帝时，有人在此处发现了宝马，献给朝廷。《汉书·武帝纪》记载更为具体，说渥洼宝马得于元鼎六年秋季，朝廷为作《宝鼎天马歌》。其后遂以"渥洼"作为神马的代称。③金銮当日奏草：金銮即金銮殿，代指朝廷。此句意谓赵端彦曾给朝廷上过奏章。④落笔万龙蛇：谓奏章如成千上万的龙蛇飞动。言其有气势。⑤等待江山都老，教看鬓方鸦：此句为祝寿之辞，意思是纵然是江山老去，赵转运使依旧是两鬓如黑鸦。⑥钱流地：唐代刘晏掌管全国经济时，工作极为出色，当时"自言如见钱流地上"。此处用来比喻赵转运职事出众，如同当年的刘晏。⑦黄花：即菊花。古人认为饮菊花酒能令人长寿。⑧双成：传说中的仙女董双成，为西王母的侍者。《太平广记》卷三说西王母接待汉武帝时，"命诸侍女王子登弹八琅之璈，又命侍女董双成吹云和之笙"。⑨弄玉：传说中秦穆公的女儿。《列仙传》载，有个叫萧史的人善于吹箫，弄玉十分喜欢，于是穆公便把弄玉嫁给了萧史。弄玉日日学萧史作凤凰鸣，不久感动凤凰下临，二人遂乘凤仙去。⑩绿华：萼绿华，传说中的女仙名。《太平广记》卷五十七有她的传，称她于晋穆帝升平三年降临羊权家中，自称姓杨。授给羊权尸解之药。以上三个女仙，用来形容为赵转运使庆寿的女子个个能歌善舞，美艳绝伦。⑪一觞为饮千岁：意思是美酒一杯，能寿千岁。此句是与下句倒装的句子，意思是说痛饮流霞美酒，便能使人千岁不老。⑫江海吸流霞：以气吞江海的气势饮下流霞美酒。《论衡·道虚》篇说：河东人项曼斯成仙后，每饮流霞一杯，则数月不饥。⑬清都帝所：天神所居之处。《列子·周穆王》说："青都紫微，钧天广乐，帝之所居。"此处喻朝廷。⑭西北洗胡沙：谓洗尽西北腥膻，收复失地。古代中原政权称北方异族为胡或狄。此句意谓听说朝廷要发兵征伐金人。⑮飞车：传说中能飞的车子。宋代转运使负责漕运，故作者称一旦战事兴起，赵漕使便会飞车运输粮米,以供战事之需。

[评析]

据本人撰写的《宋代路分长官通考》(四川巴蜀书社 2003 年出版)考证,赵端彦于孝宗乾道三年(1167)十一月至乾道四年八月间担任江南东路转运副使。此时作者为建康府通判,二人的办事衙门都在建康府(今江苏南京),所以这首词作于乾道四年无疑。全词以祝寿为主,故而用了很大篇幅揄扬赵转运使的身份、功业,又用双成、弄玉等烘托寿宴的热烈气氛,这些描写虽然丰富细腻,但并没有脱出祝寿诗词的窠臼。然而作者毕竟是个一心报国、日夜渴望收复失地的爱国将领,故而在词的最后,酒兴正浓时,将笔锋转到了正题:听说朝廷决意北伐,相信赵漕使也即将迎来用武之时,这样一来,这个寿宴的意义便大为升华,灌注了更多的爱国主义情怀。

浣溪沙(赠子文侍人①,名笑笑)

侬是嵚崎可笑人②。不妨开口笑时频。有人一笑坐生春③。
歌欲颦时还浅笑④,醉逢笑处却轻颦⑤。宜颦宜笑越精神。

[注释]

①子文:严焕的字。此时大约是建康府通判,与作者为同僚。此时作者也担任建康府通判。宋朝的大州大郡,往往设两位通判。通判是宋代特有的地方官,表面看来类似于副知州、副知府,实则属于监察类的官员。通判有权监察知州、知府以及其他属官,并可直接向朝廷汇报。侍人:侍妓。宋朝士大夫有蓄养家妓之风。这些女子一般都有较高的才艺,但身份并不是妾,而仅仅是伎人。与青楼女子和散妓不同的是,她们只依傍于一个男主人。主人对她们有完全的处置权,可以转赠,也可以在不需要她们的时候将其打发回家。这些女子大多都没有自己的名字,比如此词中的"笑笑",只是主人对她的昵称。

②嶔(qīn)崎：本指山势高低不平之貌，比喻人的品格卓异，与众不同。可笑人：可爱的人。指女子的笑十分可爱。③有人一笑坐生春：有这样一位可人的女子，嫣然一笑，会让人感到满座生春。④歌欲颦(pín)时还浅笑：意谓女子唱歌唱到哀怨之处，虽然皱起眉头，脸上却还带着笑容。颦，皱眉的样子。⑤醉逢笑处却轻颦：劝酒本该带笑，这位女子却在当笑时不由自主地皱起眉头。

[评析]

这是一首轻快的小词，描写的是一个妙龄女子爱笑的神态，可谓形神兼备，出神入化。首先，全词每句中有一个"笑"字，令人读来便觉充满喜气。其次在描摹女子的笑时，用的是"动态镜头"：唱歌唱到哀怨处，依旧掩饰不住与生俱来的爱笑的天性，饮酒时本可嬉笑无忌，但小小一个女孩儿，哪受得了酒的浇灌，不由得皱起眉头，而这种"折磨"，又充满着醉人的快意，谁都能体会出，此时女子的颦眉隐忍只是个表象，她的内心却在笑。作者对女子欢快无邪的天性非常欣赏，甚至觉得这种若颦若笑的神态是最令人心动的。辛弃疾很少写这类词，他似乎不太喜欢莺莺燕燕这一套。这次为严焕的侍女专填一词，大概是这位小女孩真的让作者感到雅致和清纯了。

满江红（建康史帅致道①席上赋）

鹏翼垂空②，笑人世、苍然无物。还又向、九重深处③，玉阶山立④。袖里珍奇光五色⑤，他年要补天西北⑥。且归来、谈笑护长江，波澄碧⑦。　　佳丽地⑧，文章伯⑨。《金缕》⑩唱，红牙拍⑪。看尊前飞下，日边消息⑫。料想宝香黄阁⑬梦，依然画舫青溪⑭笛。待如今、端的约钟山⑮，长相识。

[注释]

①史帅致道：江南东路安抚使兼知建康府、兼沿江水军制置使史正志，字致道。宋朝的路分最高首长统辖全路州郡，同时兼任所在州府的知州、知府。因为这些官员有部分军权，故而习称为"帅臣"。②鹏翼垂空：《庄子·逍遥游》："鲲之大，不知其几千里也。化而为鸟，其名为鹏。鹏之背，不知其几千里也。怒而飞，其翼若垂天之云。"此处是赞扬史帅气象非凡，如鲲鹏展翅，一飞千里。③九重深处：本指天门或高天。《乐府诗集·郊庙歌辞·汉郊祀歌》一："九重开，灵之斿，垂惠恩，鸿祐休。"此处代指朝廷，谓史帅来建康之前曾经入朝献策。④玉阶山立：此句承上句而言，谓史帅入朝后如一座高山，站立在玉阶之上。玉阶，代指朝廷。《文选》张衡《思玄赋》："勔自强而不息兮，蹈玉阶之峣峥。"李善注解说："玉阶，天子阶也。言我虽欲去，犹恋玉阶不思去。"⑤袖里珍奇光五色：谓袖中怀有可补天裂的五色之宝。五色，喻治国安邦之良策。《淮南子·览冥》："往古之时，四极废，九州裂。……于是女娲炼五色石以补苍天。"唐卢仝《与马异结交》诗："女娲本是伏羲妇，恐天怒，捣炼五色石，引日月之针，五星之缕把天补。"⑥补天西北：《太平御览》卷二："共工氏与颛顼争为帝，怒触不周之山，折天柱，绝地维。故天倾西北，日月星辰就焉。"北宋时的主要敌人都在国之北方或西北，故此语亦隐指击退北方之敌的意思，与苏轼《江城子》之"西北望，射天狼"用法相同。⑦且归来、谈笑护长江，波澄碧：此二句连读，意谓史帅从朝廷回到建康为帅，遮护长江，确保长江水波常碧。澄碧，清澈而碧绿。李白《赤壁歌送别》："君去沧江望澄碧，鲸鲵唐突留余迹。"⑧佳丽地：代指建康府，又称金陵。谢朓《入朝曲》："江南佳丽地，金陵帝王州。"⑨文章伯：褒称史帅为文章巨擘。文章伯，对文章大家的尊称。杜甫《戏赠阌乡秦少公短歌》："同心不减骨肉亲，每语见许文章伯。"曾巩《寄致仕欧阳少师》诗："四海文章伯，三朝社稷臣。"⑩《金缕》：《金缕曲》的简称。此曲又名《贺新郎》、《贺新凉》。苏轼《台头寺送宋希元》诗："入夜更歌《金缕曲》，他时莫忘《角弓篇》。"此处代指歌曲。⑪红牙拍：檀木制成的拍板。红牙，檀木的别称。檀木色红质坚，故名。白居易《中和日谢恩赐尺状》："况以红牙为尺，白银为寸；美而有度，焕以相宣。"《宋史·吴越钱俶世家》："俶贡……红牙

乐器二十二事"。红牙乐器,即以檀木为身的乐器。拍板,古代打击乐器的一种,又称檀板。用檀木数片,以绳串联,用以击节。唐宋时期的拍板为六片或九片,两手合击发音。乐史《杨太真外传》卷上:"宁王吹玉笛,上羯鼓,妃琵琶……贺怀智拍板。"⑫看尊前飞下,日边消息:意谓酒席宴上,侍从为史帅呈上大臣递来的书信。日边,喻京师附近或帝王左右。此处代指宰相发来的密命。杨万里《送丁卿季吏部赴召》诗:"吾州史君五十年,不曾召节来日边。"⑬宝香:熏香。黄阁:汉代丞相办公之阁。厅门涂为黄色,以区别于天子殿廷,故称黄阁。卫宏《汉旧仪》卷上:"(丞相)听事阁曰黄阁。"《宋书·礼志》二:"三公黄阁,前史无其义。……三公之与天子,礼秩相亚,故黄其阁,以示谦不敢斥天子,盖是汉来制也。"⑭画舫:绘有图画的船。青溪:建康溪名。《读史方舆纪要》卷二十:"青溪在(建康府)上元县东六里。溪发源于钟山,下入秦淮,逶迤九曲,有七桥跨其上。《实录》:吴赤乌四年,凿东渠通北堑,以泄玄武湖水,南接于秦淮,逶迤十五里,名曰青溪。其接秦淮处,有青溪闸口。自杨吴城金陵,青溪遂分而为二:在城外者,繇城濠达于淮;在城内者,堙塞仅存一线耳。"⑮端的:真的,果真。约钟山:相约于钟山。钟山,金陵山名。此处代指金陵。至大《金陵新志》卷首:"钟山,一名蒋山,在城东北一十五里。周回六十里,高一百五十八丈。东连青龙山,西接青溪,南有钟浦,下入秦淮,北接雉亭山。"

[评析]

这首词内容十分丰富,副题虽然是说作者赴建康府帅史正志之宴,但真正写宴会场面的词语很少,实际上是借宴会讲述了史帅此前此刻及此后的不同状态:上阕写此宴之前,史帅曾到朝廷献退敌良策,当时朝廷未置可否,史帅暂时回到建康,摆下了这桌宴席,请帐下众僚属饮酒。下阕《金缕》之曲刚刚开唱,红牙拍板刚刚敲响,便见侍卫官进帐,呈给史帅一封密书。作者是个久历官场与沙场的老者,"看尊前飞下,日边消息",已经猜出七八分,他猜想那书信里的内容一定不是请史帅入朝为相之类令人振奋的消息,无非是请史帅依旧驻守建康,以固江防。作者对此是无可奈何的,他虽然期望史帅尽快入朝为相,以便确立反击金人的国策,但又深知史帅必会受到朝廷大臣的排抑,命他仍回建康。于是作者自我开解:这个结果也不错:能与志趣相投的史帅长期在一起为官,纵游佳丽之地,饱听青溪之笛——除此之外,还能有何事可做?这同时也是在宽慰史帅。

念奴娇（登建康赏心亭①呈史留守致道）

我来吊古,上危楼②、赢得闲愁千斛。虎踞龙蟠③何处是,只有兴亡满目。柳外斜阳,水边归鸟,陇上④吹乔木。片帆西去,一声谁喷霜竹⑤。　　却忆安石风流⑥,东山⑦岁晚,泪落哀筝曲⑧。儿辈功名都付与⑨,长日惟消棋局⑩。宝镜难寻⑪,碧云将暮,谁劝杯中绿⑫。江头风怒,朝来波浪翻屋。

[注释]

①赏心亭:建康府亭名。至大《金陵新志》卷十二上:"赏心亭,在下水门之城上,下临秦淮,尽观览之胜。丁晋公谓建。"②危楼:高楼。唐李端《度关山》诗:"危楼缘广漠,古窦傍长城。"③虎踞龙蟠:喻地形雄壮险要。《太平御览》卷一五六引晋张勃《吴录》说:"刘备曾使诸葛亮至京,因观秣陵山阜,乃叹曰:'钟山龙蟠,石头虎踞,帝王之宅也。'"庾信《哀江南赋》:"昔之虎踞龙蟠,加以黄旗紫气。"④陇上:指今陕西、甘肃及其以西一带地区。晋傅玄《惟庸蜀》诗:"姜维屡寇边,陇上为荒芜。"此处仍指西北金人强占之地。⑤一声谁喷霜竹:谁在吹奏笛子。霜竹本竹名,因竹皮白如霜,故名。又借指笛。黄庭坚《念奴娇·八月十七日客有孙彦立善吹笛援笔作乐府长短句文不加点》词:"老子平生,江南江北,最爱临风曲。孙郎微笑,坐来声喷霜竹。"⑥安石风流:《晋书·谢安传》云:"谢安字安石,尚从弟也。……安虽放情丘壑,然每游赏,必以妓女从。"⑦东山:谢安闲居之山。《嘉泰会稽志》卷九:"东山,在(山阴)县西南四十五里,晋太傅谢安

所居也。一名谢安山。岿然特立于众峰间,拱揖蔽亏如鸾鹤飞舞。其巅有谢公调马路;白云、明月二堂址。千嶂林立,下视沧海,天水相接,盖绝景也。下山出微径,为国庆寺,乃太傅之故宅。傍有蔷薇洞,俗传太傅携妓女游宴之所。"⑧哀筝曲:古筝所奏曲大多哀怨,古称筝曲为哀曲。唐李远《赠筝妓伍卿》:"坐客满筵都不语,一行哀雁十三声。"⑨儿辈功名都付与:《晋书·谢安传》云:"时苻坚强盛,疆场多虞,诸将败退相继。安遣弟石及兄子玄等应机征讨,所在克捷。……坚后率众,号百万,次于淮肥,京师震恐。加安征讨大都督。玄入问计,安夷然无惧色,答曰:'已别有旨。'既而寂然。玄不敢复言,乃令张玄重请。安遂命驾出山墅,亲朋毕集,方与玄围棋赌别墅。……指授将帅,各当其任。玄等既破坚,有驿书至,安方对客围棋,看书既竟,便摄放床上,了无喜色,棋如故。客问之,徐答云:'小儿辈遂已破贼。'既罢,还内,过户限,心喜甚,不觉屐齿之折。"⑩长日惟消棋局:谓终日以下棋为乐。此句连上读,谓谢安临危不乱,指挥若定,表面终日下棋,实则胜券在握。⑪宝镜难寻:即言太阳下山,难以再见。宝镜,喻太阳。唐崔护《日五色赋》:"晕藻绘于金轮,聚云霞于宝镜。"⑫杯中绿:即"杯中酒"。古称酒为绿蚁。白居易《问刘十九》诗:"绿蚁新醅酒,红泥小火炉。"

[评析]

这是一首咏史吊古同时感慨壮志难酬的词。通常情况下,单纯的咏史诗词多为就史事而发感慨,且多为绵永的幽思。此词则用了人所熟知的几个典故,把六朝兴亡稍稍点到,没有更多沉浸在历史风霜之中,作者更多感受的是当今岁月,所以开篇便说"我来吊古,上危楼、赢得闲愁千斛"。这千斛之愁并非从前朝带来,而是触景生情,引发了作者对当今河山破碎而产生的"愁"。"虎踞龙盘"虽然也是数百年前的传闻,然而作者看到的却是今天的"兴亡满目"。一切外在的景物,触发的都是今日的悲愁。下阕回想东晋谢安击败苻坚百万大军的故事,尽管那时候这场战役几乎是唯一一次大胜仗,也着实让作者为之振奋,他多么渴望南宋朝廷也打一场这样的战役,让国民感觉到王师的强盛。可惜这只能是"渴望"而已。日暮斜阳下,能够为他消解忧愁的,只有杯中之物,这又是一种多么凄凉的情绪!透过词中的字句,读者体会到的,并不是一个真心前来吊古发幽情的词客,而是一位能征惯战却不给他任何机会的大将军。其内心的压抑,如果不身历其境,很难有真切的理解。

念奴娇(西湖①和人韵)

晚风吹雨,战新荷②、声乱明珠苍璧③。谁把香奁收宝镜④,云锦红涵湖碧⑤。飞鸟翻空,游鱼吹浪,惯趁笙歌席⑥。坐中豪气,看公一饮千石。　　遥想处士⑦风流,鹤随人去⑧,老作飞仙伯⑨。茅舍疏篱今在否⑩,松竹已非畴昔。欲说当年,望湖楼⑪下,水与云宽窄。醉中休问,断肠桃叶⑫消息。

[注释]

①西湖:此处指杭州西湖。②战新荷:指新长出的荷花在风雨的吹打下摇曳晃动,仿佛打战一般。③声乱明珠苍璧:谓雨点打在荷叶之上,仿佛是明珠与苍璧碰击之声。明珠,喻雨滴;苍璧,喻荷叶。④谁把香奁收宝镜:意谓是谁拿着香奁把宝镜收起来了?即月光隐没不见,如同被收藏起来。宝镜,喻月亮。宋李朴《中秋》诗:"皓魄当空宝镜升,云间仙籁寂无声。"⑤云锦红涵湖碧:意谓晚霞如锦,倒映在湖上,使整个湖面斑斓多彩。⑥趁:赶趁,犹今言"凑热闹"。惯趁笙歌席,意思是游鱼惯于到笙歌闹处凑热闹。⑦处士:北宋初西湖高士林逋。《宋史·林逋传》:"林逋字君复,杭州钱塘人。少孤力学,不为章句。性恬淡好古,弗趋荣利,家贫衣食不足,晏如也。初放游江、淮间,久之归杭州,结庐西湖之孤山,二十年足不及城市。真宗闻其名,赐粟帛,诏长吏岁时劳问。……既卒,州为上闻,仁宗嗟悼,赐谥和靖先生。"⑧鹤随人去:谓林逋去世后,所养鹤也随之而去。《梦溪笔谈》卷十:"林逋隐居杭州孤山,常畜两鹤,纵之则飞入云霄,盘旋久之,复入笼中。逋常泛小艇,游西湖诸寺。有客至逋所居,则一童子出应门,延客坐,为开笼纵鹤。良

久,遒必棹小船而归。盖尝以鹤飞为验也。"林逋一生不娶,故无子,唯种梅养鹤自娱,后人称之"梅妻鹤子"。⑨飞仙伯:神仙。古称神仙能飞升,故云。⑩茅舍疏篱今在否:谓不知林处士居住过的茅舍和篱墙还在不在。这是吊古之语,作者明知事往人非,故居早已不在。下句"松竹已非畴昔"可以为证。如此说者,不过为增加历史的凝重感。⑪望湖楼:《咸淳临安志》卷三十二:"望湖楼在钱塘门外一里,一名看经楼。乾德五年,钱忠懿王(俶)建。"⑫桃叶:《乐府诗集》卷四十五《清商曲辞》:"《古今乐录》曰:'《桃叶歌》者,晋王子敬之所作也。桃叶,子敬妾名,缘于笃爱,所以歌之。'《隋书·五行志》曰:'陈时江南盛歌王献之《桃叶》诗,云:桃叶复桃叶,渡江不用楫。但渡无所苦,我自迎接汝。'"

[评析]

这首词是作者在宴席间和某人韵而作。古时文人聚会,作诗填词、彼此赓和,为其雅兴,故这类词往往属于即兴之作,没有太多时间供作者雕琢修饰。词的上阕大部分篇幅写西湖景致,"晚风吹雨,战新荷"一句,点明写作时间在六月荷花方开的时节。此时西湖的游人是最多的,气氛也是最热烈的。傍晚时分,阵雨过后,霞光似锦。一切铺垫完,则是赞许某人有超人的酒量和豪爽的气概。下阕接连用典,不过都是些熟典,先以世人皆知的宋初高士林逋"梅妻鹤子"的故事,把今天的喧嚣拉回到杭州的过去,历史厚重感陡然增强,同时暗示和词的友人,也是林处士那样的名流。又以晋代王献之爱妾桃叶的故事,暗示友人应该抛开世俗的一切,以宁静的心态对待尘世。这不仅是对友人的期望,同时也是作者本人所向往的境界。

满江红(赣州席上呈陈季陵太守①)

落日苍茫,风才定、片帆无力。还记得、眉来眼去②,水光山色。倦客不知身近远，佳人已卜归消息。便归来、只是赋行云，襄王客③。　　些个事④，如何得？知有恨，休重忆。但楚天特地，暮云凝碧。过眼不如人意事，十常八九⑤今头白。笑江州、司马太多情，青衫湿⑥。

［注释］

①赣州：宋代州名，属江南西路，治所在今江西赣州。陈季陵太守：赣州知州陈天麟。《古今图书集成·明伦汇编·氏族典》卷一二三："陈天麟字季陵，绍兴戊辰擢进士第。由饶州改知襄阳。……改知赣州。"《宋会要辑稿·职官》七二之一二："（淳熙二年三月）十九日，知赣州陈天麟除敷文阁待制寝罢成命。"拙撰《宋两江郡守易替考》列陈天麟任赣州知州在孝宗淳熙元年至淳熙三年。②眉来眼去：指纵意观览，目不暇接。此句连下读，意谓纵目四望，尽是山光水色。③赋行云，襄王客：宋玉《高唐赋序》说，楚顷襄王与宋玉游于云梦之台，望高唐之观。其上有云气，须臾之间，变化无穷。宋玉告诉顷襄王：先王曾游高唐，因为困倦而昼寝，梦见一位女子对他说："妾乃巫山之女，特来侍奉大王。"于是先王行幸了这位女子。临别时，女子告诉先王："妾在巫山之阳，高丘之阻，旦为朝云，暮为行雨。朝朝暮暮，阳台之下。"④些个事：这些事情。些个，宋元时期俗语，相当于今言"这些"。⑤过眼：指所经历的事。不如人意事，十常八九：此亦为当时常用俗语，后人总括成"不如意事常八九，得与人言无二三"，至今用之。刘克庄《满江红·和叔永吴尚书，时吴丧少子》词："慨事常八九，不如人意。"刘辰翁《大圣乐·伤春》词："天下事，不如意十常八九，无奈何。"⑥笑江州、司马太多情，青衫湿：白居易《琵琶行》："莫辞更坐弹一曲，为君翻作琵琶行。感我此言良久立，却坐促弦弦转急。凄凄不似向前声，满座重闻皆掩泣。座中泣下谁最多，江州司马青衫湿。"当时白居易被贬为江州司马，此乃其自称之辞。

［评析］

这首词作于孝宗淳熙二年（1175）年末，辛弃疾调任京西转运判官之前、赣州知州陈天麟也已有解官将归的消息之际。当时的背景是：建康府留守叶衡举荐江东安抚司参议官辛弃疾"慷慨有大略"。朝廷召见，迁仓部郎官、提点江西刑狱。到任不久，平定巨盗赖文政有功，加秘阁修撰，调任京西转运判官。辛弃疾平定赖文政战斗中，赣州知州陈天麟给予了很大支持，所以事后辛弃疾上奏言："今成功，实天麟之方略也。"二人关系十分融洽。从词中表现出的情绪看，这个宴会，可能是二人分别之宴。"倦客不知身近远"，是作者自称从此不知身在远近；"佳人已卜归消息"，是说陈知州也即将卸赣州之任。下阕写得比较隐晦。"些个事，如何得？知有恨，休重忆"，大约在说陈知州身上发生了一些不愉快的事，故作者在席上婉言劝解。这个猜测还可以由下面"过眼不如人意事，十常八九今头白"作为注脚，这句话很明显不是在说作者自己，而此时，作者所能做的，是满含热泪，为受到委屈的陈知州送行。全词展现出作者广阔的胸襟，不屑于为官场得失耿耿于怀，同时也劝朋友凡事想开，人生本来就有很多不如意事，而且一件接着一件，直到将头发熬到发白。此词表现的，是作者不计个人得失，只希望能为国家最高利益奉献心力的崇高境界。

菩萨蛮（书江西造口[①]壁）

郁孤台下清江[②]水，中间多少行人泪。西北望长安[③]，可怜无数山。　　青山遮不住，毕竟东流去。江晚正愁余[④]，山深闻鹧鸪[⑤]。

[注释]

①造口：古镇名，亦称皂口，在今江西万安县西南六十里。《读史方舆纪要》卷八七："皂口江，（龙泉）县南六十里。源出赣县界三龙山，径上造、下造，流入赣江。宋建炎初，隆祐太后避兵，南指章赣，金人蹑其后，追至造口，不及而还。造口，即皂口也。"②郁孤台：在今江西赣州西南贺兰山上，

唐宋时为游览胜地。唐李勉为虔州刺史时，曾登此台北望长安。清江：指赣江。③长安：唐代京城，在今陕西西安。此处代指北宋都城汴京。④愁余：使我忧愁。⑤鹧（zhè）鸪：鸟名，其声似曰"行不得也哥哥"。此处喻中原恢复无望。

[评析]

此词作于孝宗淳熙三年（1176），作者当时任江南西路提点刑狱公事，官署即在赣州。他公事之暇登上造口，将此词题写在墙壁上。既是即兴之作，就不存在宿构胸中的问题，也就是说，这首词是作者瞬间挥笔而就，所以文字朴实，没有罗列典故，风格自然流畅，感情也真挚深沉。上阕回忆了四十多年前的一段辛酸往事。罗大经《鹤林玉露》载："盖南渡之初，虏人追隆祐太后（高宗的伯母）御舟至造口，不及而还。幼安因此起兴。'闻鹧鸪'之句，谓恢复之事行不得也。"建炎三年（1129），金兵大举南侵，东路直逼建康、杭州，西路则直下江西，追赶隆祐太后至赣水之滨。这段往事是宋王朝的奇耻大辱，所以数十年后，作者身临其境，仍感痛心疾首。全词以这样一个历史事件起首，开篇就把感情推向了高峰，并由此而产生国耻未雪的悲凉情怀，这"无数山"便是力主求和，阻碍着光复河山的大业。下阕首先充满信心地指出："青山遮不住"，主和派得势只是一时，不可能永远阻挡历史的潮流。然而河山一统要等到何年何月呢？作者听到鹧鸪之鸣，一股难以抑制的愁思油然而生。全词深沉抑郁，虽然豪情力透纸背，但那种对国家前途命运的忧虑则占了主流。

满江红（汉水①东流）

汉水东流，都洗尽、髭胡膏血②。人尽说、君家飞将③，旧时英烈。破敌金城雷过耳④,谈兵玉帐冰生颊⑤。想王郎、结发赋从戎⑥,传遗业⑦。　　腰间剑,聊弹铗⑧。尊中酒,堪为别。况故人新拥,汉坛旌节⑨。马革裹尸当自誓⑩,蛾眉伐性休重说⑪。但从今、记取楚楼⑫风,裴台⑬月。

[注释]

①汉水:长江支流,自陕西安康入湖北境,经光化、襄阳、钟祥、沔阳,在武汉汇入长江。②氎胡:蓄有胡氎的北方异族人。胡,古代中原政权对北方少数民族的称呼。此处特指金人。此句连上读,意谓汉水向东奔流,洗尽了金贼留下的血污。③飞将:西汉飞将军李广。《汉书·李广传》:"广在(右北平)郡,匈奴号曰'汉飞将军',避之,数岁不入界。"此处代指王郎之祖有曾为大将军如李广者。④金城:坚固之城。《后汉书·班固传上》:"建金城其万雉,呀周池而成渊。"李贤注解说:"金城,言坚固也。"破敌金城雷过耳,意思是攻破敌人的坚城迅如雷声过耳,转瞬之间也。⑤谈兵:讨论用兵之计。玉帐:主帅所居之戎帐。颜之推《观我生赋》:"守金城之汤池,转绛宫之玉帐。"冰生颊:谓天气非常寒冷,以致脸颊上都布满了冰凌。⑥结发:束发。古代男子成年开始束发,因指初成年为结发。《史记·李将军列传》:"且臣结发而与匈奴战。"赋从戎:写下《从戎赋》。按,此处实为虚写,仅指王郎刚刚成年便参加了抗金的军队。⑦传遗业:继承父辈未完之事业。⑧弹铗(jiá):《战国策·齐策》四:"齐人有冯谖者,贫乏不能自存,使人属孟尝君,愿寄食门下。……居有顷,倚柱弹其剑,歌曰:'长铗归来乎!食无鱼。'左右以告。孟尝君曰:'食之,比门下之客。'居有顷,复弹其铗,歌曰:'长铗归来乎!出无车。'左右皆笑之,以告。孟尝君曰:'为之驾,比门下之车客。'于是乘其车,接其剑,过其友曰:'孟尝君客我。'后有顷,复弹其剑铗,歌曰:'长铗归来乎!无以为家。'左右皆恶之,以为贪而不知足。孟尝君闻:'冯公有亲乎?'对曰:'有老母。'孟尝君使人给其食用,无使乏。于是冯谖不复歌。"铗,剑。⑨故人新拥,汉坛旌节:意谓王郎父辈的朋友新近刚刚被朝廷授予将军之节。汉坛旌节,用西汉初年刘邦拜韩信为大将的典故。《汉书·韩信传》:"至南郑,(萧)何闻信亡,不及以闻,自追之。人有言上曰:'丞相何亡。'上怒,如失左右手。居一二日,何来谒。上且怒且喜,骂

何曰：'若亡，何也？'何曰：'臣非敢亡，追亡者耳。'上曰：'所追者谁也？'曰：'韩信。'上复骂曰：'诸将亡者已数十，公无所追；追信，诈也。'何曰：'诸将易得，至如信，国士无双。王必欲长王汉中，无所事信；必欲争天下，非信无可与计事者。顾王策安决。'王曰：'吾亦欲东耳，安能郁郁久居此乎？'何曰：'王计必东，能用信，信即留；不能用信，信终亡耳。'王曰：'吾为公以为将。'何曰：'虽为将，信不留。'王曰：'以为大将。'何曰：'幸甚。'于是王欲召信拜之。何曰：'王素嫚无礼，今拜大将如召小儿，此乃信所以去也。必欲拜之，择日斋戒，设坛场具礼，乃可。'王许之。诸将皆喜，人人各自以为得大将。至拜，乃韩信也，一军皆惊。"⑩马革裹尸：用马皮把尸体包裹起来。谓英勇作战，死于战场。《后汉书·马援传》："男儿要当死于边野，以马革裹尸还葬耳。"自誓：自己发下誓言。⑪蛾眉伐性：意谓女色如同砍伐性命的斧头。枚乘《七发》："洞房清宫，命曰寒热之媒；皓齿蛾眉，命曰伐性之斧。"休重说：不必我再反复叮嘱。⑫楚楼：即渚宫，春秋楚国的宫名。故址在今湖北江陵。亦代指江陵。《左传·文公十年》："（子西）沿汉溯江，将入郢。王在渚宫，下见之。"李商隐《宋玉》诗："落日渚宫供观阁，开年云梦送烟花。"⑬裴台：当是江陵的楼台名，用法与"楚楼"同，均代指江陵。具体不详。

[评析]

这是一首送行词，所送之人乃作者晚辈。据邓广铭先生考证，此词当作于孝宗淳熙四年（1177），作者时知江陵府兼荆湖北路安抚使。这是湖北一路的最高军政长官对晚辈的期望鼓励之辞。上阕点明送行地点在江陵府，"汉水东流"，喻宋军奋起抗金；"都洗尽、髭胡膏血"，谓宋朝军队已经将凶残的金贼赶回了汉水以北。随后回到所送王郎的家世上叙述：此人的父辈乃是抗金将军，喋血沙场。如今王郎也已成人，继承父业，继续参加抗击金人的战斗。下阕颇显语重心长，作者以一位长者的身份谆谆教导说：为了国家和民族，上战场就要做好马革裹尸的思想准备，要把所有精力都放在抗金事业上，不可再流连女色，贻误青春。这些话仅仅点到为止，无须再重复了。楚楼、裴台之风月,就是今天为你送行的见证,请你务必记在心中。整首词自始至终洋溢着抗战杀敌的激情,前仆后继的决心,语句明快,情绪凝重,我们仿佛亲眼看见了一位身经百战的老将殷殷送别年轻后生的感人场景,读之令人精神鼓舞。

霜天晓角(旅兴)

吴头楚尾①,一棹人千里②。休说旧愁新恨,长亭③树、今如此。 宦游④吾倦矣,玉人⑤留我醉。明日落花寒食⑥,得且住、为佳耳。

[注释]

①吴头楚尾:古指洪州(今江西南昌)为吴地之头,楚地之尾。即吴地与楚地交界之处。黄庭坚《谒金门·戏赠知命》词:"山又水,行尽吴头楚尾。"②一棹人千里:谓此地水势浩大,艄公只撑一篙,船已行出千里。此是夸张说法,与李白"两岸猿声啼不住,轻舟已过万重山"用法相同。③长亭:古代供人送别休息的简易驿馆。十里有一长亭,五里有一短亭。北周庾信《哀江南赋》:"十里五里,长亭短亭。"④宦游:在地方州郡做官。古代官员调任频繁,官员在路上游走的时间很多,故称为官为"宦游"。韩愈《此日足可惜赠张籍》诗:"我友二三子,宦游在西京。"⑤玉人:容貌美丽的人。《晋书·卫玠传》:"总角乘羊车入市,见者皆以为玉人,观之者倾都。"玉人亦常指美丽的女子。此处不详所指。⑥寒食:古代清明节前一两天的一个民俗节日。宗懔《荆楚岁时记》云:"去冬节一百五日,即有疾风甚雨,谓之寒食,禁火三日。"

[评析]

这是一首行旅词,是作者淳熙五年(1178)自知隆兴府受召回朝任大理少卿途中所作。《宋会要辑稿·职官》七二之二〇记载:"(淳熙五年二月)二十五日,知兴国军黄茂材特降两官。以江西安抚辛弃疾言茂材过数收纳苗米，致人户陈诉故也。"本词说"明日落花寒食"，可以证明，辛弃疾在履行完监察弹劾属官违纪行为后不久，便离开了隆兴府。可以看出，作者此行的情绪还不坏，尽管下阕也有"宦游吾倦矣"的小小感慨，那不过是操劳王事之余的一种放松而已，如同今天某些官员动辄对人说"哎呀累死了"之类，您想，如果真让说这话的官员马上离职休息，他会不会疯了？这和辛弃疾"宦游吾倦矣"的小牢骚性质相同，不必过于当真。整首词写得很轻松，"吴头楚尾，一棹人千里"，最能表现作者此时的真实心境。明天是寒食节，这也给作者的旅途增加了兴致，他真想趁此放松一下心情，所以打趣地说："得且住、为佳耳"——如果能在这里踏踏实实住上两天，是最好不过的事。要知道英雄也是凡人，也有凡人应有的所有情愫和愿望。我不赞成某些学者动辄把辛词和他的报国热情硬性联系在一起，似乎辛弃疾说过的每一句话，都一定和他壮志难酬的情怀紧密挂钩，这样的分析和理解，其实也属于将英雄人为抬举成"高大全"的极左思潮范畴。

念奴娇（书东流①村壁）

野棠花落，又匆匆、过了清明时节。刬地东风欺客梦②，一夜云屏寒怯③。曲岸持觞④，垂杨系马，此地曾轻别⑤。楼空人去，旧游飞燕能说⑥。　　闻道绮陌⑦东头，行人长见，帘底纤纤月⑧。旧恨春江流未断，新恨云山千叠。料得明朝，尊前重见，镜里花难折⑨。也应惊问，近来多少华发⑩。

[注释]

①东流：宋县名，属池州，治所在今安徽东流。作者从江西北行时曾经过此地。②刬（chǎn）地：无端地。客梦：行客的睡梦。客，作者自指。

③云屏：云母镶嵌的屏风。唐刘长卿《昭阳曲》："芙蓉帐小云屏暗，杨柳风多水殿凉。"寒怯：此处指因天凉而感到畏怯。④曲岸：弯弯曲曲的江岸。持觞：举杯饮酒。⑤曾轻别：意谓曾经到过此地。⑥旧游飞燕能说：往昔之游，穿飞的燕子可以诉说。意谓人曾离此而去，燕子却还是原来的燕子，可以道往昔之事。⑦绮陌：繁华的街道。⑧纤纤月：一说喻女子的纤足，代指美人。⑨镜里花难折：喻旧时见过的美人如今已是镜中之花，再难相求。⑩近来多少华发：近来增添了多少白发。华发，花白头发。

[评析]

这首词作于孝宗淳熙五年（1178），作者从江西受召入朝任大理少卿，沿江而下，路经此地，想起了往事，有感而题此词于村舍之壁。上阕写清明之后行至东流，想起了往年游此地时与一位女子相恋的往事。当作者寻到画楼时，却是人去楼空。下阕峰回路转，本已绝望之时，却意外地听到路人说：这位女子现仍在此地，只是搬到了街道的东头。这意外的收获并没有让作者欣喜若狂，恰恰相反，却使他感叹万端，旧恨新愁一齐涌上心头。那当年亭亭玉立的少女，如今可能已经苍老了许多。此词展示了作者侠骨柔肠的一面。作者毕竟也是血肉之躯，虽然在战场上是"壮岁旌旗拥万夫"的凛凛大汉，但面对一位楚楚可怜的弱小女子，同样也会对她充满怜爱。与女子久别之后重游故地，也会很自然地想起那个当年的"她"。下阕中感慨旧恨新愁的几句，流露出作者对青春易逝的无奈，并很清醒地意识到：岁月的风霜不仅将自己催老，那当年的美人，如今大概也是鬓染星霜了。

鹧鸪天（东阳①道中）

扑面征尘去路遥，香篝渐觉水沉销②。山无重数周遭碧③，花不知名分外娇。　　人历历④,马萧萧⑤。旌旗又过小红桥。愁边剩有相思句,摇断吟鞭碧玉梢⑥。

[注释]

①东阳:古地名,宋朝名婺州,在今浙江金华。《读史方舆纪要》卷九十三:"三国吴宝鼎元年,置东阳郡,治长山县。晋以后因之。……隋平陈,改置婺州,亦以天文婺女之分而名。大业初,复为东阳郡,治金华县。唐复为婺州。天宝初,亦曰东阳郡。……宋仍为婺州,亦曰东阳郡、武胜军。"据邓广铭先生考证,此词当作于作者在杭州任官时,或因某事临时到婺州而作此词。②香篝:熏笼。周邦彦《花犯·梅花》词:"更可惜,雪中高树,香篝熏素被。"香篝渐觉水沉销,句意比较晦涩。大意当指温暖如熏笼的天气里,渐渐觉出水波平复。③山无重数:山外有山,山山相连,说不清有几重。周遭:周围。刘禹锡《石头城》诗:"山围故国周遭在,潮打空城寂寞回。"山无重数周遭碧,大意谓远近之山都呈现出碧绿之色。④历历:排列成行。《乐府诗集·陇西行》:"天上何所有,历历种白榆。"⑤萧萧:象声词,马叫声。《诗经·小雅·车攻》:"萧萧马鸣,悠悠旆旌。"⑥吟鞭:诗人的马鞭。亦指行吟的诗人。宋陈亮《七娘子·三衢道中作》词:"卖花声断蓝桥暮,记吟鞭醉帽曾经处。"

[评析]

这是一首唯美的写景词,写的是江南佳景。虽然副题为"东阳道中",看似行旅之作,但作者所述,尽皆途中所见的美景。作者以写意的笔法,刻画了一幅尽善尽美的山水画卷。上阕用一句"扑面征尘去路遥"作为"引子",很快引出暖意熏人的晚春感受,放眼看去,重重山峦如黛匀墨染,路边花朵,虽然叫不出名字,然而它们的尽态极妍,令人驻足流连。这两句可谓传神之笔,妙就妙在"山无重数"——说不清多少重山;"花不知名"——讲不出花的名称。如果山有三重、花有桃杏,便觉索然无味了。下阕首句袭用杜甫"车辚辚,马萧萧",看似无过人处,然而这又是作者为下句作的铺垫——在读者没有感觉奇险的当口,很快抖出"旌旗又过小红桥"一句,立刻引起了读者的疑问:旌旗过的是"小红桥",那旌旗又该是什么颜色?如果旗、桥皆红,岂不是诗家大忌?其实这是作者耍的一个小把戏,他在句式上做了手脚:正确的理解应该是"红色的旌旗正在过小桥"——桥肯定不是红色的,只因旌旗经过,映红了小桥罢了。作者调动词语编织景色的本领实在高超,惟其如此,我们读过后,才可能产生叹为观止的欣快。

满江红（江行和杨济翁①韵）

过眼溪山,怪都似、旧时曾识。是梦里、寻常行遍,江南江北。佳处径须携杖去,能消几緉平生屐②。笑尘埃、三十九年非③,长为客④。　　吴楚地,东南坼⑤。英雄事,曹刘敌⑥。被西风吹尽,了无陈迹。楼观才成人已去⑦,旌旗未卷头先白⑧。叹人间、哀乐转相寻,今犹昔。

[注释]

①江行:溯江而行。此处指作者自大理少卿出任荆湖北路转运副使,自临安往鄂州行进途中。杨济翁:南宋诗人杨万里的族弟,名炎正,字济翁。所著有词集《西樵语业》。《诚斋诗话》云:"余族弟炎正,字济翁。……济翁年五十二乃登第,初任宁远簿,甚为京丞相(镗)所知,有启上丞相云:'秋惊一叶,感蒲柳之先知;春到千花,叹桑麻之后长。'丞相遂下待除掌故之令。"②能消几緉(liǎn)平生屐(jī):意谓见到佳处便携杖登临,一辈子能穿破几双鞋。緉,古代计算鞋的量词,即今言"双"。曹植《冬至献履袜颂表》:"拜表奉贺,并献文履七緉,袜百副。"屐,木制的鞋,底大多有二齿,以行泥地。《晋书·五行志上》:"初作屐者,妇人头圆,男子头方,圆者顺之义,所以别男女也。至太康初,妇人屐乃头方,与男无别。"③笑尘埃、三十九年非:活了三十九年全都是错,一天也没活明白。这是作者自嘲之辞。《淮南子·原道》:"故蘧伯玉年五十,而有四十九年非。"谓年五十而知前四十九年之过

失。④长为客：谓自从来到南方，一直是客居的身份，没有主人的感觉。⑤吴楚地，东南坼（chè）：谓吴楚之地，属于东南低下之地。《太平御览》卷二："共工氏与颛顼争为帝，怒触不周之山，折天柱，绝地维。故天倾西北，日月星辰就焉；地不满东南，故百川水潦归焉。"杜甫《登岳阳楼》诗："吴楚东南坼，乾坤日夜浮。"此处代指即将赴任的湖北鄂州，亦所谓吴楚之地也。⑥英雄事，曹刘敌：谓英雄之事，只有曹操与刘备可以匹敌。《三国志·蜀书·先主传》："是时曹公从容谓先主曰：'今天下英雄，唯使君与操耳。本初之徒，不足数也。'"⑦楼观才成人已去：意谓所建楼观刚刚落成，其人却已经亡故。此言人生十分短暂。⑧旌旗未卷头先白：意谓尚未来得及得胜卷旗奏凯而归，头上却已满是白发。唐令狐楚《从军行》："一卷旌收千骑虏，万全身出百重围。"

[评析]

这是一首行旅词，是作者自临安赴湖北运副途中所作。上阕以高度的概括说"过眼溪山，怪都似、旧时曾识"，然而仔细想来，此处确实没有到过，原来是做梦时游遍大江南北。此二句看似在说笑话，实则表达出作者对大好河山的无限深情，接下来的一句，是对这两句的补充：佳处径须携杖去，能消几纳平生屐！见到美景就想携杖登览，无须计算废掉多少双鞋子。下面两句笔锋陡转，正当观景兴浓时，忽然意识到：虽然自己对祖国河山充满深深的爱，可惜一说到光复神州，便受到朝廷的搁置和冷遇，难道是前半生全都错了？下阕感慨自古英雄，大多难酬其志，往往是功业未成，斯人已逝，即杜甫所谓"出师未捷身先死，长使英雄泪满襟"的遗憾。叹如今自己也已年纪老大，尚未为收复北方出一毫之力，却要匆匆赶到鄂州，去督管漕运粮米之类的不急之务，这不是白白耗费精力又是什么？抚今追昔，道理相同，但又无可奈何。全词所表达的，还是渴望尽早建功立业。

摸鱼儿（更能消几番风雨①）

淳熙己亥②，自湖北漕移湖南③，同官王正之置酒小山亭④，为赋。

更能消、几番风雨。匆匆春又归去。惜春长恨花开早，何况落红⑤无数。春且住。见说道、天涯芳草无归路⑥。怨春不语⑦。算只有殷勤，画檐蛛网，尽日惹飞絮。　　长门事⑧，准拟佳期⑨又误。蛾眉曾有人妒⑩。千金纵买相如赋，脉脉此情谁诉？君莫舞⑪。君不见、玉环飞燕皆尘土⑫。闲愁最苦。休去倚危楼，斜阳正在，烟柳断肠处。

[注释]

①更能消几番风雨：还能禁得起几度风雨。感慨人生短暂。②淳熙己亥：宋孝宗淳熙六年，公元1179年。③湖北漕：荆湖北路转运副使。移湖南：指调任荆湖南路转运副使。湖南，荆湖南路，治所在今湖南长沙。④同官：指同在一个部门任职的官员。王正之：王正己，字正之，曾任右司郎官、太常卿，为辛弃疾的故交。小山亭：古亭阁名，故址在今湖北武汉市武昌。⑤落红：飘落的花瓣。唐戴叔伦《相思曲》："落红乱逐东流水，一点芳心为君死。"⑥见说道：听说。天涯芳草无归路：意谓春光已尽，萋萋芳草不再回来。⑦怨春不语：意谓春天没有告别，便悄悄地溜走了。⑧长门事：司马相如《长门赋序》说："孝武皇帝陈皇后，时得幸，颇妒。别在长门宫，愁闷悲思。闻蜀郡司马相如，天下工为文，奉黄金百斤，为相如、文君取酒，因于解悲愁之辞。而相如为文以悟主上，陈皇后复得幸。"此句喻作者希望重新得到朝廷的重用。⑨准拟：一准是。佳期：男女欢爱之期。此处喻作者盼望归朝的日期。⑩蛾眉曾有人妒：喻自己受到朝官的嫉妒。蛾眉，美人的弯眉。⑪君莫舞：意指那些暂时得意的朝士不要高兴得太早。⑫玉环：杨玉环，唐玄宗的爱妃。安史之乱，玄宗幸蜀，途中六军不发，杨玉环被赐死于马嵬坡。飞燕：赵飞燕，汉成帝宠幸的皇后，后来被废为庶人，自杀。皆尘土：谓都已经化为了尘土。

[评析]

　　此词作于孝宗淳熙六年（1179），作者从荆湖北路转运副使调任荆湖南路转运副使，当时作者四十岁，距北宋灭亡已经四十余年。作者抱着满腔的报国热情来到南宋，却始终没有得到朝廷的重用。尽管当时一路的转运使是较高官职，但其所司仅仅是粮谷转运，与杀敌复国之事毫不相干。朝廷一味向金人妥协，这使作者感到十分失望，所以在调官离任时，发出这番感慨。上阕以"惜春"发端，希望春天永驻，但是"春不语"，这是一种比兴，言自己希望江山永好，可朝廷对此却默默无语。随后作者以蜘蛛自比，讲到只有这微小的昆虫懂得挽留春光，体现了作者当时孤立无援的愁苦心情。下阕用陈皇后幽居长门、佳期再误的故事，比喻自己被闲置的境遇和希望得到朝廷重新起用而不得的烦闷。"千金纵买相如赋"一句，可谓哀哀欲绝。眼看着半壁河山沦于敌手，自己却做着于国无补的琐事，有谁能理解自己的真情实感？一个真正忠于国家的人，无端受到排斥和打击，这不由使人想起鲁迅先生的一句诗："横眉岂夺蛾眉冶，不料仍违众女心。"此时作者的心情由哀伤转为愤怒，他诅咒那些蹩躠群小误国媚主的可耻行径，说他们最终只会落得杨玉环、赵飞燕那样的下场！末尾以"斜阳正在，烟柳断肠处"来比喻南宋朝廷岌岌可危的境况。虽然有人批评此说未免危言耸听，但读者从中可以体会到作者对国事是何等的忧心忡忡。全词非怨即愁，但字里行间洋溢着一股爱国的激情，那些主和小人虽然对辛弃疾充满敌意，但对他义正词严的议论，也只能怀恨在心，不敢公然治他的罪。连孝宗皇帝看了此词之后，都深为他的忧国精神所感动，没有找他什么麻烦。

阮郎归（耒阳道中为张处父推官①作）

山前灯火欲黄昏，山头来去云。鹧鸪声里数家村，潇湘②逢故人。　　挥羽扇，整纶巾③，少年鞍马尘。如今憔悴赋《招魂》④，儒冠多误身⑤。

[注释]

①耒阳：宋朝县名，属荆湖南路衡州，治所在今湖南耒阳。张处父：作者有过交往的熟人，具体仕履不详。推官：宋代州郡中主要属官名，协助知州、知府处理狱讼审理的官员。宋代州郡一般都设判官和推官，均为今天意义上的"公检法"系统官员。推官掌推问审理，判官掌复核判决。②潇湘：潇水和湘江，湖南境内两条河流名。③纶（guān）巾：古代用青色丝带做的头巾。一说为配有青色丝带的头巾。诸葛亮在军中服用，故又称诸葛巾。苏轼《念奴娇·赤壁怀古》词："羽扇纶巾，谈笑间，樯橹灰飞烟灭。"④《招魂》：《楚辞》中的篇名。《文选》卷三十三《招魂》一首，《序》曰："《招魂》者，宋玉之所作也。宋玉怜哀屈原厥命将落，作《招魂》，欲以复其精神，延其年寿也。"⑤儒冠多误身：谓毕生追求读书做官的人，是最耽误自身的。杜甫《奉赠韦左丞丈二十二韵》："纨袴不饿死，儒冠多误身。"

[评析]

这首小词是作者担任湖南转运副使或知潭州兼湖南安抚使时，因事经耒阳，邂逅故人张处父所作，时间应在孝宗淳熙六七年间。全词情致不高，甚至有些压抑感，或许是对这位张处父饱历沧桑、如今依然沉于下僚感到很不平。上阕几乎全在写景，这些铺垫文字显得暗淡无神，先给读者一种沉闷的感觉。下阕才入正题，写张处父当年也是雄姿英发、少年鞍马的"热血青年"，如今数年过去，处父英气全无，身份还是一个州郡幕僚。辛酸之际，作者慨然发出"儒冠多误身"的感慨。此词的主旨，表现在对人生的思索和无奈。

这世界上的每一个人,都无法左右和把握自己的生命轨迹,随着岁月的流淌,绝大多数的生命,都会随之暗去。尽管作者对此有深深的感悟,但他深知,在一个无数生命共同组成的大社会里,想要有主动的作为,让生命轰轰烈烈,绽放生命的绚丽,是很难实现的。

满庭芳(和洪丞相景伯①韵)

倾国无媒②,入宫见妒③,古来颦损蛾眉④。看公如月,光彩众星稀⑤。袖手高山流水⑥,听群蛙、鼓吹⑦荒池。文章手,直须补衮⑧,藻火粲宗彝⑨。　　痴儿⑩公事了,吴蚕缠绕,自吐余丝⑪。幸一枝粗稳⑫,三径新治⑬。且约湖边风月,功名事、欲使谁知?都休问,英雄千古,荒草没残碑。

[注释]

①洪丞相景伯:《宋史·洪适传》:"适字景伯,皓长子也。……绍兴十二年,与弟遵同中博学宏词科。……隆兴二年二月,召贰太常兼权直学士院。……乾道元年五月,迁翰林学士,仍兼中书舍人。……六月,除端明殿学士、签书枢密院事。上谕参政钱端礼、虞允文曰:'三省事与洪适商量。'东、西府始同班奏事。八月,拜参知政事。……十二月,拜尚书右仆射、同中书门下平章事兼枢密使。未几,春霖,适引咎乞退,林安宅抗疏论适,既而台臣复合奏。三月,除观文殿学士、提举江州太平兴国宫。寻起知绍兴府、浙东安抚使。再奉祠。淳熙十一年薨,年六十八,谥文惠。适以文学闻望,遭时遇主,自两制一月入政府,又四阅月居相位,又三月罢政,然无大建明以究其学。"②倾国无媒:意谓倾国美女无人为媒介得到君王之爱。此处"倾国"依旧为"一笑倾人城,再笑倾人国"之省称,以美女喻贤才。邓广铭《稼轩词编年笺注》此句注云:"韩愈诗:'谁为倾国媒,自许连城价。'"韩愈《县斋有怀》诗原作"谁为倾国谋,自许连城价"。③入宫见妒:意谓女子只要进入后宫,必然会受到其他嫔妃的强烈嫉妒。《史记·外戚世家》:"传曰:'女无美恶,

入室（宫）见妒；士无贤不肖，入朝见嫉。'美女者，恶女之仇。岂不然哉！"④古来颦损蛾眉：意谓自古以来，这种嫉妒不知让多少女子愁损眉头。蚕蛾触须细长而弯曲，用喻女子美丽的眉毛。《诗经·卫风·硕人》："螓首蛾眉，巧笑倩兮。"⑤看公如月，光彩众星稀：谓洪公光辉如月，众星小小光亮几乎全被掩没。⑥袖手：藏手于袖，表示闲逸神态。韩愈《石鼎联句》序："袖手耸肩，倚北墙坐。"高山流水：《列子·汤问》："伯牙善鼓琴，钟子期善听。伯牙鼓琴，志在高山。钟子期曰：'善哉！峨峨兮若泰山！'志在流水。钟子期曰：'善哉！洋洋兮若江河！'"⑦鼓吹：喻蛙鸣。《南齐书·孔稚珪传》："稚珪风韵清疏。……门庭之内，草莱不剪，中有蛙鸣。或问之曰：'欲为陈蕃乎？'稚珪笑曰：'我以此当两部鼓吹，何必期效仲举？'"⑧补衮（gǔn）：《诗经·大雅·烝民》："衮职有阙，惟仲山甫补之。"毛亨传云："有衮冕者，君之上服也，仲山甫补之，善补过也。"郑玄笺云："衮职者，不敢斥王之言也。王之职有阙，辄能补之者，仲山甫也。"衮，古代帝王及上公所穿绘有卷龙的礼服。《周礼·春官·司服》："享先王则衮冕。"郑玄注解说："衮，卷龙衣也。"后世用"补衮"喻大臣辅佐帝王。⑨藻火粲宗彝：《尚书·益稷》："宗彝、藻、火、粉米、黼黻、絺绣，以五采彰施于五色，作服。"孔安国传云："藻，水草有文者；火为火字。"孔颖达疏解说："宗彝也，藻也，火也，粉米也，黼也，黻也，此六者絺以为绣，施于裳也。"藻火，古代官员衣服上所绣作为等级标志用的水藻及火焰形图纹。⑩痴儿：凡夫俗子。黄庭坚《登快阁》诗："痴儿了却公家事，快阁东西倚晚晴。"此处是作者自贬之称。⑪吴蚕缠绕，自吐余丝：吴蚕，即蚕。古吴地多蚕，故称。李白《寄东鲁二稚子》诗："吴地桑叶绿，吴蚕已三眠。"此二句邓广铭先生释为："意谓洪氏虽跻相位，而经论未究，自当于闲退时别抒所蕴也。"按，二句若连上下读之，恐如此解释未为允当。前言"痴儿公事了"，则作者不可能称洪氏为"痴儿"甚明。后言"幸一枝粗稳，三径新治"，则此时洪氏早已不在相位，作者仅仅是出于尊重，称其前官而已。既如此，则所谓"虽跻相位，而经论未究，自当于闲退时别抒所蕴"之说便不可成立。愚以为此词下阕全是在说作者自己。参下"评析"。⑫一枝粗稳：谓衣食之需尚可满足。《庄子·逍遥游》："鹪鹩巢于深林，不过一枝。"⑬三径：代指归隐者的家园。赵岐《三辅决录·逃名》:"蒋诩归乡里,荆棘塞门,舍中有三径,不出,唯求仲、羊仲从之游。"新治:刚刚打扫。

[评析]

此词是奉和宰相洪适之作。究竟作于何时呢?《宋史·宰辅表》四:"(乾道元年)十二月戊寅,洪适自参知政事除左通奉大夫、守右仆射兼权枢密使。……(乾道二年)三月辛未,洪适罢右仆射,授观文殿学士,提举江州太平兴国宫。"根据这个记载,洪适担任宰相只有乾道元年十二月至二年三月短短三个月时间。《宋史·洪适传》说他旋即又命为绍兴府知府。《嘉泰会稽志》卷二郡守题名载:"洪适,乾道二年十月以观文殿学士、左通奉大夫知(绍兴府),四年三月,提举临安府洞霄宫。"也就是说,洪适从宰相位上退下后,歇了半年,便到绍兴府任知府,干了一任,便彻底吃祠禄休息了。这段时间里,辛弃疾还只是个二十几岁的年轻小伙子,先任江阴军签判,乾道四年,也就是洪适已经从绍兴府退下提举洞霄宫时,辛弃疾被命为建康府通判。两年后的乾道六年,孝宗召对延和殿。根据这些记载,初步可以确定:此词肯定不是洪适在相位时所作,甚至不是洪适在绍兴府任上所作,而是比这更晚的乾道末年。按照宋朝人的习惯和礼貌,洪适既然当过宰相,他退下来之后不管做什么,人们依旧可以称之为"相"。这就如同今天,某人当过部长,退休之后已是一介平民,其原来的下属见到他,依旧应该称呼他"某部长"道理相同。这个结解开,其写作的时间就不必拘泥于乾道二年三月之前了。据词中"袖手高山流水,听群蛙、鼓吹荒池"之句,我认为此词当作于乾道末洪适从绍兴府知府任上退下之后不久。上阕写洪适在相位,本可以补衮献策,却无端受到群小嫉妒,不得不离开朝廷——这层意思表达得十分明显,同时也表明了自己的态度:这实在是无可奈何的事,只有愤慨而已。下阕实际上是在诉说自身的苦闷:不肖之才,粗了公家之事。这个"公事"

指什么呢？《宋史·辛弃疾传》："（乾道）六年，孝宗召对延和殿。时虞允文当国，帝锐意恢复，弃疾因论南北形势及三国、晋、汉人才，持论劲直，不为迎合。作《九议》并《应问》三篇、《美芹十论》献于朝，言逆顺之理，消长之势，技之长短，地之要害甚备。以讲和方定，议不行。"该做的都做了，朝廷"不行"谁也没办法！既然此议不行，或许接下来只能去治三径、约风月了。所以我认为，这几句并非在说洪氏，而是在说他自己。全词显得很压抑，一是颇为干练的洪相无用武之地，二是自己一腔热血想洒都没处洒，很自然想到三径、风月之闲，也就不难理解了。

贺新郎（赋滕王阁①）

　　高阁临江渚②。访层城③、空余旧迹，黯然怀古。画栋珠帘当日事，不见朝云暮雨④。但遗意、西山南浦⑤。天宇修眉浮新绿⑥，映悠悠、潭影长如故⑦。空有恨，奈何许。　　王郎健笔夸翘楚⑧。到如今、落霞孤鹜，竞传佳句⑨。物换星移知几度，梦想珠歌翠舞。为徙倚⑩、阑干凝伫⑪。目断平芜⑫苍波晚，快江风、一瞬澄襟暑。谁共饮，有诗侣。

[注释]

①滕王阁：《读史方舆纪要》卷八十四："滕王阁在章江门城上，唐显庆四年，滕王元婴为洪州都督时所造也。"②高阁临江渚：这是唐朝诗人王勃《滕王阁》诗中的原话："滕王高阁临江渚，佩玉鸣鸾罢歌舞。"③层城：数层之楼。《世说新语·言语》："遥望层城，丹楼如霞。"④画栋珠帘当日事，不见朝云暮雨：这两句中的"画栋"、"珠帘"、"朝云"、"暮雨"均为王勃《滕王阁》诗中的词语，辛弃疾化用在自己的词中。《滕王阁》诗："画栋朝飞南浦云，珠帘暮卷西山雨。"⑤西山南浦：这也是《滕王阁》诗中的词语，见上

注。⑥天宇修眉浮新绿：天边的群山像美人的修眉，浮动着刚刚生出的嫩绿。韩愈《南山诗》："天空浮修眉，浓绿画新就。"⑦映悠悠、潭影长如故：王勃《滕王阁》诗："闲云潭影日悠悠，物换星移几度秋。阁中帝子今何在，槛外长江空自流。"⑧王郎：写《滕王阁序》的王勃。《新唐书·王勃传》："王勃字子安，绛州龙门人。六岁善文辞，九岁得颜师古注《汉书》读之，作《指瑕》以擿其失。"健笔：《新唐书·王勃传》："初，道出钟陵，九月九日，都督大宴滕王阁，宿命其婿作序以夸客，因出纸笔遍请客，莫敢当。至勃，沉然不辞。都督怒，起更衣，遣吏伺其文辄报。一再报，语益奇，乃瞿然曰：'天才也！'请遂成文，极欢罢。勃属文初不精思，先磨墨数升，则酣饮，引被覆面卧，及寤，援笔成篇，不易一字，时人谓勃为'腹稿'。"翘楚：《诗经·周南·汉广》："翘翘错薪，言刈其楚。"郑玄笺云："楚，杂薪之中尤翘翘者。"本指高出杂树丛的荆树。后用喻杰出人才或突出事物。⑨落霞孤鹜，竞传佳句：意谓直到如今，其《序》中的"落霞孤鹜"还被称为名句。《太平广记》卷一七五引《摭言》："年十三，省其父至江西。会府帅宴于滕王阁。时帅府有婿善为文章，帅欲夸之宾友，乃宿构滕王阁序，俟宾合而出之，为若即席而就者。既会，帅果授笺诸客，诸客辞。次至勃，勃辄受。帅既拂其意，怒其不让，乃使人伺其下笔。初报曰：'南昌故郡，洪都新府。'帅曰：'此亦老生常谈耳。'次曰：'星分翼轸，地接衡庐。'帅沉吟移暑。又曰：'落霞与孤鹜齐飞，秋水共长天一色。'帅曰：'斯不朽矣！'"⑩徙倚：徘徊。《楚辞·远游》："步徙倚而遥思兮，怊惝恍而乖怀。"王逸注解说："彷徨东西，意愁愤也。"⑪阑干：即栏杆。李白《清平调》之三："解释春风无限恨，沉香亭北倚阑干。"凝伫：凝神伫立。⑫平芜：草木丛生的平旷原野。欧阳修《踏莎行》词："平芜尽处是春山，行人更在春山外。"

[评析]

这首词凭吊古迹滕王阁，是作者于淳熙八年（1181）任洪州知州兼江南西路安抚使时作。滕王阁是洪州标志性的古迹，作者到了这里，不登滕王阁，是绝说不过去的。滕王阁的出名，不在于其建筑有多么雄伟，而在于王勃写了一首《滕王阁序》。千余年后，如果我们问滕王究竟何许人，可能不少人都答不出来，但如果问

《滕王阁序》的作者是谁,只要稍有文学修养的人,都能不假思索地说出"王勃"这个名字,这就是滕王阁的魅力,其实是文学创作的魅力。所以作者这首词名义上是"赋滕王阁",实际上全是在重复和赞赏《滕王阁序》的文学造诣。从这个意义上说,唐嗣滕王元婴实在应该感谢王勃——由于人们关注了这篇序,连带关注了嗣滕王元婴。人们这才发现,原来此人不单是皇室宗亲,还是个画家呢。宋郭若虚《图画见闻志》卷五:"唐滕王元婴,高祖第二十二子也。善画蝉雀、花卉,而史传不载。惟张彦远《历代名画记》中书之。"既然是吊古之词,肯定还有作者面对此阁所发的缕缕幽情:当年王勃写序,难免有所夸张,但总不会与阁的实际相去太远,而今天再"访层城"时,却只有"旧迹",供人凭吊而已。王勃笔下"临帝子之长洲,得仙人之旧馆。层台耸翠,上出重霄;飞阁流丹,下临无地。鹤汀凫渚,穷岛屿之萦回;桂殿兰宫,列冈峦之体势。披绣闼,俯雕甍。山原旷其盈视,川泽纡其骇瞩。闾阎扑地,钟鸣鼎食之家;舸舰弥津,青雀黄龙之舳"的辉煌与繁盛,早已不复存在,唯一尚存遗意的,倒是"西山"之雨和"南浦"之云,那也是因为造物者的功劳,而不是此阁的幸运。全词充满斗转星移、物换人非的历史沧桑感,读之令人凝思,而知天地之间,人与物都无法留住,能留住的,只有来自精神层面的辉煌和不朽。

木兰花慢（席上送张仲固帅兴元①）

汉中开汉业②,问此地、是耶非?想剑指三秦③,君王得意,一战东归④。追亡⑤事、今不见,但山川满目泪沾衣⑥。落日胡尘未断,西风塞马空肥⑦。　　一编书是帝王师⑧,小试去征西⑨。更草草离筵,匆匆去路,愁满旌旗。君思我、回首处,正江涵秋影雁初飞⑩。安得车轮四角⑪,不堪带减腰围⑫。

[注释]

①张仲固:张坚。《京口耆旧传》卷七:"张坚字仲固。郊恩,补承务郎,再擢绍兴甲戌进士第。……除江南路转运判官。居一岁,兴元择牧,难其人,遂畀帅节。坚在兴元,教阅义士,劝课农桑。夏六月,三堰坏,坚自督役,三堰俱复。八月,除户部郎中、四川总领,视事旬日,辛。"帅兴元:担任兴元府帅臣。兴元府,宋代府名,治所在今陕西汉中。《宋史·地理志》五:"兴元府,次府,梁州,汉中郡,山南西道节度。旧兼提举利州路兵马巡检事。建炎二年,升本路钤辖。四年,兼本路经略、安抚使。后分利州路为东、西路:兴元、剑利阆金洋巴蓬、大安为东路,治兴元。"②汉中开汉业:指秦朝末年,刘邦为汉中王,并以此为基地,最终击败项羽,夺得天下,建立汉朝。《汉书·高祖本纪》:"(项羽)更立沛公为汉王,王巴、蜀、汉中四十一县,都南郑。"③剑指三秦:指刘邦不满足于"王汉中",将目标指向三秦之地。《汉书·高祖本纪》:"(项羽)三分关中,立秦三将:章邯为雍王,都废丘,司马欣为塞王,都栎阳;董翳为翟王,都高奴。"④一战东归:指刘邦王汉中后,听从韩信之计,攻打三秦之地,遂据关中。《汉书·高祖本纪》:"五月,汉王引兵从故道出袭雍。雍王邯迎击汉陈仓,雍兵败,还走;战好畤,又大败,走废丘。汉王遂定雍地。"⑤追亡:即萧何追韩信之事。见前《满江红·汉水东流》注⑨。⑥山川满目泪沾衣:唐李峤《汾阴行》诗:"山川满目泪沾衣,富贵荣华能几时。"⑦塞马空肥:此句连上读,意谓今秋金兵尚在汉中以北,塞上的胡马正吃得膘肥。此时期汉中为南宋的边关重镇,其北则为金人所有,故云"塞马空肥"。⑧一编书是帝王师:《史记·留侯世家》:"(张)良尝间从容步游下邳圯上,有一老父,衣褐,至良所,直堕其履圯下,顾谓良曰:'孺子,下取履!'……父去里所,复还,曰:'孺子可教矣。后五日平明,与我会此。'……五日,良夜未半往。有顷,父亦来,喜曰:'当如是。'出一编书,曰:'读此则为王者师矣。后十年兴。十三年孺子见我济北,谷城山下黄石即我矣。'遂去,无他言,不复见。旦日视其书,乃太公兵法也。"⑨小试:"小试牛刀"的省称,意谓张坚前往汉中,尚不能展其全才,不过小试牛刀而已。征西:汉中在行在所西北,故云"征西"。⑩江涵秋影雁

初飞：杜牧《九日齐安登高》诗："江涵秋影雁初飞，与客携壶上翠微。"此处用杜牧诗，点明季节在秋季。⑪车轮四角：陆龟蒙《古意》诗："愿得双车轮，一夜生四角。"谓愿车轮生角，以寄思念之情。⑫带减腰围：谓因思念之苦而身体消瘦，以致革带的孔都要向内移了。南朝梁沈约《与徐勉书》："百日数旬，革带常应移孔。"欧阳修《行云》诗："叠叠烟波隔梦思，离愁几日减腰围。"

[评析]

这是一首送行词。淳熙八年（1181），辛弃疾任洪州知州兼江西安抚使，张坚时为江西转运判官，二人为同僚。未久，张坚受命知兴元府，辛弃疾为他送行，写了这首词。上阕从汉中的历史说起，自然要提到刘邦，因为此地出名，最早就是因为刘邦被项羽封了个汉中王。提到刘邦，又自然而然想到萧何月下追韩信——那时候的王侯是多么珍爱人才，而今这种事完全没有了！这一句作者写得非常巧妙，借古人萧何、韩信的故事，委婉地表达出当今朝廷对人才的漠视，于是自己郁郁不得志的情绪便流露出来。接下来的措辞依旧非常巧妙：如今不见追韩信的事儿了，能见到的又是什么呢？只有"山川满目泪沾衣"的凄凉和"落日胡尘未断，西风塞马空肥"的沦陷之耻，二者间的过渡十分自然。这样表述不但把当时的朝廷大势摆列清楚，又为张坚要到那里去担任帅臣的非凡意义作了很好的铺垫。于是下阕赞扬张坚有勇有谋，不愧当朝名将，驻守边关，却敌保国，并非难事。最后二句切题，言张坚此去，万里之遥，想要再见，确属不易。当此之时，难舍难分，于是作者又用了"车轮四角"、"带减腰围"两个典故，恰当而真挚地表达了对同僚加朋友的无比思念之情。全词写了多重意思，每层意思的连缀可谓天衣无缝，非常贴切自然，读之如见涧溪曲折，却又潺潺相连，没有任何间断。

菩萨蛮（稼轩日向儿童说）

稼轩日向儿童说，带湖买得新风月①。头白早归来，种花花已开。　　功名浑是错②，更莫思量着。见说小楼东，好山千万重。

[注释]

①带湖买得新风月：在带湖买下了清新的风月。意即闲居于带湖。②功名浑是错：谓求取功名建立功业的想法全都错了。浑，唐宋时期俗语，相当于今言"全都"。王安石《若耶溪归兴》诗："汀草岸花浑不见，青山无数逐人来。"

[评析]

带湖在信州城北灵山之下，是作者闲居的地方。此时作者尚未遭贬，只是为日后的闲居预先做些准备。当然，作者心里很清楚，他的所有主张，都和朝廷的决策格格不入，闲居是早晚的事，所以词中说："功名浑是错，更莫思量着"——那些抗金呀，复国呀，救遗民于水火呀，肃清主和佞臣呀，等等，都是胡思乱想，以后干脆不要在这些事上动脑筋。带湖这地方着实不错，听说小楼之东，有好山千万重呢！如此仙境，怡情养性，何乐而不来此？小词初读时感到作者欢快得像个孩子，仔细回味，才明白他为什么要这样讲——因为想讲的话没人听，只好到带湖这里，絮絮叨叨地与孩子们讲：你们知道吗？老夫在这里买下了多好的风月！你们知道吗？老夫不久就要和你们一起爬山种菜，戏水养鹅，多惬意啊！这是什么情结？其实已经完全不用再说了。

祝英台令（晚春）

宝钗分①，桃叶渡②。烟柳暗南浦③。怕上层楼④，十日九风雨。断肠片片飞红，都无人管，倩谁唤、流莺声住。　　鬓边觑。试把花卜心期⑤，才簪又重数⑥。罗帐灯昏，呜咽梦中语。是他春带愁来，春归何处。却不解、将愁归去。

[注释]

①宝钗分：即分钗，古代男女离别时把钗分作两半，各执一半，以为誓约。②桃叶渡：古渡口名，故址在今江苏南京秦淮河与青溪合流之处。相传晋代名士王献之曾于此处送爱妾桃叶，故名。③南浦：南面的水边。常代称送别之地。《楚辞·九歌·河伯》："子交手兮东行，送美人兮南浦。"王逸注解说："愿河伯送已南至江之涯。"④层楼：层层的高楼。⑤花：指头上簪的花。心期：心中的期盼。宋陆淞《瑞鹤仙》词："待归来先指花梢教看，却把心期细问。"⑥才簪又重数：刚刚把花簪在头上，又摘下来重新数究竟有多少花瓣。

[评析]

这是一首闺怨词，全词委曲有致，代表了作者婉约一面的风格。上阕写男女主人公在渡口分别，折钗相赠，而后进入到别后的相思，这片相思描写得十分细腻，譬如说到以花瓣卜归期，刚刚数过簪在头上，又取下来重数，把女子的痴情写得出神入化。又如下阕怨春带了愁来，却不懂得将愁带去，也显得凄恻缠绵。沈谦《填词杂说》说："稼轩词以激扬奋厉为工，至'宝钗分，桃叶渡'一曲，昵狎温柔，魂销意尽，词人伎俩，真不可测。"也有人推测此词是借闺怨以抒个人怀才不遇之情。《蓼园词选》这样分析道："此必有所托，而借闺怨以抒其志乎？言自与良人分钗后，一片烟雨迷离，落红已尽，而莺声未止，将奈之何乎？次阕言问卜，欲求会而间阻实多,而忧愁之念将不能自已矣;意致凄婉,其志可悯。史称叶衡入相,荐弃疾有大略,召见,提刑江西,平剧盗,兼湖南安抚,盗起湖湘,弃疾悉平之。后奏请于湖南设飞虎军,诏委以规画。时枢府有不乐者,数阻挠之;议者以聚敛闻,降御前金字牌停住;弃疾开陈本末,绘图邀进,上乃释然。词或作于此时乎?"但宋人张端义的《贵耳集》却说:"吕婆,吕正己之妻。正己为京畿漕,有女事辛幼安,因以微事触其怒,竟逐之,今稼轩'桃叶渡'词因此而作。"数家各有所说,如今已是无头官司,恐怕很难弄清楚了。就全词来看,写男女离情惟妙惟肖,我们勿宁把它当做一首实实在在的闺情词来欣赏,不必把英雄想得一味慷慨而绝无一点男女柔肠。

水调歌头(盟鸥)

带湖①吾甚爱,千丈翠奁②开。先生杖屦③无事,一日走千回。凡我同盟鸥鸟,今日既盟之后,来往莫相猜。白鹤在何处,尝试与偕来。　　破青萍④,排翠藻,立苍苔。窥鱼笑汝痴计,不解举吾杯⑤。废沼荒丘畴昔,明月清风此夜,人世几欢哀。东岸绿阴少,杨柳更须栽。

[注释]

①带湖:作者在上饶隐居处的小湖泊。②翠奁(lián):翠玉装饰的梳妆匣。喻苍翠的山水。奁,古代盛梳妆用品的器具。《后汉书·光烈阴皇后纪》:"视太后镜奁中物,感动悲涕。"李贤注解说:"奁,镜匣也。"③先生:作者自称。杖屦(jù):策杖而行。屦,鞋子。杜甫《祠南夕望》诗:"兴来犹杖屦,目断更云沙。"④破青萍:撩开浮萍。青萍,浮萍的别称。陆游《初夏闲步村落间》诗:"绿叶忽低知鸟立,青萍微动觉鱼行。"⑤窥鱼笑汝痴计,不

解举吾杯：此作者自状之辞，意谓湖中的游鱼好像在嘲笑自己归隐，但它们并不能理解：只有归隐带湖，才可以随心所欲地饮酒取乐。

[评析]

孝宗淳熙中，作者曾任湖南安抚使兼知潭州（今湖南长沙），由潭州调任江西安抚使兼知洪州（今江西南昌），这一年是淳熙八年（1181）年底。在洪州，作者受到言官的弹劾，于次年罢官，提举武夷山冲佑观。"提举武夷山冲佑观"是宋朝特有的祠禄官名。所谓"祠禄"，即享受朝廷俸禄却没有具体职事，名义上主管一座寺观，实则并不到官，可以任意择地而居。宋朝初年虽然也有此类官员，但员数极少。王安石变法开始后，因受到很多官员的反对，而这些官员又没有太大的错误，很难找茬儿将他们贬谪，于是便迫使很多官员吃祠禄，离开朝廷或地方郡守的职位。从此以后，祠禄便成为朝廷温和清洗持异议或有一定错误但不够入罪者的一种安排方式。后来有人称官员吃祠禄为"被朝廷闲置"，是比较准确的。当年司马光因反对新法，被安排在洛阳"提举西京嵩山崇福宫"十余年——有一定俸禄收入，但没有具体的职事可做，不是"闲置"又是什么？在整个宋朝历史上，北宋吃祠禄最久的是司马光，南宋吃祠禄最久的就是辛弃疾。词写作者回到旧已修建的隐居之所，过起被闲置的"悠闲"生活：辛先生此时是个无事可做的闲人，面对青山碧水，一天能走上一千个来回！看到鸥鸟，作者别出心裁地与之搭讪：老夫与你订立盟约，长久相伴，你看如何？如果你想把白鹤也带到这里，老夫也欣然接受！以这个主题为中心，又写到"破青萍，排翠藻，立苍苔"，"东岸绿阴少，杨柳更须栽"。好一个"无事忙"，他想到、看到、筹划到的事还真不少。全词虽然写得热热闹闹，但字里行间所透露出来的，却是遭朝廷闲置后的万般无奈之情：老夫也是个活生生的人，总不能没事可做吧？哪怕这段路途一日走上一千回，哪怕去搅合青萍翠藻，哪怕没事找事地去种杨树柳树,总归是排遣忧愁的手段。有学者称此词无一字言愁,而万斛之愁全在言外,讲得十分中肯。

水调歌头（汤朝美司谏①见和,用韵为谢）

白日射金阙②,虎豹九关开③。见君谏疏频上,高论挽天回。千古忠肝义胆,万里蛮烟瘴雨④,往事莫惊猜。政恐不免耳,消息日边来⑤。　　笑吾庐,门掩草,径封苔。未应两手无用,要把蟹螯杯⑥。说剑论诗余事⑦,醉舞狂歌欲倒,老子颇堪哀。白发宁有种⑧,一一醒时栽⑨。

[注释]

①汤朝美:名邦彦,字朝美。《京口耆旧传》卷八:"邦彦,鹏举孙,字朝美。以祖荫入官,主昆山簿。未上,中乾道壬辰博学宏词科。丞相虞允文一见如旧,除枢密院编修官。允文宣抚四川,辟充大使司干办公事。……时孝宗锐意远略,邦彦自负功名,议论英发。上心倾向之,除秘书丞、起居舍人兼中书舍人,擢左司谏兼侍讲。论事风生,权幸侧目。上手书以赐,称其'以身许国,志若金石。协济大计,始终不移'。……使金还,坐贬。淳熙末,复故官,归乡里,其才益老。朝廷将收用之,未几卒。"司谏:宋代谏官名,掌谏诤之事。分左、右司谏,左司谏属门下省,右司谏属中书省。据本人所撰《宋代京朝官通考》第二册,汤邦彦任左司谏在孝宗淳熙元年至二年。《宋会要辑稿·职官》五一之二六:"(淳熙)二年二月十七日,诏左司谏汤邦彦假翰林学士、知制诰充奉使金国申议使。"《宋史》卷三八六《李彦颖传》:"时左司谏汤邦彦新进,冀侥幸集事,自许立节。……遂以邦彦为申议国信使。洎邦彦辱命而还,彦颖论其罪,贬新州。"汤邦彦贬谪新州(今广东新兴),在那里住了八年才得以回归内地。②金阙:天子所居的宫阙。李白《金门答苏秀才》诗:"献书入金阙,酌醴奉琼筵。"③虎豹九关开:《楚辞》宋玉《招魂》:"魂兮归来,君无上天些。虎豹九关,啄害下人些。"王逸注解说:"啄,

啮也。天门九重,使神虎豹执其开闭。言啄天下欲上之人而杀之。"此句连上读,意谓朝廷终于赦免了汤司谏,使其回归内地,得免为虎豹所啮。④万里蛮烟瘴雨:万里之外的炎瘴之地。指唐邦彦被贬新州安置之事。蛮烟瘴雨,指充满烟雨瘴气的蛮荒地区。宋黄公度《眼儿媚·梅词和傅参议韵》词之一:"蛮烟瘴雨,谁肯寻搜。"⑤政恐不免耳,消息日边来:意谓正担心汤邦彦不会得到赦免,将要老死蛮荒,就闻知赦免的消息从日边传来。政,用法和意义相当于今之"正"。⑥蟹螯杯:《世说新语·任诞》:"毕茂世云:'一手持蟹螯,一手持酒杯,拍浮酒池中,便足了一生。'"⑦说剑论诗余事:说剑和论诗都属于闲暇之事。意谓每天主要的事是饮酒,饮酒之余才轮到说剑和论诗。⑧白发宁有种:意谓白发难道还有世袭吗?《史记·陈涉世家》:"王侯将相,宁有种乎!"⑨一一醒时栽:谓头上白发都是清醒时变白的。人只有清醒时才会发愁白头,故云每根白发都是醒时"栽种"。

[评析]

这首词作于孝宗淳熙九年(1182),左司谏汤邦彦从新州贬所遇赦回到信州之时。当时作者居于信州,见到长期遭受贬谪幸得生还的故人,不免百感交集,写下这首满含深情的贺词。《京口耆旧传·汤邦彦传》说此人"性开爽,善谈论,乐施与。少时颇有积谷,尽散以拯乡党之饥。平时周人之急,惟力是视"。看来是位很有侠肝义胆的豪迈之士。关于汤邦彦的贬谪,历来看法不一,有人认为他受了委屈,也有人认为他原本就不是什么正人君子,更何况出使于金,有辱朝命,贬谪也是罪有应得。《宋史·叶衡传》载,宰相叶衡认为汤邦彦有口辩,命他使金。汤邦彦认为这是叶衡欲置他于死地。"(邦彦)既知荐出于衡,恨衡挤己,闻衡对客有讪上语,奏之,上大怒。即日罢(叶衡)相,责授安德军节度副使、郴州安置。"《宋史·李彦颖传》又说:"时左司谏汤邦彦新进,冀侥幸集事,自许立节。彦颖言邦彦轻脱,必误国。他日,对便殿,上复语及之。彦颖欲进说,上色动,宰相亟引退。遂以邦彦为申议国信使。"按照后者的说法,汤邦彦并非被叶衡所迫不得已出使,而是自告奋勇渴望建功。辛弃疾肯定是认为汤邦彦是受人诬害的，否则他不会说汤邦彦是"谏疏频上，高论挽天回"，也不会说他"千古忠肝义胆"。更有那句"往事莫惊猜"，道出了汤邦彦被贬的复杂内幕以及受人陷害的可能性。这首词的上阕大致都属于常规性文字，赞赏汤邦彦的忠义，表示对他遭贬的不平。下阕说到自己的近况，才是重点所在。自己现在在做什么呢？总括起来只有一件事，那就是饮酒。因为饮酒，连门前三径都懒得洒扫；为了饮酒，连论诗说剑的文人雅兴都放在了次要位置。因为只有狂饮，才能"醉舞狂歌欲倒"，才能万事不思量。遗憾的是，他还没有阮籍一醉六十日的本事，所以每每醒来，最明显的感觉就是白发又添了许多！他满心的愁闷无处宣泄，在同病相怜的汤邦彦面前，他肆意狂言，以求一吐为快。从中我们可以体会到，作者内心的压抑已经多深多满。

踏莎行（赋稼轩，集经句①）

进退存亡②，行藏用舍③。小人请学樊须稼④。衡门之下可栖迟⑤，日之夕矣牛羊下⑥。　　去卫灵公⑦，遭桓司马⑧。东西南北之人也⑨。长沮桀溺耦而耕⑩，丘何为是栖栖者⑪。

[注释]

①集经句：选取经书中的句子进行重新编排，凑成这首小词。②进退存亡：《周易·乾卦》："亢之为言也，知进而不知退，知存而不知亡，知得而不知丧。其唯圣人乎？知进退存亡，而不失其正者，其为圣人乎？"孔颖达疏解说："言唯圣人乃能知进退存亡也。……圣人非但只知进退存亡，又能不失其正道，其唯圣人乎。"③行藏用舍：《论语·述而》："子谓颜渊曰：'用之则行，舍之则藏，惟我与尔有是夫。'"何晏集解说："言可行则行，可止则止，

唯我与颜渊同。"④小人请学樊须稼:《论语·子路》:"樊迟请学稼,子曰:'吾不如老农。'请学为圃,曰:'吾不如老圃。'樊迟出,子曰:'小人哉,樊须也!上好礼,则民莫敢不敬;上好义,则民莫敢不服;上好信,则民莫敢不用情。夫如是,则四方之民,襁负其子而至矣,焉用稼!'"樊须,孔子弟子,字子迟。⑤衡门之下可栖迟:《诗经·陈风·衡门》:"衡门之下,可以栖迟。"毛亨传云:"衡门,横木为门,言浅陋也。栖迟,游息也。"郑玄笺云:"贤者不以衡门之浅陋则不游息于其下,以喻人君不可以国小则不兴治致政化。"⑥日之夕矣牛羊下:《诗经·王风·君子于役》:"鸡栖于埘,日之夕矣,羊牛下来。"郑玄笺云:"鸡之将栖,日则夕矣,羊牛从下牧地而来。"⑦去卫灵公:离开卫灵公。孔子在卫,灵公出,与南子同乘,而命孔子乘副车。孔子以为灵公好色胜于好德,不可有为,故去卫。《论语·卫灵公》:"子曰:'已矣乎!吾未见好德如好色者也!'"⑧遭桓司马:《孟子·万章上》:"孔子不悦于鲁、卫,遭宋桓司马,将要而杀之,微服而过宋。"孙奭疏云:"孔子自卫过曹,及去曹适宋,与弟子习礼大树下。宋司马桓魋欲杀孔子,拔其树。"⑨东西南北之人也:犹今言"走南闯北的人"。《礼记·檀弓上》:"孔子既得合葬于防,曰:'吾闻之:古也墓而不坟。今丘也,东西南北之人也,不可以弗识也。'"孔颖达疏云:"今既东西南北,不但在乡,若久乃归还,不知葬之处所,故云不可以不作封坟,记识其处。"⑩长沮桀溺耦而耕:《论语·微子》:"长沮桀溺耦而耕。孔子过之,使子路问津焉。"何晏集解说:"长沮、桀溺,隐者也。耜广五寸,二耜为耦。"⑪丘何为是栖栖者:《论语·宪问》:"微生亩谓孔子曰:'丘何为是栖栖者与?无乃为佞乎?'孔子曰:'非敢为佞也,疾固也。'"邢昺疏解说:"栖栖,犹皇皇也。微生亩,隐士之姓名也。以言谓孔子曰:'丘,何为如是东西南北而栖栖皇皇者与?无乃为佞说之事于世乎?'孔子曰:非敢为佞也,疾固也者,孔子答言:'不敢为佞,但疾世固陋,欲行道以化之。'"

[评析]

我之所以选这首词,是因为此词代表了辛弃疾另外一类作品的创作风格。古代有一些"集句诗"、"集句词",大多数都是集前人的诗句而成,如王安石等,都写过这类作品。以经书中的句子集为诗词的还不多见。此词是稼轩为自己而写的，故而句句都与自己的情感紧密联系在一起。上阕写自己做人的取向：知进还要知退，知存还要知亡，才算是明白人；用之则行，舍之则藏，穷则独善其身，达则兼济天下，才算是懂得廉耻的人。既然朝廷不需要我，那就赶快离开官场，学学稼穑，也很好啊。没有高门大户，照样可以栖迟；夕阳西下，牛羊下山，说不尽的乡间野趣，比龌龊的官场清爽多了！下阕主要是言志：做人要有志气，有节操，才算是个真君子。当年卫灵公安排考虑稍有不周，孔子便毅然离去，丝毫不留恋丰厚的利禄。即使途中遭遇桓魋，也无须后悔——本来就是东西南北任我行走的人，遇到什么事都很正常。只是有一点必须强调：我之所以东西南北，无非为行己之道。道不得行，宁可如长沮、桀溺，耕于稼轩。词中所用虽然都是经书成句，但会聚在一首词里，放射出的，完全是作者人格的光辉。

水调歌头（再用韵答李子永提干①）

君莫赋《幽愤》②，一语试相开③。长安车马道上，平地起崔嵬④。我愧渊明久矣⑤，独借此翁湔洗⑥，素壁写《归来》⑦。斜日透虚隙，一线万飞埃。　断吾生⑧，左持蟹，右持杯⑨。买山自种云树⑩，山下斫烟莱⑪。百炼都成绕指⑫，万事直须称好⑬，人世几舆台⑭。刘郎更堪笑，刚赋看花回⑮。

[注释]

①李子永：名泳。《江西诗徵》卷十六："李泳字子永，号兰泽，庐陵人。淳熙中尝为溧水令。又为坑冶司干官。"提干：宋代"都大提点坑冶司干办公事"的简称。都大提点坑冶司是宋代专门管理采矿冶炼的业务机构。《宋史·职官志》七："提举坑冶司，掌收山泽之所产及铸泉化，以给邦国之用，

岁有定数，视其登耗而赏罚之。旧制一员。元丰初，以其通领九路，始不能周历所部，始增为二员。分置两司：在饶（州）者，领江东、淮、浙、福建等路，在虔（州）者，领江西、湖、广等路。……乾道六年，并归发运司。发运司罢，复置提两司如初。淳熙二年，并赣归饶，复加'都大'二字，与提刑序官。其属有干办公事二员、检踏官六员。"②《幽愤》：《晋书·嵇康传》："东平吕安服康高致，每一相思，辄千里命驾，康友而善之。后安为兄所枉诉，以事系狱，辞相证引，遂复收康。康性慎言行，一旦缧绁，乃作《幽愤诗》。"观词意，此时李子永或是受到某些不公正待遇，感到非常怨愤，故作者劝其不必过于幽愤。③一语试相开：意谓我说一句话，便能对你有所开解。一语，指下句"长安车马道上，平地起崔嵬"。④长安车马道上，平地起崔嵬：意谓自古以来为官者，行走于长安道上，常常在平地之间突然耸起一座大山挡住去路。崔嵬，本指有石的土山。亦泛指高山。《诗经·周南·卷耳》："陟彼崔嵬，我马虺隤。"毛亨传云："崔嵬，土山之戴石者。"⑤我愧渊明久矣：谓与陶渊明相比，我深感惭愧已经很久。此言陶渊明不为五斗米向乡里小儿折腰，愤然辞官。作者却没能做到这一点。⑥独借此翁湔（jiān）洗：谓虽然有愧于陶渊明，还能用陶渊明的精神检讨激励自己。湔，洗涤。⑦素壁：白色的墙壁。写《归来》：书写陶渊明的《归去来兮辞》。谓用这种办法向陶渊明看齐。⑧断吾生：断定我这一生。⑨左持蟹，右持杯：见前《水调歌头·汤朝美司谏见和，用韵为谢》注⑥。⑩买山：《世说新语·排调》："支道林因人就深公买印山，深公答曰：'未闻巢由买山而隐。'"后以此典喻贤士归隐。云树：云雾缭绕的树木。⑪山下斫烟莱：在山下砍伐雾气弥漫的草莱。莱，指丛生的杂草。⑫百炼都成绕指：谓经过百炼的精钢如今都变成可以绕指的柔物。《文选》刘琨《重赠卢谌》诗："何意百炼刚，化为绕指柔。"吕延济注解说："百炼之铁坚刚，而今可绕指。自喻经破败而至柔弱也。"后以"绕指柔"喻坚强者经过挫折而变得随和软弱。⑬万事直须称好：谓遇到任何事，只管说行行行好好好，无须提出不同的见解得罪人。⑭舆台：古代十等人中两个低微等级的名称。舆为第六等，台为第十等。泛指操贱役者或奴仆。《文选》张衡《东京赋》："赍皇僚，逮舆台。"张铣注解说："舆台，贱职。"⑮刘郎更堪笑，刚赋看花回：意谓唐朝的刘禹锡更为可笑，回到京城，还要写强项之诗。刘禹

水调歌头

锡因参与王叔文集团,被贬出京城。然性格刚强,回到京城后,作《元和十一年自朗州召至京戏赠看花诸君子》诗:"紫陌红尘拂面来,无人不道看花回。玄都观里桃千树,尽是刘郎去后栽。"又作《再游玄都观》诗:"百亩庭中半是苔,桃花净尽菜花开。种桃道士归何处,前度刘郎今又来。"

[评析]

　　这是一首依韵唱和词,是写给当时在信州公干的坑冶司提干李泳的,时间在孝宗淳熙九年(1182)前后,作者也刚到信州闲居未久。词借李泳受到委屈而发挥,先说人生在世,不如意事常八九,此理自古而然,无须介意。实际上作者此时也刚好被朝廷无端闲置,故最知道受到屈辱是什么滋味。表面上在劝解李泳,实际上是在抒发自己的压抑和郁闷。作者举陶渊明不愿为五斗米折腰的典故,表明做人就该有那点志气。谁都明白为五斗米折腰是一种屈辱,然而真正做到宁可饿死也不吃嗟来之食,却是很难的。作者现身说法告诉李泳:自己多次受到朝廷的冷遇,尚未能愤然归隐,只能用书写《归去来兮辞》明其心迹而已。下阕在抒发自己的无奈。作者心里很明白,像他这样不识时务,一味主张抗金复国的人,肯定会受到打击和排挤,所以此生注定不会有好的结果,左手持蟹螯,右手持酒杯,买山种树,锄草耕耘,已经是不幸中之大幸了。看看当今世界,还有几个有骨气的?所谓朝廷人才,也不过是些看人脸色行事,软得像绕指面团儿一般的奴才,完全谈不上为国为民。当年刘禹锡那种百折不屈的精神,如今只能成为钻营者的笑料了——这样的朝廷,这样的官场,还能有什么作为!全词嬉笑怒骂,透出对当时污秽无耻朝政士风的极度轻蔑。

临江仙（即席和韩南涧①韵）

　　风雨催春寒食②近,平原一片丹青③。溪边唤渡柳边行。花飞蝴蝶乱，桑嫩野蚕生。　　绿野先生④闲袖手，却寻诗酒功名⑤。未知明日定阴晴。今宵成独醉，却笑众人醒⑥。

[注释]

①韩南涧：韩元吉。《宋史翼》卷十四本传："韩元吉字无咎，开封雍丘人，门下侍郎（韩）维之玄孙。……乾道三年，除江东转运判官。四年，以朝散郎入守大理少卿，权中书舍人。八年，权吏部侍郎。九年，权礼部尚书。……淳熙元年，以待制知婺州。……除吏部尚书。五年，乞州郡，除龙图阁学士，复知婺州。罢为提举太平兴国宫。……元吉少受业于尹和靖之门，尝举朱子以自代。与叶梦得、陆游、沈明远、赵蕃、张浚相倡和，政事文章，为一代冠冕。"韩元吉号南涧，所著文集亦名《南涧甲乙稿》。稼轩与韩元吉关系十分密切，词集中多有与之唱和投献者。②寒食：古传统节日。见前《霜天晓角·旅兴》注⑥。③平原一片丹青：谓景致甚美，平原之上，宛如一幅春景画卷。④绿野先生：唐代名臣裴度。此处以喻韩元吉。《新唐书·裴度传》："时阉竖擅威，天子拥虚器，搢绅道丧，度不复有经济意，乃治第东都集贤里，沼石林丛，岑缭幽胜。午桥作别墅，具燠馆凉台，号'绿野堂'，激波其下。度野服萧散，与白居易、刘禹锡为文章、把酒，穷昼夜相欢，不问人间事。"⑤诗酒功名：意谓耽于诗酒之间，把作诗饮酒当做功名，不再去追求功业。⑥今宵成独醉，却笑众人醒：此二句反用《楚辞》中语。《楚辞·渔父》："屈原既放，游于江潭，行吟泽畔，颜色憔悴，形容枯槁。渔父见而问之曰：'子非三闾大夫与？何故至于斯？'屈原曰：'举世皆浊我独清，众人皆醉我独醒，是以见放。'"

[评析]

这是一首即席唱和词，用语明白，少有雕饰，却非常流畅，具有一种天然的美。"平原一片丹青"是概括性的句子，在写静态。随后写动态十分精巧，"溪边唤渡柳边行"，把江南水乡中随处见船、水边即柳的景致勾画了了，既美且真。"花飞蝴蝶乱"，则用了错倒的修辞手段，把簇簇鲜花的摇曳写成"飞"，而把蝴蝶的飞写成"乱"，生动传神，韵味无穷。错倒之修辞，非文章高手很难做到，欧阳修"酿泉为酒，泉香而酒洌"，几乎成为这种修辞格的代表。下阕写韩元吉退身闲处，其间带有明显的不平之气。作者把韩元吉比做唐朝的裴度，已经让读者感到朝廷不能任用贤才。最后又用了句反话，点明在这个世界上，谁头脑清醒谁才是傻瓜。辛弃疾很善于活用古人的成句，而且用得别有一番滋味，这句"今宵成独醉，却笑众人醒"，很能代表他活泼戏谑的语言风格。

水龙吟（为韩南涧尚书甲辰①岁寿）

渡江天马南来②，几人真是经纶手③。长安父老④，新亭风景⑤，可怜依旧。夷甫诸人，神州沉陆，几曾回首⑥？算平戎万里，功名本是，真儒事、君知否。　　况有文章山斗⑦。对桐阴⑧、满庭清昼。当年堕地，而今试看，风云奔走。绿野风烟⑨，平泉草木⑩，东山歌酒⑪。待他年、整顿乾坤⑫事了，为先生寿。

[注释]

①韩南涧尚书：韩元吉。已见上篇注。甲辰：孝宗淳熙十一年，1184年。②渡江天马南来：指靖康之乱，宋朝廷渡江南下。天马，代指宋朝皇帝。《史记·大宛列传》："初，天子发书《易》，云：'神马当从西北来。'得乌孙马好，名曰'天马'。及得大宛汗血马，益壮，更名乌孙马曰'西极'，名大宛马曰'天马'云。"③经纶手：经邦治国的人才。经纶，本指整理丝缕、理出丝绪和编丝成绳。喻筹划治理国家大事。《周易·屯卦》："云雷屯，君子以经纶。"孔颖达疏云："经谓经纬，纶谓纲纶。言君子法此屯象有为之时，以经纶天下，约束于物。"④长安父老：指北方沦陷区的父老。长安，汉、唐都城，此处代指北宋都城汴京。⑤新亭风景：《世说新语·言语》："过江诸人，每至美日，辄相邀新亭，藉卉饮宴。周侯中坐而叹曰：'风景不殊，正自有山河之异！'皆相视流泪。唯王丞相愀然变色曰：'当共戮力王室，克复神州，何至作楚囚相对！'"⑥夷甫诸人，神州沉陆，几曾回首：大意谓王衍（夷甫

为王衍的字）等人，眼看着神州破碎，有几个人真心为此尽力。《晋书·桓温传》："（桓）温自江陵北伐，行经金城，见少为琅邪时所种柳皆已十围，慨然曰：'木犹如此，人何以堪！'攀枝执条，泫然流涕。于是过淮泗，践北境，与诸僚属登平乘楼，眺瞩中原，慨然曰：'遂使神州陆沉，百年丘墟，王夷甫诸人，不得不任其责！'"⑦文章山斗：喻韩元吉乃文章妙手，其文如泰山北斗。今言"泰斗"，即由此而来。喻为世人钦仰的人。《新唐书·韩愈传赞》："自愈没，其言不行，学者仰之如泰山、北斗云。"⑧桐阴：北宋颍川韩氏为当朝大族，京师第宅前多种桐木，世称"桐木韩家"。"对桐阴"，意谓不堕家声。⑨绿野风烟：《新唐书·裴度传》："时阉竖擅威，天子拥虚器，搢绅道丧，度不复有经济意，乃治第东都集贤里，沼石林丛，岑缭幽胜。午桥作别墅，具燠馆凉台，号'绿野堂'，激波其下。度野服萧散，与白居易、刘禹锡为文章、把酒，穷昼夜相欢，不问人间事。"⑩平泉草木：唐李德裕在洛阳建平泉山庄，距洛阳城三十里。李德裕《平泉山庄草木记》："余二十年间，三守吴门，一莅淮服，嘉树芳草，性之所耽。……木之奇者，有天台之金松、琪树，稽山之海棠，榧桧，剡溪之红桂、厚朴，海峤之香柽、木兰，天目之青神、凤集。"⑪东山歌酒：指东晋谢安高卧于东山，终日饮酒蓄妓，遗落世事。《世说新语·排调》："谢公（谢安）在东山，朝命屡降而不动。后出为桓宣武司马，将发新亭，朝士咸出瞻送。高灵时为中丞，亦往相祖。先时多所饮酒，因倚如醉，戏曰：'卿屡违朝旨，高卧东山，诸人每相与言：安石不肯出，将如苍生何！今亦苍生将如卿何？'谢笑而不答。"⑫整顿乾坤：谓光复神州之大业。杜甫《洗兵马·收京后作》诗："司徒清鉴悬明镜，尚书气与秋天杳。二三豪俊为时出，整顿乾坤济时了。"

[评析]

这是一首祝寿词，作于淳熙十一年（1184），寿星老为已经罢任的吏部尚书、知婺州韩元吉，这一年他六十七岁。宋代官员七十致仕，故而韩元吉现在仅仅是罢任，按照朝廷法度还可以继续授官。词虽名为祝寿，内容却大都在说如何光复神州的大计。上阕开篇第一句便把半个国家沦于敌手的冷酷现实道破，且感叹朝中无人，简直就是东晋的翻版。沦陷区的"长安父老"、逃到大江以南的"新亭泣客",与五胡乱华时期毫无二致,难怪作者在寿宴上都忍不住发此感慨。下阕才是给韩元吉的寿词,先说韩氏大族自北宋时即声名赫赫,人才辈出,与安阳韩琦一族媲美争辉。且数代以来,家声不堕,多出国家栋梁之材。如今韩尚书年事已高,可以像当年的裴度、李德裕、谢安诸人安享天年。最后一句,作者强调出"整顿乾坤事了,为先生寿",一方面表达了自己矢志复国的雄心壮志,另一方面也表达出对韩尚书由衷的祝福,希望他能健健康康地活到国家统一、河山恢复的那一天。全词洋溢着高涨的爱国热情,以及对朝廷老臣的深深敬意,二者兼顾,不露痕迹,堪称完美。

清平乐(独宿博山①王氏庵)

绕床饥鼠,蝙蝠翻灯舞。屋上松风②吹急雨,破纸窗间自语③。　　平生塞北江南④,归来华发苍颜⑤。布被秋宵梦觉,眼前万里江山。

[注释]

①博山:信州境内山名,在永丰县西南三十里。距作者当时所居的铅山不远。《大清一统志》卷三二四《广信府》:"博山在广丰(宋朝名永丰)县西南三十里,南临溪流。远望如庐山之香炉峰。"②松风:风吹松树发出的声音。《南史·隐逸·陶弘景传》说陶弘景"特爱松风,庭院皆植松,每闻其响,欣然为乐"。③破纸窗间自语:谓被风吹破的窗纸像是在自言自语。古代房屋的窗户,夏天要糊夏布,春、秋、冬要糊窗纸。此言风吹纸破,即指窗纸被风吹破。④平生塞北江南:辛弃疾本为山东济南人,在金国时,曾到过塞外。后南渡,来到江南。⑤归来:征战、为官后回到铅山。华发苍颜:谓头发已白,容颜已老。华发,花白头发,亦指老年男子。《后汉书·边让传》:"华发旧德,并为元龟。"李贤注解说:"华发,白首也。"

[评析]

这首词是作者闲居铅山随意行走到博山时夜宿醒来之作。当时作者无所事事，身体又康健，所以闲不住，到处行走散心，并无任何目的。天色已晚，他就在当地王氏家借宿，谁知刚刚睡下，饥饿的老鼠便绕着床折腾起来，蝙蝠也来了精神，飞到灯前上下翻飞。屋外骤然间刮起了大风，下起了骤雨，将窗户纸都打破了。大概是作者被冷风吹醒，或者是被老鼠和蝙蝠闹醒，总之他无法入睡，睁开了双眼。望着眼前的万里江山，他顾影自怜，不由回想起短暂的一生：曾经的他，到过塞北，打过硬仗，为了国家的光复，他来到江南，谁知朝廷对他的爱国热情并不感兴趣，仅仅让他辗转于地方官任，就这样壮岁消磨，不觉白发。他南来之前，做梦都没有想到，当了几任地方官，竟然成了铅山隐居客。在这种心境下，眼前的"万里江山"便更令他备感凄凉，以至用这么一句话作为词的结尾，难免令读者猜想：这般江山，作者还要看多久？

鹧鸪天（博山寺①作）

不向长安路上行②，却教山寺厌逢迎。味无味处求吾乐③，材不材间④过此生。　　宁作我⑤，岂其卿⑥？人间走遍却归耕。一松一竹真朋友，山鸟山花好弟兄⑦。

[注释]

①博山寺：《大清一统志》卷三二五《广信府》："博山寺在广丰（宋朝名永丰）县崇善乡。五代时建。"南宋高宗绍兴间，高僧悟本曾在此开堂，辛弃疾为之记。②不向长安路上行：意谓不在仕途上行走。长安，汉、唐都城，代指行在所在地临安府。③味无味处求吾乐：谓在有味与无味之间自得其乐。《老子》第六十三章："为无为，事无事，味无味。"高亨注解说："为无为，

是说顺应自然，虽为之而若无所作。事无事，也是顺应自然。……味无味，也要顺应自然。味，玩味也，动词。虽已玩味到，若无所玩味，不露声色。"④材不材间：成材与不成材之间。《庄子·山木》："庄子行于山中，见大木，枝叶盛茂，伐木者止其旁而不取也。问其故，曰：'无所可用。'庄子曰：'此木以不材得终其天年。'……明日，弟子问于庄子。……庄子笑曰：'周将处乎材与不材之间。'材与不材之间，似之而非也，故未免乎累。"⑤宁作我：宁可做现在的我。谓不与别人攀比。《世说新语·品藻》："桓公少于殷侯齐名，常有竞心。桓问殷：'卿何如我？'殷云：'我与我周旋久，宁作我。'"⑥岂其卿：意谓古人成名未必皆因身为公卿。扬雄《法言·问神》："或曰：'君子病没世而无名，盍势诸名卿，可几也。'曰：'君子德名为几。梁、齐、赵、楚之君，非不富且贵也，恶乎成名？谷口郑子真，不屈其志，而耕乎岩石之下，名振于京师。岂其卿！岂其卿！'"李轨注云："岂其卿！岂其卿者，此证德名之说，谓子真之得名何尝以卿。"⑦山鸟山花好弟兄：谓以山中之鸟与花为要好的弟兄。杜甫《岳麓山道林二寺行》诗："一重一掩吾肺腑，山鸟山花吾友于。"

[评析]

这首词很像山歌，写得十分轻快。典故用了好几个，但都用得出神入化，无迹可寻，不细细体会，甚至没感觉到作者在用典。而一旦知道了典故出处，又不得不赞叹作者化用古人语句及故事的本事是何等的高超。上阕前两句为例行公事式的交代，并无出奇，仅仅想使读者明白他如今又闲居无事了。接下来的两句分别出自古代两位哲人，一是老子，一是庄子。一说"有味无味"之间，一说"材与不材"之间，单看这立意，便能晓得作者想表达什么样的人生感慨了。辛弃疾的基本思想核心是儒家，是主张参与社会变革的。可如今却在搬弄道家哲学来抚慰自己被刺伤的心灵，足见作者此前经受了多少精神上的煎熬。在中国传统的儒、释、道三教中，儒教是强心之剂，它可以使人为了某种理想忘掉自我，孜孜奋斗；道教是冷却之剂，当人们在孜孜奋斗中受到挫折、委屈、伤害时，它可以让人的冲动冷静下来，用世间最高级同时又是最基础的理念使人的精神逐渐平复。古代绝大多数读书人，大都遵循着这样一个轨迹——积极入世，而后受伤，无奈冷却，再次入世，再次受伤，再次冷却，直到彻底"冷却"为止。拿北宋苏轼为例，年轻时满怀激情投入社会变革，不久遭贬到黄州，写下了著名的《赤壁赋》，开东坡，筑雪堂，"若将终焉"。司马光一招他，马上热血沸腾，又满怀激情投入社会变革，以为终于又可以"拯苍生济黎民"了。八年后政局大变，他再次遭贬到惠州，又用达观之想开解自己，又是寻找仙草，又是研究"龙虎铅汞"之仙药，还振振有词地对朋友说：在惠州很好，假定原本就是惠州人，没考中进士，不是和现在一模一样吗？这样的人物在中国历史上不胜枚举，所以辛弃疾想在"味无味处求吾乐，材不材间过此生"就很容易理解了。并不是他比前人高明，仅仅是在走前人的路而已。

丑奴儿（书博山道中壁）

少年不识愁滋味，爱上层楼。爱上层楼。为赋新词强说愁①。而今识尽愁滋味，欲说还休。欲说还休。却道"天凉好个秋"②！

[注释]

①为赋新词强说愁：古代诗词大多言愁，故作者称当时为了写诗作词，十分勉强地说如何愁闷。②却道"天凉好个秋"：意谓真有愁闷时，反倒不愿说起。"天凉好个秋"属于没话找话的废话。

[评析]

这首小词写得十分别致，语句不多，语言也浅近易懂。全词用今昔对比的手法表达对"愁"的体会：当年不懂得什么叫"愁"

时，为了写词，煞有介事地说自己有多少愁多少闷，其实都是无病呻吟强装出来的。如今年纪老大，经历了太多令人忧愁的事，才懂得什么叫"愁"，而真正懂得了"愁"之后，反倒不愿再提这个字，即便有人问到脸上，也会顾左右而言他地回答："好个金秋，天气真的很凉爽啊！"作者最善于写"愁"，一部《稼轩词》里，言愁之作居于其半，但每首词都各具特色，极少重复。比如这一首，把真愁和假愁区别得非常传神。更难得的是，真愁时的言语动作和假愁时的言语动作，我们每个人都有过类似的经历，这就叫"入木三分"，这就叫与读者产生了真真切切的共鸣。试想，有时候人们会显出烦躁情绪，会忍不住地对别人说："烦死了！""愁死我了！"遇到这样的情况，连劝都不用劝，过两天自己就缓过来了，啥事都不会有。而人们真遇到过不去的难处，最常讲的话却往往是："没什么！""没事儿！"遇到这种情况，倒真需要认真关心他，因为他积聚的愁闷，连他自己都不愿细说了。世界上什么作品最好？能与读者发生共鸣的作品才具有真正的生命力。

念奴娇（赋雨岩①）

近来何处有吾愁，何处还知吾乐？一点凄凉千古意，独倚西风寥廓②。并竹寻泉③，和云种树④，唤做真闲客，此心闲处，未应长藉邱壑⑤。　　休说往事皆非，而今云是⑥，且把清尊酌。醉里不知谁是我，非月非云非鹤。露冷松梢，风高桂子，醉了还醒却。北窗高卧，莫教啼鸟惊著。

[注释]

①雨岩：山岩名，在上饶博山附近，是作者常去的地方。②寥廓：空旷深远之貌。《楚辞·远游》："下峥嵘而无地兮，上寥廓而无天。"洪兴祖补注

云:"寥廓,广远也。"③并(bàng)竹寻泉:沿着竹林寻觅泉水。并,傍着,顺着。④和云种树:与云彩一起种树。谓此处云雾缭绕,人往往身在云中。⑤此心闲处,未应长藉邱壑:大意谓这颗心想常闲,不该全靠一丘一壑。藉,凭借。邱壑,指山水。此处作者要表达的是:想彻底心闲,还得靠饮酒求醉,单靠山水不能做到彻底心闲。⑥往事皆非,而今云是:陶渊明《归去来兮辞》:"归去来兮,田园将芜胡不归?既自以心为形役,奚惆怅而独悲?悟已往之不谏,知来者之可追;实迷途其未远,觉今是而昨非。"

[评析]

这首词是作者游雨岩时所发的感慨。辛弃疾被闲置在上饶后,内心非常郁闷,所以触景生情之作甚多,本篇便是同类词中写得很深沉的一首。开篇两句看似矛盾,实际上恰恰是作者此时最真切的心境:即使满怀愁绪,也总须愁里寻乐,雨岩给了他想要得到的快乐:他顺着竹丛寻找清泉,和着白云认真种树。找清泉干什么?种树干什么?没有具体的目的,只是为了找乐儿。问题是,泉找到了以后还找什么?树种满了以后还种什么?大约作者本身也会有这样的疑惑,于是得出结论:单靠山山水水不可能永保闲情,若欲让心常闲,只有饮酒才是最佳选择。下阕前两句用陶渊明辞官归乡为引,大谈饮酒之闲:醉里不知谁是我,非月非云非鹤。多么神奇的境界,多么无我的惬意!难怪古来那么多贤人喜欢这东西。唯一遗憾的是露又冷风又高,时时把人从醉意中搅醒。全词围绕着一个"愁"字,这也是许多辛词的"主旋律",令人佩服的是,每首词说"愁",都能说得各有滋味。

生查子(游雨岩)

溪边照影行,天在清溪底①。天上有行云,人在行云里。

高歌谁和余？空谷清音②起。非鬼亦非仙，一曲桃花水。

[注释]

①天在清溪底：言天的全景都映照在清澈的溪水中。②空谷：幽深空旷的山谷。《诗经·小雅·白驹》："皎皎白驹，在彼空谷。"孔颖达疏解说："贤者隐居，必当潜处山谷。"清音：清妙的乐音。

[评析]

这是一首绝妙的写景小词，说它如诗如画还不能概括，因为其间还有清雅的乐声，所以说，它融诗情画意和具有动感的音乐为一体，给读者以全景式的美感。令人叹为观止的是：作者遣词用语几乎没有任何修饰，完全是家常言谈，把一个仙境般的雨岩捧给了读者。上阕入手的两句话，很多人都曾有过类似的经历，只是经过作者的凝练，便具备了很强的美学意味：人走在溪边，影子映在水里，人在走，影子也在随着人走。人往水里看，看到的不仅是他自己，还有湛蓝的天、洁白的云，于是乎天、地、水、人便融为一体，很难说清是人在天上走，还是云随行人游。似真非真，似幻非幻，那种只停留在理论层面的"天人合一"，此时竟真真切切地感受到了！下阕是上阕的补充，这份补充使得本已美不胜收的山景更加富有生意：悦耳的歌声像是在与作者行吟相互唱和——可这幽深无人的地方，谁能发出如此美妙的声音呢？是山鬼？是神仙？是大山的回声？都不是。原来是长满桃花的溪水，仿佛感到了作者的孤单，发出了叮咚跌宕、连绵不绝的天籁之声。

满江红（游南岩和范廓之①韵）

笑拍洪崖②，问千丈、翠岩谁削？依旧是、西风白马，北村南郭。似整复斜僧屋乱，欲吞还吐林烟薄。觉人间、万事到秋来，都摇落③。　　呼斗酒④，同君酌。更小隐，寻幽约。且丁宁休负，北山猿鹤⑤。有鹿从渠求鹿梦⑥，非鱼定未知鱼乐⑦。正仰看、飞鸟却应人，回头错。

[注释]

①南岩：上饶山名。《读史方舆纪要》卷八五："（信州）府南十里有南岩，一名卢家岩。又有北岩，亦在府南，并称形胜。"邓广铭笺注引《上饶县志》谓此处为朱熹读书之处，岩下有朱子祠及僧舍十数楹。按，稼轩游时，朱熹尚在，其祠当是后来人所修。范廓之：范开，仕履不详。②洪崖：传说中神仙名。《文选》郭璞《游仙诗》云："左把浮丘袖，右拍洪崖肩。"李善注："《列仙传》曰：'浮丘公接王子乔以上嵩高山。'《说文》曰：'拍，拊也。'《西京赋》曰：'洪崖立而指麾。'《神仙传》曰：'卫叔卿与数人博，其子度曰：向与博者为谁？叔卿曰：是洪崖先生。'"③万事到秋来，都摇落：《楚辞》宋玉《九辨》："悲哉秋之为气也。萧瑟兮，草木摇落而变衰。"④斗酒：一斗之酒，言其多。戴叔伦《喜雨》诗："团团聚邻曲，斗酒相与斟。"⑤北山猿鹤：《文选》孔稚圭《北山移文》："蕙帐空兮夜鹄怨，山人去兮晓猿惊。"⑥有鹿从渠求鹿梦：春秋时郑国樵夫打死一只鹿，怕被别人看见，将它藏在坑中，盖上蕉叶，后来去取鹿时，忘了所藏之地，于是以为原本是一场梦。后以此喻得失荣辱如梦幻。⑦非鱼定未知鱼乐：《庄子·秋水》："庄子与惠子游于濠梁之上。庄子曰：'鯈鱼出游从容，是鱼之乐也。'惠子曰：'子非鱼，安知鱼之乐？'庄子曰：'子非我，安知我不知鱼之乐？'"

[评析]

这首词也在写闲居的感受，是与范开同游南岩时的即兴之作。此时作者已经在上饶闲居了一段时间，所以从词中可以看出，其心境是相对平和的。如果说有些人生感悟，更多表现的也是一种无奈。在上饶期间，作者很认真地读了《庄子》，所以此间写的一些词里，老庄思想表现得非常充分，此词也是如此。上阕虽在写景，但起始一句用"笑拍洪崖"的典故，可见此时作者内心，是想尽量让自己适应闲居的生活状态。末句用"觉人间、万事到秋来，都摇落"作结，表面看来是在用宋玉悲秋的故事，但在前面加上"人间"、"万事"二语，其涵盖的情感范围便发生了极大的延伸，因为有了这部分延伸，才有了下阕的议论和感慨："求鹿梦"、"知鱼乐"，都是表现视荣辱如浮云的典型故事，这就使作者力图尽快融入自然的渴望显现得十分鲜明。本词在写景方面也极具匠心，"似整复斜僧屋乱，欲吞还吐林烟薄"二句十四字，把山岩古拙之风、天然之气以及林间雾霭的动态刻画得格外传神，非大手笔，很难达到这样高妙的艺术造诣。

鹧鸪天（游鹅湖①醉书酒家壁）

春日平原荠菜花，新耕雨后落群鸦。多情白发春无奈，晚日青帘酒易赊。　　闲意态，细生涯②，牛栏西畔有桑麻。青裙缟袂③谁家女，去趁蚕生看外家④。

[注释]

①鹅湖：古地名，在今江西铅山县东北。山上有湖，晋人龚氏曾于此地养鹅，故名。作者被朝廷闲置，曾几度居于此地。《读史方舆纪要》卷八五："鹅湖山，（铅山）县北十五里。山之上有湖生荷，旧名荷湖山。后有龚氏畜鹅于此，因改鹅湖山。周回四十余里，诸峰连络，以一二十计，最高处名峰顶，有三峰揭秀。"②闲意态，细生涯：此言酒家主人日子过得十分恬淡安详，对这份收入甚微的生意深感满足。细生涯，指小门小户的小日子。细，小。③缟（gǎo）袂：白衣。苏轼《于潜女》诗："青裙缟袂于潜女，两足如霜不穿屦。"袂，衣袖，代指衣裳。④去趁蚕生看外家：意谓女子赶在新蚕出生之时到外婆家看望老人。

[评析]

这是一幅清新恬淡的风俗画，虽然称不上"长卷"，但作者截取几个小景组合在一起，也能让读者感觉到沁人心脾的清凉。荠菜是乡间长得最多的野菜,并无新奇,惟其并不新奇,才让读者备感亲切,仿佛随着作者的脚步置身其间;"群鸦"甚至连美感都很少,然而它却是大自然中最"抢眼"的标志物,唐诗、宋词、元曲里,以此作为声画标志的作品很多,马致远的"枯藤老树昏鸦",即是非常典型的句子。稼轩所谓"新耕雨后落群鸦",凄清虽不及"昏鸦",跳跃性则更胜之。随之出现的是一个张挂着青帘的小酒店,这里生意并不红火,甚至可以赊账而饮,但主人的心境却非常的满足和平和,安安心心地过着他的小日子。正当作者醉书酒馆时,瞥见门外走过一位青裙缟袂的年轻女子,要到外婆家去张罗新蚕的饲养。看罢这样一幅山乡水墨,读者会不会油然而生神往之情呢?

鹧鸪天（鹅湖归病起作）

枕簟溪堂冷欲秋①。断云②依水晚来收。红莲相倚浑如醉,白鸟③无言定自愁。　　书咄咄④,且休休⑤。一丘一壑⑥也风流。不知筋力衰多少,但觉新来⑦懒上楼。

[注释]

①枕簟（diàn）溪堂:躺在水边的溪堂中休息。簟,竹席。溪堂,溪边的楼阁。冷欲秋:凉爽得如同秋天。②断云:独立成片的云。③白鸟:白羽的鸟。多指白鹤、白鹭之类。《诗经·大雅·灵台》:"麀鹿濯濯,白鸟翯翯。"④书咄（duō）咄:《晋书·殷浩传》载,殷浩被罢官后,口虽不言,却日日在空中书"咄咄怪事"四字。咄咄,表示失意后的不满。⑤休休:指辞官隐居。唐司空图曾隐于中条山,作休休亭,并作《休休亭记》以明志。⑥一丘一壑:班固《汉书·叙传》:"渔钓于一壑,则万物不奸其志;栖迟于一丘,则天下不易其乐。"⑦新来:近日来。

[评析]

这是一首言志词，作于被朝廷闲置、居于铅山之时。全词先写夏末景致，继写内心的愁闷，言志而词气不过于激烈，这是本词的特点。上阕写红莲、白鹭，以其"醉"和"愁"之态度来比喻自己的内心。是啊，自己无端遭到弹劾而退居山林，岂不正是闲醉中有闲愁吗？这种写法称为"移情"，即把本无情感的事物赋予人的感情，曲折表达人的心情。沈际飞《宋四家词选》说此词："生派愁怨与花鸟，却自然。"即指这种移情笔法运用自如，不露痕迹，却又让读者一望即知。下阕以自我解嘲的口吻表达壮志难酬的感慨，正如人在愁极之时反而会放声大笑，困极之时却故作轻松之态同样道理。古人对此词末二句多有赞美，《蓼园词选》称其"妙在结二句放开写，不即不离尚含住"。况周颐《蕙风词话》说："'不知'二句入词佳，入诗便觉未合。"细读此二句，我们也能感到作者在这些寻常言语中，灌注了对虚度岁月的十二分惋惜。

清平乐（检校山园①书所见）

连云松竹，万事从今足。挂杖东家分社肉②，白酒床头初熟。　　西风梨枣山园，儿童偷把长竿。莫遣旁人惊去，老夫静处闲看。

[注释]

①检校：点检查核。此处指前往山园修整果木。山园：建在山间的果园。②社肉：社日祭祀之后分给当地百姓的肉。古代民间有春社和秋社。春社在立春后的第五个戊日，秋社在立秋后的第五个戊日。这两个节日，都是祭祀当地土地神的，故百姓都要拿出祭品。祭祀后，再将这些祭品重新分配。

[评析]

辛弃疾的小词,往往饶有情趣,把寻常小事写得活灵活现,甚至充满童真。这首词的立意原本没什么特殊,然而一到辛弃疾笔下,便能意趣横生。上阕先写领取社肉,再看新熟的酒,于是得出结论:能过这样神仙日子,还有什么不知足?下阕才真正进入"检校山园",或许我们期待的是:辛老的果园里有哪些品种?长得如何?他会怎样修剪枝条,保护果实?往下看,却只用"梨枣"二字做了简单的概括,意思是说园子里有什么并不重要。接下来三句,一定大出读者意外:只见几个调皮的孩子握着长长的竹竿,正聚精会神地"盗取"新熟的果子。如果换了杜甫,他一定会感叹"南村群童欺我老无力,忍能对面为盗贼"。辛弃疾则不同,他特地示意旁人:千万别惊动这群孩子,老夫把这些"小盗"当个乐儿,看他们能盗走我多少"劳动果实"。其实这类现象就是在今天,我们也经常遇到。如果你有幸也碰上这种事,你会怎么处理?

洞仙歌 (访泉于奇师村,得周氏泉[①],为赋)

飞流万壑,共千岩争秀。孤负平生弄泉手。叹轻衫短帽[②],几许红尘,还自喜,濯发沧浪[③]依旧。　　人生行乐耳[④],身后虚名,何似生前一杯酒。便此地、结吾庐,待学渊明,更手种、门前五柳[⑤]。且归去、父老约重来。问如此青山,定重来否?

[注释]

①奇师村:在铅山。此村后来被作者改名为"期思"。周氏泉:即作者改名为"瓢泉"者。②轻衫:与官服相对而言,较随意的家常衣裳。短帽:士子所戴的轻便小帽。陆游《蝶恋花·离小益作》词:"梦若由人何处去?短帽轻衫,夜夜眉州路。"③濯发沧浪:《孟子·离娄上》:"有孺子歌曰:'沧浪

之水清兮，可以濯我缨；沧浪之水浊兮，可以濯我足。'"④人生行乐耳：谓人生不过是一场游戏一场梦，当自取其乐。汉杨恽《报孙会宗书》："人生行乐耳，须富贵何时？"⑤门前五柳：《晋书·陶潜传》："潜少怀高尚，博学善属文，颖脱不羁，任真自得，为乡邻之所贵。尝著《五柳先生传》以自况曰：'先生不知何许人，不详姓字，宅边有五柳树，因以为号焉。闲静少言，不慕荣利。'"

[评析]

　　这首词作于作者到铅山闲居、还没有发现瓢泉之时，大约在孝宗淳熙十二三年间。此时作者虽然心情压抑，但也做好了在此地长期居住的准备，所以当他发现奇师有好泉时，很快产生了在此终老的念头。宋代士子遭到贬谪，很难知晓何时才能遇赦或被重新起用，不少人都会有稼轩这样的打算。比如北宋时的苏轼，贬到黄州后，又是开荒种地，又是修东坡雪堂；后来再贬惠州时，又是倾囊甚至借贷修建白鹤新居，可惜新居刚刚修好，一纸诏书，又被贬到海南儋州去了。稼轩来到铅山，无法预料还能不能重新出山，但日子总要过下去，而且要过得有情有趣，相中周氏泉并努力经营之，也就在情理之中了。作品并没有大肆渲染此处景致如何诱人，仅仅用了"飞流万壑，共千岩争秀"九个字作为写意性的总括，其后更多的篇幅，还是在写内心的感受，他意气昂扬地宣称：虽然如今是轻衫短帽，历经了几许红尘，依旧保持着达观的心态，该"濯发沧浪"时，只管尽情享受。人生不就是行乐吗？高车驷马是一种方式，濯发沧浪不过是另一种方式罢了。陶渊明为后人树立了很好的榜样，他过得潇洒自然，宁让大自然委屈自己的身，不让污浊官场委屈自己的心，谁能说这不是高于一切、天人合一的境界？稼轩很善于在词中融入人的情感甚至言谈，本词结尾处没有忘记增添现实生活的情致：当自己表示答应父老之邀还要到这里"弄泉"时，父老以最醇最真的口吻追问一句："先生肯定会再来吗？"此话看似多余,然其所展现的,恰恰是人与人之间最淳朴的真情实感。

生查子（山行寄杨民瞻①）

昨宵醉里行,山吐三更月②。不见可怜人③,一夜头如雪。今宵醉里归,明月关山笛④。收拾锦囊诗⑤,要寄扬雄宅⑥。

[注释]

①杨民瞻:居于上饶者,仕履不详。此人当是较低的官员,喜与稼轩同游的人。稼轩词中屡屡提到此人。②山吐三更月:苏轼《江月五首》诗之三:"三更山吐月,栖鸟亦惊起。起寻梦中游,清绝正如此。"③可怜人:可爱之人,指杨民瞻。古"可怜"亦表示可爱,如"楚楚可怜",即作可爱解。《玉台新咏·古诗为焦仲卿妻作》:"东家有贤女,自名秦罗敷。可怜体无比,阿母为汝求。"④明月关山笛:指古笛曲《关山月》。《乐府诗集·横吹曲辞》:"《乐府解题》曰:'《关山月》,伤离别也。'"⑤锦囊诗:谓优美的诗句。李商隐《李长吉小传》:"恒从小奚奴,骑弱驴,背一古破锦囊,遇有所得,即书投囊中。"⑥扬雄宅:《汉书·扬雄传》:"扬雄字子云,蜀郡成都人也。……有田一廛,有宅一区,世世以农桑为业。"此处代指杨民瞻,言民瞻也是一介书生。

[评析]

这首小词表现的是作者柔情的一面,对于志同道合的朋友,他在感情上是相当依恋的,甚至用了"一夜头如雪"这样夸张的语句,足见当时与杨民瞻之间友情之深。全词的上、下两阕,一处说的是"昨宵",一处说的是"今宵",给读者的印象是"一日不见,如三秋兮"。两处都用了"醉"字,让读者体会到作者当时内心的寂寞,惟其寂寞,对友情的渴望就愈加强烈。第一宵虽然"头如雪",尚可忍耐;第二宵则不能再忍耐,他要写出最真情的诗告诉朋友:收到老夫的诗,你还忍心不来吗?

八声甘州（故将军饮罢夜归来）

夜读《李广传》，不能寐。因念晁楚老①、杨民瞻约同居山间，戏用李广事赋以寄之。

故将军、饮罢夜归来，长亭解雕鞍②。恨灞陵醉尉，匆匆未识③，桃李无言④。射虎山横一骑，裂石响惊弦⑤。落魄封侯事⑥，岁晚田园。　谁向桑麻杜曲，要短衣匹马，移住南山。看风流慷慨，谈笑过残年⑦。汉开边、功名万里⑧，甚当时、健者也曾闲⑨。纱窗外、斜风细雨⑩，一阵轻寒。

[注释]

①晁楚老：当是南渡晁氏的后人，居于铅山，与杨民瞻等皆与稼轩从游的人。晁氏在北宋时名流甚多，如晁补之、晁谦之、晁说之、晁咏之等。②长亭：古代供人送别休息的简易驿馆。北周庾信《哀江南赋》："十里五里，长亭短亭。"雕鞍：华美的马鞍。骆宾王《帝京篇》："宝盖雕鞍金络马，兰窗绣柱玉盘龙。"③灞陵醉尉，匆匆未识：《汉书·李广传》："与故颍阴侯屏居蓝田南山中射猎。尝夜从一骑出，从人田间饮。还至亭，霸陵尉醉，呵止广，广骑曰：'故李将军。'尉曰：'今将军尚不得夜行，何故也！'宿广亭下。"④桃李无言：意谓人有美德功业，不须自己表白，自有口碑。《汉书·李广传》："死之日，天下知与不知皆为流涕，彼其中心诚信于士大夫也。谚曰：'桃李不言，下自成蹊。'此言虽小，可以喻大。"⑤射虎山横一骑，裂石响惊弦：《汉书·李广传》："广出猎，见草中石，以为虎而射之，中石没矢，视之，石也。"⑥落魄封侯事：谓李广终生未得封侯。《汉书·李广传》："初，广与从弟李蔡俱为郎，事文帝。景帝时，蔡积功至二千石。武帝元朔中，为轻车将军，从大将军击右贤王，有功中率，封为乐安侯。元狩二年，代公孙弘为丞相。蔡为人在下中，名声出广下远甚，然广不得爵邑，官不过九卿。"⑦"谁向桑麻杜曲"至"谈笑过残年"五句：此处化用杜甫诗句。杜甫《曲江三章

章五句》之三:"自断此生休问天,杜曲幸有桑麻田,故将移住南山边。短衣匹马随李广,看射猛虎终残年。"⑧汉开边、功名万里:意谓西汉武帝开疆拓土,有为之士皆可在万里之外建立军功。⑨甚当时、健者也曾闲:为什么在那样的时期,健儿也有被闲废的呢。《汉书·李广传》:"元狩四年,大将军票骑将军大击匈奴,广数自请行。上以为老,不许。"⑩斜风细雨:张志和《渔歌子》:"青箬笠,绿蓑衣,斜风细雨不须归。"

[评析]

这首词的小序只说"因念晁楚老、杨民瞻约同居山间,戏用李广事赋以寄之",看似轻描淡写,然观其主要内容,则是借李广不遇于武帝,抒写自身类似的经历,宣泄有志不得伸的抑郁。连匈奴人都闻之色变的飞将军李广,却屡屡在自家朝廷蒙受不公正的待遇,甚至连封侯都轮不到他。作者想到自己虽然不能完全与李广相比,但也是"壮岁旌旗拥万夫"的战将,也是怀着一腔报国热情来到南宋,也曾屡屡请缨,置生死于度外。可惜眼看着金人强占疆土,蹂躏同胞,却不能横刀立马奋勇杀敌,这对于一个矢志报国的热血男儿,无疑是一种屈辱,却又无可奈何。如今被朝廷闲置在此处,满心的话语能对谁讲呢?正巧晁楚老、杨民瞻相约同居山间,于是借题发挥,将心中的怨愤一吐为快。话虽然说出来了,但现实依旧无法改变,内心的凄凉也无法驱除。"纱窗外、斜风细雨,一阵轻寒",是作者当时最真实的内心感受。

水龙吟(题瓢泉①)

稼轩何必长贫,放泉檐外琼珠泻。乐天知命②,古来谁会,行藏用舍③。人不堪忧,一瓢自乐,贤哉回也④。料当年曾问,饭蔬饮水⑤,何为是、栖栖者⑥。　　且对浮云山上,莫匆匆、去流山下。苍颜照影,故应流落,轻裘肥马⑦。绕齿冰霜⑧,满怀芳乳⑨,先生饮罢。笑挂瓢风树⑩,一鸣渠碎⑪,问何如哑。

[注释]

①瓢泉:即前《洞仙歌·访泉于奇师村,得周氏泉,为赋》中的周氏泉。稼轩得此泉后,更名为瓢泉,取《论语·雍也》"一箪食,一瓢饮"之义。据《铅山县志》载,此泉在县东二十五里期思村。②乐天知命:谓乐于顺应天命,懂得事物生灭变化都由天命决定的道理。《周易·系辞上》:"乐天知命,故不忧。"③行藏用舍:谓得到任用就行其道,得不到任用就退身归隐。《论语·述而》:"子谓颜渊曰:'用之则行,舍之则藏,唯我与尔有是夫。'"④人不堪忧,一瓢自乐,贤哉回也:此句化用孔子赞美颜渊的话,也是作者命周氏泉为瓢泉的根据。《论语·雍也》:"子曰:'贤哉,回也!一箪食,一瓢饮,在陋巷,人不堪其忧,回也不改其乐。贤哉,回也!'"⑤饭蔬饮水:吃菜蔬喝冷水,言生活清苦。《论语·述而》:"子曰:'饭蔬食饮水,曲肱而枕之,乐亦在其中矣。不义而富且贵,于我如浮云。'"⑥栖栖者:《论语·宪问》:"微生亩谓孔子曰:'丘何为是栖栖者与?无乃为佞乎?'孔子曰:'非敢为佞也,疾固也。'"邢昺疏解说:"栖栖,犹皇皇也。微生亩,隐士之姓名也。以言谓孔子曰:'丘何为如是东西南北而栖栖皇皇者与?无乃为佞说之事于世乎?'孔子曰:非敢为佞也,疾固也者,孔子答言:'不敢为佞,但疾世固陋,欲行道以化之。'"⑦轻裘肥马:《论语·雍也》:"赤之适齐也,乘肥马,衣轻裘。"邢昺疏解说:"言子华使往齐国,乘驾肥马,衣着轻裘,则是富也,富则母不阙粟。"⑧绕齿冰霜:夏日饮冷水,如冰霜缠绕在齿间。言十分惬意。苏轼《寄高令》诗:"诗成锦绣开胸臆,论极冰霜绕齿牙。"⑨满怀芳乳:谓瓢泉水如同芳香的乳汁,可以痛饮。⑩挂瓢风树:《太平御览》卷七六二引蔡邕《琴操》:"许由无杯器,常以手捧水。人以一瓢遗之,由操饮毕,以瓢挂树。风吹树,瓢动,历历有声。"⑪一鸣渠碎:一旦长鸣,便会粉身碎骨。谓自己一旦想奋发有为,便会遭到致命的打击。《史记·滑稽列传》:"此鸟不飞则已,一飞冲天;不鸣则已,一鸣惊人。"

[评析]

此词是作者得到周氏泉并更名瓢泉之后为此泉所题的文字。总的看来，此时作者的情感是很复杂的，一方面因摆脱了官场的倾轧勾斗，回归自然，内心感觉十分轻松愉悦；另一方面远离朝廷，被遗弃的失落感以及壮志难酬的委屈感也表现得十分强烈，这种纠结与矛盾，一直折磨着他，逐渐使他变成了一个乐中有愁，愁中有乐，忧乐相随，难以自拔的孤独老人，且这种忧乐相随，几乎伴随了他的后半生。上阕首句"稼轩何必长贫，放泉檐外琼珠泻"，以他惯用的写作手法与读者开了个苦涩的玩笑：老夫怎么能一直贫穷下去呢？如今得到瓢泉，终日给老夫跳珠溅玉，此富谁能及之？原来他的"富有"，仅仅是这些看似珠玉的水珠。不过我们仍能体会到此时作者内心极大的满足，这些看似珠玉的水珠在世俗人眼里，什么都不是，但在作者眼里，却比珍珠美玉更加宝贵，因为它带给人的是高于珠玉的精神享受，故而接着言道："乐天知命，古来谁会，行藏用舍。"这番道理显然是紧接上句而来的，作者告诉人们：乐天知命才是人生至高的境界，用之则行、舍之则藏的道理，自古及今，不过孔子、颜渊和他辛稼轩三个人真理会得。孔子、颜渊师徒的生命价值和意义，不是千载之后人们才渐渐懂得的吗？下阕用高士许由挂瓢于树的故事，点明自己洁身自好的志趣和品格，一瓢饮罢，他也会将瓢高高挂在树上，这就足够了，什么都用不着说——在当今这个恶浊的世界里，无论你说什么，都不会有人听得懂，索性不如做个哑巴，冷眼看着世俗的喧嚣，那才更有味道呢！

定风波（暮春漫兴）

少日春怀①似酒浓，插花走马②醉千钟。老去逢春如病酒，唯有，茶瓯香篆小帘栊③。　　卷尽残花风未定，休恨，花开元自④要春风。试问春归谁得见？飞燕，来时相遇夕阳中。

[注释]

①少日：少年时期。春怀：游春的兴致。②插花：戴花。古人逢到节日，往往头插鲜花，以示喜庆。杜牧《杏园》诗："莫怪杏园憔悴去，满城多少插花人。"走马：骑马驰逐。杜甫《去秋行》："去秋涪江木落时，臂枪走马谁家儿？"③香篆：焚香时升起的烟缕。因其曲折似篆文，故称。范成大《社日独坐》诗："香篆结云深院静，去年今日燕来时。"小帘栊：谓独处一间小屋。④元自：唐宋时期俗语，相当于今言"原本"、"本来"等义。

[评析]

这是一首抒情小词，作者用今昔对比的手法，抒写了少年时期对春的热爱和老来对季节变化的漠然。上阕直书少年时每到新春，插花走马，一饮千钟，唯恐春天逝去得太快。那种对生活的热爱、对自然的陶醉，生命之奔放、情感之热烈，让人觉得这世界真是五彩斑斓，美不胜收，活在这个世界上，本身就是无穷的欢乐和享受。老来的情味完全变了：春花春草、春雨春风，似乎都与自己毫无瓜葛，变得连自己都厌恶自己。既然如此，何必还要走出屋门，让绚烂的春天为我的出现而扫兴呢？如果说上阕还停留在自然表象的解读上，下阕则全在缕述人生的哲理：时到暮春，狂风无情地吹打着即将谢去的花瓣，好像不把花儿吹干绝不放手。其实花开花谢正如人生既有青春又有老年的道理一样，无须埋怨狂风的无情，想要花儿再开，只能等到来年春风重来的时候，生命的轮回，不是谁发几句牢骚就能改变的。大概是作者深感如此索寞太过沉重，于是在结尾处用燕子飞来，带给读者一丝轻快：燕子燕子，见到春归了吗？燕子回答说：来的时候与春相遇在夕阳之中。燕子是春的使者，作者有意让它出现，分明是要表现他对生命还有深深的眷恋，这种眷恋，要比"夕阳无限好，只是近黄昏"更显深沉，更显含蓄。

青玉案（元夕①）

东风夜放花千树②。更吹落、星如雨③。宝马雕车④香满路。凤箫⑤声动，玉壶⑥光转，一夜鱼龙舞⑦。　蛾儿雪柳黄金缕⑧。笑语盈盈暗香⑨去。众里寻他千百度。蓦然回首，那人却在，灯火阑珊⑩处。

[注释]

①元夕：元宵节之夕。宋代又称元宵节为灯节。《东京梦华录》卷六："正月十五日元宵……于左右门上，各以草把缚成戏龙之状，用青幕遮笼，草上密置灯烛数万盏，望之蜿蜒如双龙飞走。"②花千树：形容花灯极多，如同千树万树都开满了鲜花。③星如雨：言花灯如陨落的流星雨。④宝马雕车：指元宵之夜观灯的士女都乘坐着宝马香车。雕车，经过雕饰的车子。⑤凤箫：排箫。此箫用数支竹管依其长短排列而成，形如凤翼，故称凤箫。⑥玉壶：喻月亮。鲍照《白头吟》："清如玉壶冰。"⑦鱼龙舞：指鱼形、龙形的彩灯在风中飘动，如在起舞。⑧蛾儿：又叫"闹蛾儿"，古代女子头上的饰物。雪柳：亦古时妇女在元宵节观灯时戴的饰物，一般用彩绸或彩纸制成。《大宋宣和遗事》前集载："少刻，京师民有似雪浪，尽头上戴着玉梅、雪柳、闹蛾儿。"黄金缕：指用金线加以装饰。⑨暗香：指女子经行处散发出的幽香。⑩阑珊：稀稀落落的样子。

[评析]

这首词写元宵节的热闹景象，直到词的末尾，作者才掉转笔头，黯然抒发自己为世不容的落寞情怀。词的上阕以夸张的手法描写街市上火树银花的繁盛，以及士女倾城出动的观灯场面。为了突出一个动态的夜晚，作者先用"玉壶光转"，随后才实际点出"一夜鱼龙舞"，这就使人感受到游人乐此不疲、尽情欢乐的情绪。下阕写观灯的女子们。漂亮的女子在任何场合，都构成一道靓丽的风景,因此这种过渡显得很自然。只见她们头戴饰物,笑语盈盈。就在这时,作者收住笔锋不再写众女之态,而写到一个"众里寻他千百度"的贤淑女子,她默默地站在灯火阑珊的地方,离群索居。这种写法很出乎读者的意料,更耐人寻味的是作者为什么要在"众里"苦苦寻找她呢?原来此女正是作者自身的写照,她不愿随波逐流,永远保持着一种高洁的情操,这不正是最可贵的一种品格吗?梁启超在《艺蘅馆词选》中点破说:"自怜幽独,伤心人别有怀抱。"可谓一语中的。

沁园春（戊申岁①,奏邸忽腾报②,谓余以病挂冠③,因赋此）

老子平生,笑尽人间,儿女怨恩④。况白头能几,定应独往⑤,青云⑥得意,见说长存。抖擞衣冠,怜渠无恙,合挂当年神武门⑦。都如梦,算能争几许,鸡晓钟昏⑧。　此心无有亲冤⑨,况抱瓮年来自灌园⑩。但凄凉顾影,频悲往事,殷勤对佛,欲问前因⑪。却怕青山,也妨贤路⑫,休斗尊前见在身⑬。山中友,试高吟楚些,重与招魂⑭。

[注释]

①戊申岁:孝宗淳熙十五年(1188)。此时作者已经闲居铅山五六年。②奏邸忽腾报:朝廷忽然传出消息,还弄得沸沸扬扬。奏邸,指编写邸报的部门。腾,腾沸,指消息不胫而走。③谓余以病挂冠:消息称老夫因病离开朝廷闲居。挂冠,辞官或弃官。沈约《和左丞庾杲之移病》诗:"挂冠若东都,山林宁复出。"此言这些消息十分荒唐,老夫早就闲居了,如今无端又传这样的消息,岂不是平地起波澜?故有所赋。④儿女怨恩:像小儿女间斗气般的恩恩怨怨。意即不再为功名利禄这类俗事挂怀。⑤白头能几,定应独往:此二句化用白居易诗句,谓早已退出官场,独往青山之间。白居易《九年十一月二十

一日感事而作其日独游香山寺》诗:"祸福茫茫不可期,大都早退似先知。当君白首同归日,是我青山独往时。"⑥青云:指隐居。《南史·齐衡阳王钧传》:"身处朱门,而情游江海;形入紫闼,而意在青云。"⑦合挂当年神武门:《南史·陶弘景传》:"陶弘景字通明,丹阳秣陵人也。……永明十年,脱朝服挂神武门,上表辞禄。诏许之,赐以束帛。"后遂以"挂冠"为辞官之典。⑧能争几许,鸡晓钟昏:谓争权夺利能持续多久。鸡鸣拂晓,钟响黄昏,指一天。⑨无有亲冤:谓万念俱灰,心里已经不存在亲与疏。亲,谓亲近之人;冤,谓怨恨之人。⑩抱瓮年来自灌园:《庄子·天地》:"子贡南游于楚,反于晋,过汉阴,见一丈人方将为圃畦,凿隧而入井,抱瓮而出灌,搰搰然用力甚多而见功寡。子贡曰:'有械于此,一日浸百畦,用力甚寡而见功多,夫子不欲乎?'为圃者仰而视之曰:'奈何?'曰:'凿木为机,后重前轻,挈水若抽,数如泆汤,其名为槔。'为圃者忿然作色,而笑曰:'吾闻之吾师,有机械者,必有机事;有机事者,必有机心。机心存于胸中,则纯白不备;纯白不备,则神生不定;神生不定者,道之所不载也。吾非不知,羞而不为也!'子贡瞒然惭,俯而不对。"李白《赠张公洲革处士》诗:"抱瓮灌秋蔬,心闲游天云。"⑪前因:前世因缘。佛教谓事皆种因于前世,故称。沈约《形神论》:"若修此力致,复有前因,因熟果成,自相感召。"⑫妨贤路:阻碍贤者登进。《汉书·王尊传》:"趣自避退,毋久妨贤。"⑬休斗尊前见在身:意谓休要再与坐在酒杯之前的老夫作对了。见在身,现在这个只会饮酒的身躯。此为作者自指,兼嘲讽某些人至今还不肯放过自己。⑭高吟楚些,重与招魂:《楚辞》宋玉《招魂》篇多用楚地方言"些"字,故曰"楚些"。《招魂》:"魂兮来归!去君之恒干,何为乎四方些?舍君之乐处,而离彼不祥些。魂兮归来,东方不可以托些。"

[评析]

这首词用嬉笑怒骂的笔调,对朝廷那些卑劣小人无端传闻作者因病闲居的行径进行了辛辣的嘲讽。事情的原委是这样的:稼轩淳熙九年(1182)任江西安抚使兼知洪州,遭言官弹劾罢官,居于铅山。五六年后,朝廷内部忽然传出一则消息,说辛弃疾因为身体原因再次辞官乡居。作者闻知此讯后,哭笑不得,于是写下这首词。

上阕起首几句，能觉出作者为此非常气愤，故而直言：老子这辈子对官场上的尔虞我诈早就腻透了，也早就不往心里去了，别再拿这些无聊的事炒作了。人生在世不过短短几十年，朝廷不需要我，我当然可以挂冠归隐，算不得什么，老子在山里活得更滋润。争什么呀争，争来争去，你们能捞到多少好处啊？就算你们争得了好处，又能活几天？最终还不是都到阎王老子那里去报到？可以看出，作者说这席话时，情绪不为不激烈，这是因为他对官场实在是厌倦极了，忍不住要大发雷霆。中国古代的读书人，历来有忠与奸、君子与小人之争，尤其是宋朝，这方面的争斗更为明显。北宋时期的大规模党争就有两三次，很多正人君子都成了党争的牺牲品。欧阳修在他的《朋党论》中说："臣闻朋党之说自古有之，惟幸人君辨其君子小人而已。大凡君子与君子以同道为朋，小人与小人以同利为朋，此自然之理也。……小人无朋，其暂为朋者，伪也。君子则不然，所守者道义，所行者忠信，所惜者名节。以之修身，则同道而相益；以之事国，则同心而共济，终始如一，此君子之朋也。故为人君者，但当退小人之伪朋，用君子之真朋，则天下治矣。"遗憾的是，很多帝王根本意识不到小人的奸邪，故而用小人而退君子，实在是司空见惯的现象。自古君子与小人争，总是以君子失败、小人得势而告终，原因很简单：君子想的是如何兴邦治国，遵循的是圣人教诲的道德，没有精力纠缠在人事勾斗上，也没有无耻之心和无耻之手段；小人则不然，他们有的是时间和精力，唯独没有道德和廉耻，他们可以无所不用其极，不把君子置于死地，他们可以永不罢休。这一点，北宋的欧阳修明白、苏轼明白，南宋的辛弃疾也明白。可惜明白并不等于有办法制伏小人，充其量写几句文章嘲笑嘲笑而已，恰恰小人们最不怕的就是嘲笑，因为他们原本没有脸面，只有利益。"却怕青山，也妨贤路"、"高吟楚些，重与招魂"，这类文字今天读来，是多么令人扼腕，一个曾经横刀立马的凛凛大将军，在邪佞的小人们面前，为什么显得如此无力？如此无奈？如此无助？他真的懦弱吗？不是。然而"龙游浅水遭虾戏，虎落平阳被犬欺"这句话，又实在说得入木三分：世界原本就是这样构成的。

贺新郎（把酒长亭说）

陈同父自东阳来过余①，留十日，与之同游鹅湖，且会朱晦庵于紫溪②，不至，飘然东归。既别之明日，余意中殊恋恋，复欲追路。至鹭鸶林，则雪深泥滑，不得前矣。独饮方村，怅然久之，颇恨挽留之不遂也。夜半，投宿泉湖吴氏四望楼，闻邻笛悲甚，为赋《贺新郎》以见意。又五日，同父书来索词。心所同然者如此，可发千里一笑。

把酒长亭说。看渊明、风流酷似，卧龙诸葛③。何处飞来林间鹊，蹙踏松梢微雪。要破帽、多添华发④。剩水残山无态度⑤，被疏梅、料理成风月。两三雁，也萧瑟。　　佳人⑥重约还轻别。怅清江、天寒不渡，水深冰合。路断车轮生四角⑦，此地行人销骨⑧。问谁使、君来愁绝。铸就而今相思错，料当初、费尽人间铁。长夜笛，莫吹裂。

[注释]

①陈同父：南宋爱国志士陈亮。《宋史·陈亮传》："陈亮字同父，婺州永康人。生而目光有芒，为人才气超迈，喜谈兵，论议风生，下笔数千言立就。尝考古人用兵成败之迹，著《酌古论》。郡守周葵得之，相与论难，奇之，曰：'他日国士也。'请为上客。及葵为执政，朝士白事，必指令揖亮，因得交一时豪俊，尽其议论。……大略欲激孝宗恢复，而是时孝宗将内禅，不报。由是在廷交怒，以为狂怪。先是，乡人会宴，末胡椒特置亮羹胾中，盖村俚敬待异礼也。同坐者归而暴死，疑食异味有毒，已入大理。……众意必死。

少卿郑汝谐……力言于光宗，遂得免。……未几，光宗策进士，问以礼乐刑政之要，亮以君道、师道对。……奏名第三，御笔擢第一。……授佥书建康府判官厅公事。未至官，一夕，卒。"东阳：宋县名，在今浙江东阳。②朱晦庵：南宋著名理学家朱熹。《宋史·朱熹传》："朱熹字元晦，一字仲晦，徽州婺源人。……年十八贡于乡，中绍兴十八年进士第。……（庆元）二年，沈继祖为监察御史，诬熹十罪，诏落职罢祠，门人蔡元定亦送道州编管。四年，熹以年近七十，申乞致仕，五年，依所请。明年卒，年七十一。疾且革，手书属其子在及门人范念德、黄干，拳拳以勉学及修正遗书为言。翌日，正坐整衣冠，就枕而逝。"紫溪：山名，在铅山县南四十里。《读史方舆纪要》卷八十五："紫溪岭，在（铅山）县南四十里，高可四百余丈，其水流为紫金溪。"③看渊明、风流酷似，卧龙诸葛：陶渊明的风流，很像当年隐居南阳的诸葛亮。此处以陶渊明、诸葛亮喻朱熹与陈亮。④要破帽、多添华发：谓林间鹊将树上的白雪踏落在人头上，好像是增加了许多白发。⑤态度：意态风度。⑥佳人：指朱熹。此处是用《楚辞》手法，以佳人喻朋友，非实指美人。⑦车轮生四角：陆龟蒙《古意》诗："愿得双车轮，一夜生四角。"谓愿车轮生角，以寄思念之情。⑧销骨：形容极其哀伤。元稹《别李十一》诗之五："闻君欲去潜销骨，一夜暗添新白头。"

[评析]

这是一首怀人词，小序中已经说明。当时作者闲居于铅山，有机会与陈亮一道拜访名流朱熹，使作者感到十分兴奋。大约是期望越切，失望越深。此行因故没能与朱熹相会，令作者极为怅惘。上阕多写当时景物，以景寓情，所以我们读到的景物，实际上都是作者内心的折照：鸦鹊踏枝将白雪踏落掉在帽子上，作者很不耐烦地说：这不分明是给我增添白发吗？所经之处是一片"剩水残山"，全无意态，令人扫兴。偌大的山林间，仅仅是几点残梅还算有些生气。两三只大雁，也冻得像被胶粘住一样，增添了林间的萧瑟。这样的景物，这样描写景物的笔法，这样低调的渲染，怎么可能让人振奋起来呢？下阕实写当时的心情：期盼了很久的相会，竟然以未见而止，这实在令人颓丧无比，他恨不得车轮生角，去追赶已经远去的朱熹。早知如此，还不如没有相见之约，这难道不是自己铸成的错吗？全词情感真挚，读之令人感动。

贺新郎（同父见和，再用前韵）

老大那堪说。似而今、元龙臭味①，孟公瓜葛②。我病君来高歌饮，惊散楼头飞雪。笑富贵、千钧如发。硬语盘空③谁来听，记当时、只有西窗月。重进酒，唤鸣瑟。　　事无两样人心别④。问渠侬⑤、神州毕竟，几番离合？汗血盐车⑥无人顾，千里空收骏骨⑦。正目断、关河路绝。我最怜君中宵舞⑧，道男儿、到死心如铁。看试手，补天裂⑨。

[注释]

①元龙：三国陈登的字。见前《水龙吟·登建康赏心亭》注⑩。臭味：气味，亦喻同类之人。《左传·襄公八年》："今譬于草木，寡君在君，君之臭味也。"杜预注解说："言同类。"②孟公：汉代游侠陈遵的字。《汉书·陈遵传》："陈遵字孟公，杜陵人也。……居长安中，列侯近臣贵戚皆重贵之。牧守当之官，及郡国豪桀（杰）至京师者，莫不相因到遵门。遵者（嗜）酒，每大饮，宾客满堂，辄关门，取客车辖投井中，虽有急，终不得去。"瓜葛：关系。唐权德舆《奉和韦曲庄言怀贻东曲外族诸弟》："小生忝瓜葛，慕义斯无穷。"以上二句意谓陈亮与自己尚有同类相惜之情，赞陈亮有豪侠之气。③硬语盘空：刚劲的语言。韩愈《荐士》诗："横空盘硬语，妥帖力排奡。"④事无两样人心别：意谓国家破碎的事，谁都看得明白，可惜不同的人对此却会有截然不同的态度。⑤渠侬：吴方言，表示"他"或"她"。高德基《平江记事》："嘉定州去平江一百六十里，乡音与吴城尤异，其并海去处，号三侬之地。盖以乡人自称曰'吾侬'、'我侬'，称他人曰'渠侬'，问人曰'谁侬'。"⑥汗血盐车：此处当连读，汗血马拉盐车之意。汗血，古代西域骏马

名。流汗如血,故称。《汉书·武帝纪》:"贰师将军广利斩大宛王首,获汗血马来。"颜师古注解说:"大宛旧有天马种,蹋石汗血,汗从前肩髆出,如血。号一日千里。"盐车,运盐之车。《战国策·楚策四》:"夫骥之齿至矣,服盐车而上太行。蹄申膝折,尾湛胕溃,漉汁洒地,白汗交流,中阪迁延,负辕不能上。伯乐遭之,下车攀而哭之,解纻衣以幂之。"喻贤才屈沉于下僚。⑦千里空收骏骨:《战国策·燕策一》:"燕昭王收破燕后即位,卑身厚币,以招贤者,欲将以报雠。故往见郭隗先生。……昭王曰:'寡人将谁朝而可?'郭隗先生曰:'臣闻古之君人,有以千金求千里马者,三年不能得。涓人言于君曰:请求之。君遣之。三月得千里马,马已死。买其首五百金,反以报君。君大怒曰:所求者生马,安事死马而捐五百金?涓人对曰:死马且买之五百金,况生马乎?天下必以王为能市马,马今至矣。于是不能期年,千里之马至者三。今王诚欲致士,先从隗始。隗且见事,况贤于隗者乎?岂远千里哉?'"⑧中宵舞:《晋书·祖逖传》:"(祖逖)与司空刘琨俱为司州主簿,情好绸缪,共被同寝。中夜闻荒鸡鸣,蹴琨觉,曰:'此非恶声也。'因起舞。"后以为志士仁人奋发之典故。⑨补天裂:古代传说女娲炼石以补天裂。《淮南子·览冥》:"往古之时,四极废,九州裂,天不兼覆,地不周载。……于是女娲炼五色石,以补苍天。"此处代指戮力收复被金人夺取的北方大片领土。

[评析]

南宋中期,陈亮是爱国志士的杰出代表,在很多场合中,他都敢于大声疾呼救国抗金,故作者与之情好如一人。孝宗淳熙十六年(1189)春,陈亮从东阳来看望辛弃疾,逗留了十来天。后陈亮又到紫溪看望朱熹,其后飘然而归。两人此次会面,都写了不少词。本词便是得到陈亮词后所和之篇什。上阕开篇用陈元龙典故表示了与陈亮为同道,又用陈遵典故感谢陈亮来看望自己的豪侠之气。能在带湖这种小地方见到陈亮,作者的心情当然非常激动,故用"我病君来高歌饮,惊散楼头飞雪"表达自己许久没有过的欢愉之情。接着吐露对功名富贵的蔑视,认为即使富贵如山,也像是悬在一线之上,说不定哪天线断,什么都没有了。作者感慨自己的心思无人理解，记得当初絮语，只有西窗明月算是静静地听。如今面对志同道合的朋友，当然要一吐为快，于是重新斟酒，拨响鸣琴。沉闷了很久的辛弃疾逢到这样的场合，读者很容易想象出他当时的豪爽，甚至会带有几丝孩童之气。下阕感慨朝廷无人，好不容易出现了陈亮这样的贤才，却只能屈于下僚，不得进用。作者对此表示了极大的惋惜，并以非常明确的态度对陈亮说：老夫最欣赏的就是陈君闻鸡起舞的烈士情怀，总有一天能大显身手，为恢复中原统一天下做出杰出的贡献。全词爱憎分明，情感激越，读之令人气短。

破阵子（为陈同甫赋壮语以寄）

醉里挑灯看剑，梦回吹角连营。八百里分麾下炙①，五十弦翻塞外声②。沙场秋点兵。　　马作的卢③飞快，弓如霹雳弦惊。了却君王天下事，赢得生前身后名。可怜白发生。

[注释]

①八百里分麾下炙：《世说新语·汰侈》："王君夫有牛名'八百里驳'，常莹其蹄角。王武子语君夫：'我射不如卿，今指赌卿牛，以千万对之。'君夫既恃手快，且谓骏物无有杀理，便相然可，令武子先射。武子一起便破的，却据胡床，叱左右：'速探牛心来！'须臾炙至，一脔便去。"此句谓自己当年豪气冲天，分麾食牛。②五十弦：指瑟。李商隐《锦瑟》诗："锦瑟无端五十弦，一弦一柱思华年。"翻：翻出，演奏。蔡琰《胡笳十八拍》："胡笳本自出胡中，缘琴翻出音律同。"塞外声：塞外征战厮杀之声调。③的卢：额部有白色斑点的马。《三国志·蜀书·先主传》："（刘）表疑其心，阴御之。"裴松之注引《世语》云："（刘）备屯樊城，刘表礼焉，惮其为人，不甚信用。曾请备宴会，蒯越、蔡瑁欲因会取备。备觉之，伪如厕，潜遁出。所乘马名的卢，骑的卢走，堕襄阳城西檀溪水中。……的卢乃一踊三丈，遂得过。"

[评析]

　　这是一首记梦词,虽然在说梦境,实际上还是抒发壮志未酬老之将至的感慨,从这个意义上讲,此词写得似梦非梦,亦幻亦真。上阕写梦之前有个前奏,就是饮醉之后曾挑灯看剑,此时的情绪已经由"醉"和"剑"两个词语表达出来:不愁何为醉?既醉何为看剑?就不能看别的东西吗?这句前奏写得虽不明朗,但也不算含蓄,仔细一读便能察觉出作者内心的压抑。果然,进入梦乡之后,出现在作者脑子里的是年轻时驰骋疆场、豪气冲天的场面,最难忘的是秋天的沙场,他作为一名年轻军官,点检士卒,准备出发杀敌,马作的卢,弓如霹雳,那种畅快,就算当天就死,都不会感到遗憾,因为那是为驱除强寇而死,为了却君王大事而死,死得重于泰山。作者本想来到南宋,会有更多奋勇杀敌、报效朝廷的机会,然而事与愿违,他的一腔热血,遭到了"被冷却",于是乎过起浑浑噩噩的太平日子,直到白发满头。全词用语朴素,多是白话,如"了却君王天下事,赢得生前身后名。可怜白发生",没有一个难解词语,却有着感人肺腑的冲击力。民国蒋抱玄辑《绮霞轩诗话》说:"诗词有用俗字而愈传神者,稼轩词中,往往见之。"这也是辛词非常重要的写作特色。

念奴娇（用东坡赤壁[①]韵）

　　倘来轩冕[②],问还是、今古人间何物?旧日重城[③]愁万里,风月而今坚壁[④]。药笼功名[⑤],酒垆身世[⑥],可惜蒙头雪[⑦]。浩歌一曲,坐中人物之杰。　　堪叹黄菊凋零,孤标[⑧]应也有,梅花争发。醉里重揩西望眼,惟有孤鸿明灭。世事从教,浮云来去,枉了冲冠发[⑨]。故人何在,长歌应伴残月。

[注释]

①东坡赤壁：苏轼《念奴娇·赤壁怀古》词："大江东去，浪淘尽、千古风流人物。故垒西边，人道是、三国周郎赤壁。乱石穿空，惊涛拍岸，卷起千堆雪。江山如画，一时多少豪杰。　遥想公瑾当年，小乔初嫁了，雄姿英发。羽扇纶巾，谈笑间，强虏灰飞烟灭。故国神游，多情应笑我，早生华发。人生如梦，一尊还酹江月。"稼轩本词，即和"大江东去"之韵而作。此词副题《稼轩词编年笺注》作"瓢泉酒酣，和东坡韵"。②倘来：本不该得而得到或无意中得到。轩冕：为官者的车子和冠冕。《庄子·缮性》："古之所谓得志者，非轩冕之谓也，谓其无以益其乐而已矣。今之所谓得志者，轩冕之谓也。轩冕在身，非性命也，物之傥来，寄者也。寄之，其来不可圉，其去不可止。故不为轩冕肆志，不为穷约趋俗，其乐彼与此同，故无忧而已矣。"③重城：都城。王禹偁《李氏园亭记》："重城之中，双阙之下，尺地寸土，与金同价。"④风月而今坚壁：意谓如今观风赏月，却如同坚壁不可入侵。⑤药笼功名：以药笼满否衡量功名之高下。药笼，盛药的器具。此处代指药物，谓终日以药物为伴。⑥酒垆身世：以酒垆为生。谓终日饮酒。⑦蒙头雪：喻白发已经盖满了头皮。⑧孤标：谓品行高洁。《旧唐书·杜审权传》："尘外孤标，云间独步。"⑨冲冠发：形容人盛怒之状。《史记·廉颇蔺相如列传》："相如因持璧却立，倚柱，怒发上冲冠。"

[评析]

这首词是与北宋苏东坡唱和的词。与古人唱和，这种情况很多，比如苏东坡就有很多首《和陶诗》，所以和诗和词并不分当时和后世。东坡的《念奴娇·赤壁怀古》乃千古绝唱，直到今天还是妇孺皆知，更何况南宋之时。苏词主旨是怀想当年三国英雄的丰功伟业，稼轩此词恰好与之相反，抒发的是人世浮云之慨。我们很难评定二者孰优孰劣，只能说各有千秋。辛弃疾的性格很多地方都与苏轼相类，唯独在"愁"这一点上，辛弃疾显得心事更重些。其实苏轼一生受的委屈比辛弃疾多多了，但大苏这个人耐受力明显比稼轩强很多，苏轼笔下很少有"愁"，用句不恭的话说，苏老人家整天就知道傻乐呵。而辛弃疾则终日怀想报国杀敌，实现不了这个夙愿就愁得慌。或许从忧国这点上说，稼轩又比苏轼想得更深更多些。本词开篇颇为豁达，直言富贵轩冕不过是倘来之物。这与苏轼的襟怀已很接近：苏轼被贬到惠州时给别人写信说：就当我原本是个惠州人，又没考中进士，不是和今天一样吗？"旧日重城愁万里，风月而今坚壁"，是说此前为官时整天为朝廷战与和揪心，而今被贬到山里，心境反倒清爽多了，除了吟风弄月之外，啥事都不关己。药物养身，美酒消愁，把功业当浮云，把冲冠之发绾结起来，这么过日子，除了头发渐白之外，什么忧愁都没有了。当然，作者作如此状，也是无可奈何，所以他没有忘记：在黄菊凋零的深秋，毕竟还有"梅花争发"。作者在告诉读者：不论今天的稼轩是醉是醒，为官为民，那愈寒愈艳的梅花所具备的高洁之操，是永远不会淡去的。

水调歌头（相公倦台鼎①）

送施枢密圣与帅江西②。信之谶③云："水打乌龟石，方人也大奇。""方人也"，实"施"字④。

相公倦台鼎，要伴赤松游⑤。高牙千里东下，笳鼓万貔貅⑥。试问东山风月⑦，更着中年丝竹⑧，留得谢公⑨不？孺子宅⑩边水，云影自悠悠。　　占古语，方人也，正黑头⑪。穿龟⑫突兀千丈，石打玉溪流。金印沙堤⑬时节，画栋珠帘云雨，一醉早归休。贱子⑭亲再拜，西北有神州⑮。

[注释]

①相公：古代对官员的雅称。倦台鼎：对于在京城担任知枢密院事的高官感到厌倦。古代称三公为台鼎，如星有三台，鼎有三足。蔡邕《太尉汝南李公碑》："天垂三台，地建五岳，降生我哲，应鼎之足。"宋代枢密院掌全国

军事,相当于武宰相,故称知枢密院事为台鼎。②施枢密圣与:施师点。《宋史·施师点传》:"施师点字圣与,上饶人。……(淳熙)八年,兼权礼部侍郎,除给事中。……十年,除端明殿学士、签书枢密院事。入奏,控免,上曰:'卿靖重有守,识虑深远,朕欲用卿久矣。'复诏兼参知政事,除参知政事兼同知枢密院事。……十三年,辞兼同知枢密院事。权提举国史院,权提举《国朝会要》。十四年,除知枢密院事。十五年春,以资政殿大学士知泉州,除提举临安府洞霄宫。绍熙二年,除知隆兴府、江西安抚使。……三年,得疾薨,年六十九。赠金紫光禄大夫。"帅江西:担任江南西路安抚使兼知隆兴府(今江西南昌)。叶适《水心文集》卷二十四《施公墓志铭》:"光宗内禅,知隆兴府。半岁,复求去,不许。绍熙三年二月乙未,薨于豫章。"据此可知,施师点始知隆兴府在绍熙二年六七月间。③信之谶(chèn):信州(即上饶)坊间的民谣。谶,带有预言性质的语言文字或图箓。④"方人也",实"施"字:以为左方、右上人、右下也,合起来就是"施"字。⑤伴赤松游:与神仙赤松子游。刘向《列仙传》:"赤松子者,神农时雨师也。服水玉以教神农,能入火自烧。往往至昆仑山上,常止西王母石室中,随风雨上下。炎帝少女追之,亦得仙,俱去。至高辛时,复为雨师。"⑥笳(jiā)鼓:笳声与鼓声,指军乐。《南史·曹景宗传》:"去时儿女悲,归来笳鼓竞。借问行路人,何如霍去病?"万貔貅(píxiū):谓勇猛之士卒以万数。貔貅,传说中的猛兽。《清稗类钞·动物·貔貅》:"貔貅,形似虎,或曰似熊,毛色灰白,辽东人谓之白熊。雄者曰貔,雌者曰貅,故古人多连举之。"唐张说《王氏神道碑》:"赳赳将军,貔貅绝群。"此谓施师点任江西帅臣,指挥上万的雄师。⑦东山风月:东晋谢安隐居于会稽之东山。见前《念奴娇·登建康赏心亭呈史留守致道》注⑦。此处代指施师点自淳熙末年至绍熙二年间那段闲居的生活,与谢安隐居东山很相似。⑧中年丝竹:《世说新语·言语》:"谢太傅语王右军曰:'中年伤于哀乐,与亲友别,辄作数日恶。'王曰:'年在桑榆,自然至此,正赖丝竹陶写,恒恐儿辈觉,损欣乐之趣。'"此句与上、下二句连读,意谓不知施枢密已经有流连东山之乐,再加之以丝竹管弦之乐,不知能否将你请出山来。⑨谢公:东晋谢安。《晋书·谢安传》:"谢安字安石,尚从弟也。……安虽放情丘壑,然每游赏,必以妓女从。……征西大将军桓温请为司马,将发新亭,朝士咸送，中丞高崧戏之曰：'卿累违朝旨，高卧东山，诸人每相与言，安石不肯出，将如苍生何！苍生今亦将如卿何！'安甚有愧色。"⑩孺子宅：后汉徐稚的宅院。因徐稚为南昌人，故稼轩有此说。《后汉书·徐稚传》："徐稚字孺子，豫章南昌人也。家贫，常自耕稼，非其力不食。恭俭义让，所居服其德。屡辟公府，不起。时陈蕃为太守，以礼请署功曹，不免之，既谒而退。蕃在郡不接宾客，惟来特设一榻，去则县（悬）之。"⑪黑头：指中年而居高位，头发尚黑。《晋书·王珣传》："弱冠与陈郡谢玄为桓温掾，俱为温所敬重。尝谓之曰：'谢掾年四十，必拥旄杖节，王掾当作黑头公，皆未易才也。'"按，这是作者阿谀施枢密的话。本年施枢密已经六十八岁，早已不能称为黑头公。⑫穹龟：大龟。韩愈《南海神庙碑》："穹龟长鱼，踊跃先后。"此处指水中似龟的巨石，即副题"水打乌龟石"之石也。⑬金印沙堤：唐代专为宰相通行车马所铺筑的沙面大路称为沙堤。李肇《唐国史补》卷下："凡拜相，礼绝班行，府县载沙填路。自私第至于子城东街，名曰沙堤。"白居易《官牛》诗："一石沙，几斤重？朝载暮载将何用？载向五门官道西，绿槐阴下铺沙堤。昨来新拜右丞相，恐怕泥涂污马蹄。"后以"沙堤"指枢臣所行之路。⑭贱子：作者自谦之称。《汉书·游侠·楼护传》："时请召宾客，邑居樽下，称'贱子上寿'。"⑮西北有神州：意谓希望施枢密再次回朝后，不忘北方沦丧的神州大地。刘克庄《玉楼春·戏林推》词："男儿西北有神州，莫滴水西桥畔泪。"

[评析]

这是一首送行词。知枢密院事施师点自宫祠起用，任江南西路帅臣，作者写此词为之送行。施师点在孝宗时属于有正义感的官员，深得孝宗信赖，当时名臣如周必大等，也都对他的为人处世举手加额。淳熙后期他离开朝廷，在上饶居住，故辛弃疾得以与之交往。上阕起始四句为一般性客套，其后亦多为对施氏尊崇敬重之语，没有太多的新奇。下阕最精彩的是结尾一句，最能代表此时作者的真实心情。作者对施氏的敬重，并不是因为他官高，而是敬他有士子气节。当时流传着这样一个故事，说乾道末年金国最强横的时期，施师点出使金国，班次已经站定，司仪官因亲王临时要来，命施师点退后。施师点坚立不动，不顾司仪官一再催逼，正色言道："班立已定，尚欲何为？"在廷的宋金官员都"相顾骇愕"，然知其有气节操守，只得作罢。使还，随行官将此事汇报给孝宗，孝宗大为叹赏。其后金国贺正旦使节来到临安府，问："师点今居何官？"馆伴使宇文价于班列中指施师点给他看。金使叹道："一见正人，令人眼明。"辛弃疾很清楚，像施师点这样的官员，在南宋算是凤毛麟角，所以施氏一旦起用，他便期待着有朝一日这位老枢密还能回朝主政，还能为朝廷献上收复"西北神州"的百年大计。这句话虽然只有五个字，却把全词的境界大大升华了。

水调歌头（题永丰杨少游提点①一枝堂）

万事几时足，日月自西东。无穷宇宙，人是一粟太仓中②。一葛一裘经岁③，一钵一瓶终日④，老子旧家风。更著一杯酒，梦觉大槐宫⑤。　　记当年，吓腐鼠⑥，叹冥鸿⑦。衣冠神武门外⑧，惊倒几儿童。休说须弥芥子⑨，看取鲲鹏斥鷃⑩，小大若为同⑪。君欲论齐物⑫，须访一枝翁⑬。

[注释]

①永丰：宋县名，属信州。《宋史·地理志四》："永丰，中。旧永丰镇，隶上饶，熙宁七年为县。"杨少游提点：此当理解为杨少游提点永丰某监场（如铸钱监或银场、铜场之类）。宋代的"提点"官通常为业务性官员，县里是不设"提点"官的。所以我认为此处必然有误。据《宋史·地理志四》载，信州（上饶）有个"永平监"，为铸铜钱之监。此监设提点官，相当于该监的总监。此副题之"永丰杨少游提点"，或当是"永平杨少游提点"，即可解释通畅。或者亦可理解为永丰县人杨少游提点信州以外的"永丰监"。此事待

考。②一粟太仓中：谓人很渺小，在宇宙间，就如同太仓中的一粒米。《庄子·秋水》："计中国之在海内，不似稊米之在太仓乎？"③一葛一裘经岁：一件葛衣一件皮衣就能度过一年。葛，麻衣，夏日穿；裘，皮衣，冬日穿。④一钵一瓶终日：一只碗一只瓶就可以度过一天。意谓人每天吃一点粮米喝几口水就能活下去。⑤梦觉大槐宫：唐李公佐《南柯太守传》载：淳于棼一日酒醉，梦有二紫衣使者邀其到大槐安国，娶其国公主，奉命为南柯太守，二十余年，郡政大治。梦醒后日尚未斜。寻梦中所至之处，乃是大槐树下一古穴。⑥吓腐鼠：《庄子·秋水》："夫鹓雏，发于南海而飞于北海，非梧桐不止，非练实不食，非醴泉不饮。于是鸱得腐鼠，鹓雏过之，仰而视之曰：'吓！'今子欲以子之梁国而吓我邪？"⑦冥鸿：扬雄《法言·问明》："鸿飞冥冥，弋人何篡焉？"李轨注解说："君子潜神重玄之域，世网不能制御之。"后指避世隐居之处。⑧衣冠神武门外：见前《沁园春·戊申岁，奏邸忽腾报，谓余以病挂冠，因赋此》注⑦。据此句，则知杨少游亦曾辞官，或此时正在辞官家居之时。⑨须弥芥子：须弥谓佛教名山须弥山，言其极大；芥子谓荆芥之籽，言其极小。《维摩诘经》："维摩诘言：'唯！舍利弗，诸佛菩萨，有解脱名不可思议，若菩萨住是解脱者，以须弥之高广内芥子中，无所增减。'"⑩鲲鹏斥鷃：鲲鹏言其极大，斥鷃言其极小。《庄子·逍遥游》："穷发之北有冥海者，天池也。有鱼焉，其广数千里，未有知其修者，其名为鲲。有鸟焉，其名为鹏，背若太山，翼若垂天之云，抟扶摇羊角而上者九万里，绝云气，负青天，然后图南，且适南冥也。斥鷃笑之曰：'彼且奚适也？我腾跃而上，不过数仞而下，翱翔蓬蒿之间，此亦飞之至也。而彼且奚适也？'此小大之辩也。"⑪小大若为同：意谓如果换个思维方式考虑问题，大与小其实并没有什么区别。⑫齐物：《庄子》中有《齐物论》，论述万物一等之理。⑬一枝翁：即杨少游提点。因其堂名一枝堂，故称其本人为"一枝翁"。一枝，取《庄子·逍遥游》"鹪鹩巢于深林，不过一枝"之义。

[评析]

此词所言也是"知足常乐"的老庄思想。词的气象相当宏大，上阕开篇便用"日月自西东"的宏观理论说明：人在日月西东运转中根本不值得一提。随后将画面放得更大："无穷宇宙，人是一粟太仓中。"这虽然是庄子早就说过的理论,但放在一首文人词里,还是让人感到作者的境界不同寻常,因为"词"本来是言情的小玩意儿,此前几人曾在这种文体里说天下宇宙的大道理?画面已经到了无穷大,作者十分巧妙地将镜头急拉,一下子拉到具体的"人":人是什么?一年两件衣裳,一天两口粮食,就能完成一个生命运行的过程。这可真是大者大小者小。为了再次印证大和小之间的关系,作者又用佛家的"须弥芥子"论和道家的"鲲鹏斥鷃"论作进一步说明:佛祖说过,把须弥山放在芥子中,根本不存在谁大谁小的区别;鲲鹏也是展翅而飞,斥鷃也是展翅而飞,其飞完全相同。尽管稼轩的词大多喜欢议论,但像这首词这样高谈阔论的,委实不多见,尤其是此词中加入了佛教的理论,更让读者耳目一新。佛教在宋朝虽然一直不衰,但稼轩似乎对此没太大兴趣——换句话说,让稼轩连佛教理论都起了兴趣,说明他的现实主义精神的确遭到了致命的打击。好在作者的主体思想还停留在老庄哲学的层面,须弥芥子之说,不过是偶然提及而已。

西江月 (夜行黄沙①道中)

明月别枝惊鹊,清风半夜鸣蝉。稻花香里说丰年,听取蛙声一片。　　七八个星天外,两三点雨山前。旧时茅店社林②边,路转溪头忽见。

[注释]

①黄沙:黄沙岭,在江西上饶以西。②社林:社庙附近的树林。社庙,即俗称的土地庙,旧时一方百姓祭祀社公的祠庙。

[评析]

这首小词是作者在上饶铅山闲居时作,也是辛弃疾闲适词的代表佳作。词的整体风格清新雅丽,大有世外桃源的情调。时间是在初入夜时,树枝上尚未歇宿的乌鹊好像对作者的到来颇有敌意,仿佛还能听到一两声刺耳的聒噪,蝉的兴致倒很高,不管四周如何,只管自鸣得意。大片的稻子已经秀穗开花,注定今年是个大丰收,青蛙如同在庆贺丰收,叫声此起彼伏,一片鼓吹。下阕对大背景的描写可谓高度传神,由于今夜是个多云天气,天上星星疏落可数,偶然又有几滴小雨自天而下,却是旋下旋停,没有影响人们的行走。转过小溪前头,那曾经路过的标志性建筑茅店和村社,便清清楚楚地出现在眼前。这首词的妙处在于:虽然词中满是声音——惊鹊、鸣蝉、蛙声一片,却能给人十分静谧的感觉,仿佛这些声音完全可以融化进浩瀚无垠的大自然中而忽略不计;它的妙处还在于,静谧的大自然中,一切有生命的和无生命的景物都充满了活力——天上的星像在艳羡着人间的和谐;山前的雨好像在和行人开善意的玩笑。茅店社林像憨厚的老者,在作者担心迷路的当口儿,适时现出身影。这种动中有静、静中有动的奇妙感受,正说明此词具有超乎寻常的艺术感染力。

添字浣溪沙(三山①戏作)

记得瓢泉快活时,长年耽酒更吟诗。蓦地捉将来断送,老头皮②。　　绕屋人扶行不得,闲窗学得鹧鸪啼。却有杜鹃能劝道:"不如归③。"

[注释]

①三山:宋代福建福州的俗称。福州城西、东、北皆有名山,故俗称为三山。南宋淳熙间所修福州方志,即名《淳熙三山志》。曾巩《道山亭记》:"福州治侯官,于闽为土中,所谓闽中也。……城之中三山,西曰闽山,东曰

九仙山，北曰粤王山，三山者鼎趾立。"②蓦地捉将来断送，老头皮：《宋人轶事汇编》卷十二引《东坡志林》："昔年过洛见李公简，言真宗东封，访天下隐士，得杞人杨朴，上问曰：'卿临行有人赠诗否？'朴对曰：'臣妻一首云：更休落拓耽杯酒，且莫猖狂爱咏诗。今日捉将官里去，这回断送老头皮。余在湖州，坐作诗追赴诏狱，妻子送余，出门皆哭。无以语之，顾谓妻曰："子独不能如杨处士妻，作一诗送我乎！"'"③不如归：古人认为杜鹃啼声酷似人言"不如归去"。《蜀王本纪》："蜀望帝淫其臣鳖灵之妻，乃禅位而逃，时此鸟适鸣，故蜀人以杜鹃鸣为悲望帝，其鸣为'不如归去'云。"梅尧臣《杜鹃》诗："蜀帝何年魄，千春化杜鹃。不如归去语，亦自古来传。"范仲淹《越上闻子规》诗："春山无限好，犹道不如归。"

[评析]

这首词作于光宗绍熙三年（1192），当时作者任福州知州兼福建路安抚使。《宋史·辛弃疾传》："绍熙二年，起福建提点刑狱。召见，迁大理少卿，加集英殿修撰、知福州兼福建安抚使。"此前很长时间里，作者一直闲居在铅山瓢泉，所以他说："蓦地捉将来断送，老头皮。"闲人突然任官，某种意义上说是件危险事：万一犯点错误，岂不是比不当官更糟糕？作者适时地用了北宋初年杨朴妻作诗称其将要"断送老头皮"（即送命）的典故，来比况此时自己毫无为官的兴趣。更传神的是：苏轼自湖州知州被御史台抓走前，也向他妻子王闰之提到此诗，这就更有味道了，人们读起来也就更能理解他不仅是毫无兴趣，还有如履薄冰的担忧。下阕先说自己衰惫之态，这很可以理解。接着说的话就有意思了：这个老小孩儿闲坐窗前时，居然学起鹧鸪鸣叫，岂不有趣？正觉有趣，又仿佛听见杜鹃来告："不如归去！不如归去！"辛弃疾在福州的这段时间，情绪还算稳定，也就是说，其实这首词是逗人玩的，大家哈哈一笑，开心就好。

水调歌头（壬子被召①，陈端仁给事②饮饯席上作）

长恨复长恨，裁作短歌行③。何人为我楚舞，听我楚狂声④。余既滋兰九畹，又树蕙之百亩⑤，秋菊更餐英⑥。门外沧浪水，可以濯吾缨⑦。　一杯酒，问何似，身后名。人间万事，毫发常重泰山轻⑧。悲莫悲生离别，乐莫乐新相识⑨，儿女古今情⑩。富贵非吾事，归与白鸥盟⑪。

[注释]

①壬子被召：光宗绍熙三年，辛弃疾自福建安抚使兼知福州任上受召回朝复命。②陈端仁给事：陈岘，字端仁，当时陈岘罢官闲居在福州，故稼轩被召时，得以为其饯行。给事，给事中的省称，宋代官员所带的朝官名，不实际到任。③短歌行：古乐府平调乐曲名，因声调短促，故名。多为宴会上唱的乐曲。《乐府诗集·相和歌辞五·短歌行》题解引唐吴兢《乐府解题》："《短歌行》，魏武帝'对酒当歌，人生几何'，晋陆机'置酒当堂，悲歌临觞'，皆言当及时为乐也。"④何人为我楚舞，听我楚狂声：《史记·留侯世家》："戚夫人泣，上曰：'为我楚舞，吾为若楚歌。'"楚狂，春秋时楚国隐士名。《论语·微子》："楚狂接舆，歌而过孔子，曰：'凤兮！何德之衰？往者不可谏，来者犹可追。已而！已而！今之从政者殆而！'孔子下，欲与之言。趋而辟之，不得与之言。"稼轩此处所谓"楚狂声"，当是用《论语》的典故。⑤余既滋兰九畹，又树蕙之百亩：《文选》卷三十二屈原《离骚》："余既滋兰之九畹兮，又树蕙之百亩。"李善注解说："滋，莳也。十二亩为畹。树，种也。二百四十步为亩。言己虽见放流，犹种莳众香，修行仁义，勤身自勉，朝暮不倦。"⑥秋菊更餐英：《文选》卷三十二屈原《离骚》："朝饮木兰之坠露兮，夕餐秋菊之落英。"李善注解说："言己旦饮香木之堕露，吸正阳之津液；暮食芳菊之落英。言吞阴阳之精蕊，动以香净自润泽。"⑦门外沧浪水，可以濯吾缨：《孟子·离娄上》："有孺子歌曰：'沧浪之水清兮，可以濯我缨；沧浪

之水浊兮，可以濯我足。'"孙奭疏解说："孟子言有孺子歌咏，曰沧浪之水清兮，则可以洗濯我之缨；沧浪之水浑浊兮，则可以洗濯我之足。以其缨在上，人之所贵，水清而濯缨，则清者人之所贵也；足在下，人之所贱，水浊而濯足，则浊者人之所贱也。"⑧毫发常重泰山轻：司马迁《报任安书》："人固有一死，或重于太山，或轻于鸿毛，用之所趋异也。"⑨悲莫悲生离别，乐莫乐新相识：洪兴祖《楚辞补注》屈原《少司命》："悲莫悲兮生别离，乐莫乐兮新相知。"注解说："人居世间，悲哀莫痛与妻子生别离，伤己当之也。言天下之乐，莫大于男女始相知之时也。屈原言己无新相知之乐，而有生别离之忧也。"⑩儿女古今情：意谓古往今来儿女之情莫不如此。⑪归与白鸥盟：谓此番归去，与白鸥为盟友，彻底隐居。

[评析]

这首词作于在福州被召。当陈岘为他饯行之时，作者抑制不住内心的愤懑，即席作词，宣泄胸中的块垒。不用细读，便能深切感到此时作者的情绪是何等激愤。上阕开篇便是两个"长恨"重叠，可见作者的"恨"几乎达到怒发冲冠的程度了。词中用了大量典故，反复抒发心中的积郁。《论语》里提到的"楚狂"，是尽人皆知的高士，典故用得并不晦暗。重要的是，"楚狂"说的那席话，才是作者真正想要说的："凤鸟啊，如今之世，为什么如此无德？虽说是往者不可谏，来者犹可追，还是算了吧，算了吧！如今这些执政者，实在是不可救药了！"既然如此，作者的人生取向又是什么呢？他要像屈原那样，永远栽培香草，永远佩戴香草，他永远永远也不会与世俗同流合污。他可以离开这个小人横行的污浊官场，他还有绿水青山可以濯缨，可以濯足，他还可以与鸥鸟为盟——他就是他：有一点他永远都不会改变，那就是一定要让自己的生命重于泰山，绝不能轻于鸿毛，这是底线，也是区别于当今浊水横流的根本性标志。直到快要结尾，他才顾及到：之所以今天如此冲动，是因为"酒逢知己千杯少"，朋友面前露真情。在稼轩众多的词作当中，这一首可谓是最具真性情的。

定风波（再用韵，时国华①置酒，歌舞甚盛）

莫望中州叹黍离②。元和圣德③要君诗。老去不堪谁似我。归卧，青山活计费寻思④。　谁筑诗墙高十丈。直上，看君斩将更搴旗⑤。歌舞正浓还有语。记取，须髯不似少年时。

[注释]

①国华：卢彦德，字国华，绍熙间任福建提点刑狱，改转运判官，又改任江西提点刑狱。《宋会要辑稿·职官》七三之一六："（绍熙四年八月三日）福建提刑卢彦德言事。"楼钥《攻愧集》卷三十七《福建提刑卢彦德本路运判制》，绍熙四年行制。《止斋集》卷十八《新除福建提刑卢彦德改江东提刑制》，绍熙五年行制。《福建通志·职官志》载卢彦德为丽水人，高宗绍兴二十四年进士。②叹黍离：《诗经·王风·黍离序》："黍离，闵宗周也。周大夫行役，至于宗周，过故宗庙宫室，闵周室之颠覆，彷徨不忍去，而作是诗也。"其诗首章云："彼黍离离，彼稷之苗。行迈靡靡，中心摇摇。知我者，谓我心忧；不知我者，谓我何求。悠悠苍天，此何人哉！"③元和圣德：韩愈曾作《元和圣德诗》，歌颂宪宗功业。此句意谓要达到宪宗大治的局面，还须卢提刑这样的英才辅佐献策。④青山活计费寻思：此指自己退居青山之间，心思只能花在耕耘事上。按，此时作者在福建为官，所谓"青山活计"之说，指的是此前闲居于上饶的那段时间。⑤看君斩将更搴旗：此句连上读，谓卢提刑在当今诗坛上堪称魁首。《文选》李陵《答苏武书》："斩将搴旗，追奔逐北。"李善注解说："拔取曰搴。"

[评析]

这首词是作者在福建提刑卢国华酒宴上的即兴之作。此时作者任福建安抚使兼知福州，与卢国华算是同官。虽然如此，作者毕竟是闲居甚久之后才被重新起用的，对自己的仕途前景估计并不乐观。正因为如此，他对卢国华寄托了很大希望。词的开篇用了一个很沉重的典故借古喻今,说大宋王朝如今仍处在北方沦丧之中,这是每个爱国士子都应该感到羞辱、感到痛心疾首的局面,每个爱国士子都有责任为光复大好河山尽心尽力。甚至在词末语重心长地感叹:我们都已经不再年轻,光复河山,时不我待。表现了作者不论何时何地,何种场合,都把河山一统的心愿放在最重要的位置上而不吐不快。

鹧鸪天(点尽苍苔色欲空)

点尽苍苔色欲空,竹篱茅舍要诗翁。花余歌舞欢娱外①,诗在经营惨淡中②。 听软语③,笑衰容。一枝斜坠翠鬟松④。浅颦轻笑⑤谁堪醉,看取萧然林下风⑥。

[注释]

①花余歌舞欢娱外:意谓赏花之事,排在观赏歌舞等欢娱之后。②诗在经营惨淡中:谓作诗之事,尚在惨淡经营,没有中止。杜甫《丹青引赠将军曹霸》诗:"诏谓将军拂绢素,意匠惨淡经营中。"③软语:柔和委婉的话语。杜甫《赠蜀僧闾丘师兄》诗:"夜阑接软语,落月如金盆。"④一枝斜坠翠鬟松:谓女子头上的一枝花斜坠下来,使鬟髻变得松散。⑤浅颦轻笑:形容女子微微皱眉浅浅微笑的神态。周邦彦《玉楼春》词:"浅颦轻笑百般宜,试着春衫犹更好。"⑥林下风:高士隐居之风。

[评析]

这首词没有副题,观词意,像是在朋友宴会上所作。我们推测,大约也是送福建提刑卢彦德时所作。上阕写自己的现状:既居于竹篱茅舍,便须有作诗的雅兴。歌舞欢娱之事不可或缺,吟诗填词之事,也在惨淡经营之中。下阕似在写劝酒的小鬟,讲着吴侬软语,自笑已是衰翁,没有了莺莺燕燕的情致。纵然女子一颦一笑也堪怜爱,可惜此时心境萧然,只想颓然林下,静静地度过所余不多的时光。此词的情绪略显沧桑,作者既不能实现报国的愿望,又无心安享于歌舞欢娱,只有林下松风,还能让他过得安宁一些。

最高楼(吾拟乞归,犬子①以田产未置止我,赋此骂之)

吾衰矣,须富贵何时②?富贵是危机③。暂忘设醴抽身去④,未曾得米弃官归⑤。穆先生,陶县令,是吾师。　　待葺⑥个、园儿名佚老⑦。更作个、亭儿名亦好。闲饮酒,醉吟诗。千年田换八百主,一人口插几张匙⑧。休休休⑨,更说甚⑩,是和非。

[注释]

①犬子:古人对自家儿子的谦称及昵称。②须富贵何时:想谋富贵要等到什么时候。③富贵是危机:谓富贵乃是危险的机关。危机,又作"机危",意同。《晋书·诸葛长民传》:"贫贱常思富贵,富贵必履机危。今日欲为丹徒布衣,岂可得也!"④暂忘设醴抽身去:此句与下"穆先生"合并为同一典故。《汉书·楚元王传》:"元王每置酒,常为穆生设醴。及王戊即位,常设,后忘设焉。穆生退曰:'可以逝矣!醴酒不设,王之意怠,不去,楚人将钳我于市。'称疾卧。申公、白生强起之曰:'独不念先王之德与?今王一旦失小礼,何足至此!'穆生曰:'《易》称"知几其神乎!几者动之微,吉凶之先见者也。君子见几而作,不俟终日"。先王之所以礼吾三人者,为道之存故也;今而忽之,是忘道也。忘道之人,胡可与久处!岂为区区之礼哉?'遂谢病去。"⑤未曾得米弃官归:此句与下"陶县令"合并为同一典故,指陶渊明不为五斗米折腰,遂辞官归家的故事。⑥葺:用茅草覆盖房屋。《左传·襄公三十一年》:"缮完葺墙。"孔颖达疏解说:"葺墙,谓草覆墙也。"⑦园儿名佚老:意谓归隐后修个园子取名为"佚老园"。"佚老"二字最早见于《庄子·大宗师》:"夫大块,载我以形,劳我以生,佚我以老,息我以死。"⑧千年田换八百主,一人口插几张匙:千年之中,田地会更换八百个主人。一个人的嘴巴里,能装进几只勺子。二句意谓富贵并没有实际的用处,今天富贵,说

不定明天就被他人拥有，况且一人之身能享用多少富贵？就算是仓满囤流，你嘴里也只能装一只饭勺。此话真该让当今那些贪婪者认真读一读。⑨休休休：相当于今言"住嘴住嘴住嘴"、"打住打住打住"之类。⑩更说甚：还要说什么。甚，宋元时期俗语，相当于今言"什么"。

[评析]

这首词作于稼轩晚年再起为福建安抚使时。当时作者尚未罢官，但他已经没有了做官的兴趣，很想回到乡野去过宁静无忧的日子，以尽天年。其子不愿稼轩辞官，讲了很多道理劝他，把稼轩惹急了，于是写了这首词来训斥儿子。仅从这个命题，就会让读者感到挺有情趣：看看这爷儿俩是怎么干仗的！其实也没有太多新鲜内容，无非是辩说贪图物质上的富贵还是向往精神上的宁静。作者很坚决地告诉儿子：老子平生最敬重的，是穆生和陶令，一个辞官远祸，一个宁可饿死不肯折腰。人这一辈子，最忌讳的就是贪，贪那么多钱财谷米有什么用？华堂千栋，容身一床；粮米万担，日食三餐。金珠宝玉，死了能带走吗？这傻小子，仔细想想吧！词的副题虽用"骂"字，实则在讲一个人生道理，然而就是这么个最朴素的道理，古往今来却有那么多人明白不了。比如今天这些贪官，不知道他们坐班房时是否有所感悟。这首词对针砭今日之弊，也有极好的警示作用。

念奴娇（梅）

疏疏淡淡①，问阿谁、堪比天真颜色。笑杀东君②虚占断，多少朱朱白白③。雪里温柔，水边明秀，不借春工力。骨清香嫩，迥然天与奇绝。　　尝记宝箧④寒轻，琐窗⑤人睡起，玉纤⑥轻摘。漂泊天涯空瘦损，犹有当年标格。万里风烟，一溪霜月，未怕欺他得。不如归去，阆苑⑦有个人忆。

[注释]

①疏疏淡淡：指梅花枝叶扶疏，清香淡雅。②东君：司春之神。唐王初《立春后作》诗："东君珂佩响珊珊，青驭多时下九关。方信玉霄千万里，春风犹未到人间。"③朱朱白白：红色白色的花朵。韩愈《感春三首》之二："晨游百花林，朱朱兼白白。"④宝篽（yù）：古代帝王的禁苑。《汉书·宣帝纪》："（宣帝）又诏池篽未御幸者假与贫民。"颜师古注引应劭曰："池者，陂池也；篽者，禁苑也。"⑤琐窗：刻有连锁图案的窗棂。鲍照《玩月城西门廨中》诗："蛾眉蔽珠栊，玉钩隔琐窗。"⑥玉纤：纤细如玉的手指。指美人的手。⑦阆苑：阆风之苑，传说中神仙的住处。罗隐《送内使周大夫自杭州朝贡》诗："云间阆苑何时见，水底瑶池触处通。"

[评析]

这是一首咏梅词。咏梅这个题材在古诗词中并不少见，惟其如此，要把这样的词写得饶有特色，就不是件容易的事。这首词没有直接写红梅如何迎风冒雪，傲然挺立，而是绕过严寒和冰雪，用春季百花盛开来反衬梅花的高洁：东君司春之时，百花竞相绽放，那时却找不到梅花的影子，因为它从来没有想凭借春风之力展示自己的芳姿。下阕很耐人寻味：作者为什么要把一株寒梅限定在"宝篽"之中呢？在这个一般人无法进入的皇家禁苑里，梅花曾得到美人的垂青。其后这株梅花漂泊万里，来到了"万里风烟，一溪霜月"的荒野。尽管如此，此花也不可遭人欺侮，它始终保持着"当年标格"——这是任何时候、任何地点都不可改变的本来属性。它可以回归阆苑，因为它原本就是从那里下来的！反复玩味，此词或在抒写作者本人的"标格"。在作者看来，虽然曾为朝廷命官，也曾经得到朝中一些官员的举荐和欣赏，但毕竟君王有的是"朱朱白白"，未必一定非要他这株不合时宜的梅花长在"宝篽"里。就这样，这株笑傲冰雪的梅花便被搁置在天涯万里之外了。作者并不为此感到懊悔，也没想与"小白长红越女腮"的各色鲜花争奇斗艳，直到他回归阆苑,也还是那株永不褪色、永不逢迎东君、永远是"骨清香嫩,迥然天与奇绝"的梅花。一般说来,咏物诗词大都是在表现作者本人的品格和志趣,陆游《卜算子·咏梅》中"无意苦争春,一任群芳妒。零落成泥碾作尘,只有香如故"的倾诉,也是在展现自己做人的原则和境界。稼轩这首《梅》词,主旨与陆词相同,只不过陆词"零落成泥碾作尘"说得更直白,辛词"不如归去,阆苑有个人忆"要相对含蓄一些。

柳梢青(三山①归途代白鸥见嘲)

白鸟相迎,相怜相笑,满面尘埃。华发苍颜,去时曾劝,闻早归来②。　　而今岂是高怀③,为千里、莼羹计哉④。好把移文⑤,从今日日,读取千回。

[注释]

①三山:福州的代称。三山归,指作者绍熙五年自福建安抚使兼知福州任解官,重回上饶。《淳熙三山志》卷二十二福州守臣题名:"(绍熙)四年八月,辛弃疾以朝散大夫、集英殿修撰知(福州)。五年八月,辛弃疾罢。"②去时曾劝,闻早归来:此代白鸥言:你赴任时我就说过,希望听到你早早归来的消息。③而今岂是高怀:如今虽然归来,还能算是高洁的情怀吗?作者在本年遭到言官弹劾而罢官,并非自请解任,故此处借白鸥之口讽刺说:如今想保持个高洁情怀都做不到了。④为千里、莼羹计哉:《世说新语·识鉴》:"张季鹰辟齐王东曹掾,在洛,见秋风起,因思吴中菰菜羹、鲈鱼脍,曰:'人生贵得适意尔,何能羁宦数千里以要名爵?'遂命驾便归。"莼,即莼菜,多年生水草。叶片椭圆形,深绿色,浮在水面,嫩叶可以做汤菜。⑤移文:即孔稚圭的《北山移文》。文中讽刺了周颙隐居北山,朝廷征召去做官,立刻出山,遭人耻笑。

[评析]

　　这是一首"解剖自我"的小词。作者借归途中白鸥之口,把自己未能坚守隐居之操,受朝廷征召担任福建帅臣,不久再遭弹劾而罢官的始末道出来。表面上看,他是在谴责自己没有操守,见利忘义,不值得同情。如果我们把词多读几遍,就会发现,作者写这几句话,内心是多么的委屈和无助:朝廷里那些邪佞小人,见到正人君子稍有起色,便要横生是非,让人死不了活不好,他们则可以看笑话。自古以来,不论是帝王还是平民,都对如何区别君子小人伤透了脑筋,多少帝王和重臣,功业齐天,最终却栽倒在小人的暗箭之下。其实关于这一点,很多前贤都提出过衡量的标准,屈原《离骚》说:"众皆竞进以贪婪兮(爱财曰贪,爱食曰婪),凭不厌乎求索(言在位之人,无有清洁入志,皆并进取贪婪于财利,中心虽满,犹复求索,不知厌饱)。羌内恕己以量人兮,各兴心而嫉妒(害贤为嫉,害色为妒。言在位之臣,心皆贪婪,内以其志恕度他人。谓与己不同,则各生嫉妒之心,推弃清洁,使不得用也)。忽驰骛以追逐兮,非余心之所急(言众人所以驰骛惶遽者,追逐权贵,求财利也。故非我心之所急务。众急于利,我独急于义者也)。"概括起来,无非"贪婪"二字。韩愈《张中丞传后叙》说:"小人之好议论,不乐成人之美,如是哉!"概括起来,无非"嫉妒"二字。这就很清楚了:大凡贪婪者、嫉妒者,多为小人。也就是孔子所谓"君子喻于义,小人喻于利"。还有一个明显的特征,前人很少提及,那就是,小人之害君子,一定是打着冠冕堂皇的旗号,行阴险恶毒之实的。具体做法一般都是攻其一点,不及其余。作者就是被小人们以冠冕堂皇的理由弹劾罢官的。

沁园春（再到期思卜筑①）

　　一水西来,千丈晴虹,十里翠屏②。喜草堂经岁,重来杜老③，斜川好景，不负渊明④。老鹤高飞，一枝投宿，长笑蜗牛戴屋行。平章⑤了，待十分佳处，著个茅亭。　　青山意气峥嵘。似为我归来妩媚生。解频教花鸟，前歌后舞，更催云水，暮送朝迎。酒圣诗豪，可能无势，我乃而今驾驭卿⑥。清溪上，被山灵却笑⑦，白发归耕。

[注释]

①期思：即前《洞仙歌·访泉于奇师村，得周氏泉，为赋》中的"奇师村"，在铅山县东二十五里。稼轩在这里求得瓢泉，并将此村改为期思。卜筑：择地筑室。②十里翠屏：谓回归到上饶的十里青山。③草堂经岁，重来杜老：安禄山之乱，关中大饥，杜甫到成都往依严武，在浣花溪边筑草堂以居。其后，杜甫游走于汉州、阆州、梓州。广德二年，严武再次镇蜀，杜甫重归成都草堂。曹学铨《蜀中广记》卷二："浣花溪在城西五里，一名百花潭。……梵安寺在成都县南，与杜甫草堂相接。每岁四月中澣前一日，太守宴集于此。吕大防建草堂，绘少陵像，张焘尽取少陵诗，勒石刻置焉。"④斜川好景，不负渊明：陶渊明《游斜川》诗序云："辛丑正月五日，天气澄和，风物闲美。与二三邻曲，同游斜川。临长流，望曾城，鲂鲤跃鳞于将夕，水鸥乘和以翻飞。彼南阜者，名实旧矣，不复乃为嗟叹。若夫曾城，傍无依接，独秀中皋，遥想灵山，有爱嘉名。欣对不足，率尔赋诗。"⑤平章：评定商酌。此处特指将此山查看过后。汉蔡邕《上封事陈政要七事》："更选忠清，平章赏罚。"⑥可能无势，我乃而今驾驭卿：《陶渊明集·故征西大将军长史孟府君传》："门无杂宾，尝会神情独得，便超然命驾，径之龙山，顾景酬宴，造夕乃归。(桓)温从容谓君曰：'人不可无势，我乃能驾御卿。'"⑦山灵：山神。《文选》班固《东都赋》："山灵护野，属御方神。"李善注解说："山灵，山神也。"

[评析]

这首词是作者刚从福建安抚使罢任回到铅山，打算在此地卜地筑室长期隐居时作。他踏上上饶的土地，最先看到的是"千丈晴虹，十里翠屏"。这次罢官虽然出于言官莫须有的诬陷，但因作者早已看破红尘，看透官场的无耻和残酷，所以离开嚣尘回归自然，他感到一种久违了的轻松和解脱，所以情绪十分欢快，看不出他有多少愤懑不平，有的只是无奈而已。接下来的两个典故，一是杜甫重回浣花溪草堂，二是陶渊明游斜川，恰当地表现了作者此刻的内心情感：他爱这片曾经居住过的土地，能重归于此，完全可以看成是上天的恩赐；他爱陶渊明的气节和意趣，能像他一样隐居于人境又无车马喧闹，比置身于官场勾斗之中清净多了！"老鹤高飞，一枝投宿，长笑蜗牛戴屋行"，既是当时所见的实况，又是自己如今的处境：现在的辛老，既不是大将军，也不是安抚使，只是一只老鹤，有丛林一枝可以栖身足矣。原本就是一只蜗牛，却总要顶着房屋向上爬行，可笑的蜗牛，你怎么可能顶得动高大的房屋呢？还是老老实实在这片山水中待着吧，什么都不要去想，什么都不要去求。想到这些，他的心境越来越宁静平和，眼前的一切似乎都对他充满了友善，他也喜欢这里的山水，因为从此以后，他可能要长久地与这里的山水为邻为伴了。词的最后，作者还是忍不住戏谑一番：山在欢迎他，水在欢迎他，唯独山神不那么厚道，偏偏要揭他的疮疤：怎么到了这把年纪，才安心到此躬耕呢？早干什么去了？是不是对官场富贵还存在幻想？你拉倒吧！

卜算子（饮酒败德）

盗跖傥名丘，孔子还名跖①。跖圣丘愚直至今，美恶无真实。 简册写虚名②，蝼蚁侵枯骨③。千古光阴一霎时，且进杯中物④。

[注释]

①盗跖傥名丘，孔子还名跖：如果当时盗跖取名为孔丘，孔丘取名为盗

跖。盗跖,春秋时柳下惠的弟弟柳下跖。《庄子·盗跖》:"孔子与柳下季为友,柳下季之弟,名曰盗跖。盗跖从卒九千人,横行天下,侵暴诸侯;穴室枢户,驱人牛马,取人妇女;贪得忘亲,不顾父母兄弟,不祭先祖。所过之邑,大国守城,小国入保,万民苦之。"②简册写虚名:谓史书上记载的那些人,不过是些虚名而已。曾巩《寄赵宫保》诗:"素节谠言留简册,高情清兴入林泉。"中国古代的读书人崇尚在历史上留下美名,载入史书。稼轩认为就算留下名声,又有什么用处。③蝼蚁侵枯骨:意谓生前再显赫的人,死后也难免不遭受蝼蚁咬啮。④杯中物:酒。陶渊明《责子》诗:"天运苟如此,且进杯中物。"

[评析]

这首小词很有趣,副题称"饮酒败德",那就别"败德"吧。可词中却说一切都无所谓好也无所谓不好,千古光阴在漫漫宇宙中,也不过是刹那之间,人生在世,想那么多干什么?还是纵情饮酒,以求一醉,一醉解千愁,管他天地与春秋。细细读来,我们能感到作者的万般无奈:想报效朝廷,朝廷不用你,朝廷用的,都是些全躯保妻子的庸懦小人,你有什么办法?这世界上,真说不清孰正孰误,孰美孰恶,一切都在惝恍迷离之中,就如同盗跖和孔丘,究竟谁是圣人谁是盗贼,还弄不清呢!韩非子说儒者是社会的蠹虫,盗跖说孔子是"摇唇鼓舌,擅生是非"的坏蛋;有人在世时显赫无比,有人则终生落拓失意,你说他们本该有这么大的差别吗?为什么?可惜不论是帝王还是乞丐,死后的待遇都一样,都是蝼蚁的美餐。既然如此,人活着究竟为了什么呢?不知道人活着为什么,也就只有酒能使人糊涂,不去胡思乱想了——不是我辛老不想干点什么,而是没有人需要我干点什么。

沁园春(将止酒①,戒酒杯使勿近②)

杯,汝来前!老子今朝,点检形骸③。甚长年抱渴④,咽如焦釜⑤,于今喜睡,气似奔雷⑥。汝说刘伶,古今达者,醉后何妨死便埋⑦。浑如此⑧,叹汝于知己,真少恩哉⑨。　更凭歌舞为媒⑩,算合作平居鸩毒猜⑪。况怨无大小,生于所爱,物无美恶,过则为灾。与汝成言⑫,勿留亟退,吾力犹能肆汝杯⑬。杯再拜,道:麾之即去,招则须来⑭。

[注释]

①止酒:戒酒。陶渊明《止酒》诗:"平生不止酒,止酒情无喜。"②戒酒杯使勿近:告诫酒杯不许靠近我的嘴巴。这是拟人化的写法。③点检形骸:盘点检查自家身体。④甚:什么。犹今言"说什么"。长年抱渴:《世说新语·任诞》:"刘伶病酒,渴甚,从妇求酒。妇捐酒毁器,涕泣谏曰:'君饮太过,非摄生之道,必宜断之!'伶曰:'甚善。我不能自禁,唯当祝鬼神自誓断之耳!便可具酒肉。'"⑤咽如焦釜(fǔ):因思酒不得而感到咽喉如同烧焦了的锅。釜,即今之锅。⑥气似奔雷:谓气息如同响雷。即俗说打起呼噜来响声如雷。⑦汝说刘伶,古今达者,醉后何妨死便埋:《晋书·刘伶传》:"刘伶字伯伦,沛国人也。身长六尺,容貌甚陋。放情肆志,常以细宇宙齐万物为心。澹默少言,不妄交游,与阮籍、嵇康相遇,欣然神解,携手入林。初不以家产有无介意。常乘鹿车,携一壶酒,使人荷锸而随之,谓曰:'死便埋我。'其遗形骸如此。"⑧浑如此:果真如此。浑,宋元时期俗语,意义很多,此处表示带有假设意味的副词。⑨汝于知己,真少恩哉:这又是作者自言,谓酒对于知己,太过寡恩。意思是说人家那么喜欢你,可你害得人家要死,岂不是薄情少恩?⑩更凭歌舞为媒:此句是作者指责酒的话,说它还总是与歌舞相伴,那就害人更甚。⑪合作:当做。鸩毒:毒酒。《左传·闵公元年》:"宴安鸩毒,不可怀也。"孔颖达疏解说:"宴安自逸,若鸩毒之药,不可怀恋也。"猜:揣度。⑫成言:订立誓约。《楚辞》屈原《离骚》:"初既与余成言兮,后悔遁而有他。"朱熹集注云:"成言,谓成其要约之言也。"⑬吾力犹能肆汝杯:此为作者警告酒杯:你赶快离开,老子现在的力气,尚足可以将你击碎。肆,分解。⑭麾之即去,招则须来:这是酒杯的回答:遵命!主人挥斥我就离去,何时召唤我再回来。

[评析]

　　这是一首令读者解颐捧腹的诙谐词,写自己想戒酒,于是与酒杯展开了一番论辩,最终说服酒杯,如愿以偿。词作于宁宗庆元二年(1196),作者退居于铅山瓢泉时。不知这段时间作者有了什么感悟,突然想戒酒了。全词除了作者本人之外,又虚拟了一个"酒杯",并赋予它以人的情感和思维,于是双方开始了一场力量不算均衡的较量。上阕开篇便是作者对酒杯颐指气使,吆喝它:"过来!老子今天有话跟你说!"随后是一通的数落抨击:晋朝那个刘伶,被你们坑害得"死便埋我",你们怎么可以如此狠心?对得起喜欢你们的真朋友吗?下阕依旧狠狠地说:"勿留亟退,吾力犹能肆汝杯。"酒杯也怕这位山东大汉,只得乖乖答道:"麾之即去,招则须来"——全凭您老人家的高兴。有人分析说,此词"不单反映了作者政治失意之后的深沉痛苦和力图获得精神解脱的焦躁心态,还表现了对于生活目的和人生哲理的思考"。前者我体会不深,后者的体会却真真切切,这种对"人生哲理的思考",集中表现在下阕"怨无大小,生于所爱,物无美恶,过则为灾"这几句,您看,作者告诉我们:怨皆生于爱,爱之愈深,怨之愈切——如果没有爱,也就没有怨——根本就没有情感反映,还谈什么爱与怨呢?您再看,万物本无所谓美与丑,但美过了头就是丑,丑过了头反倒成了美,两者之间是互为转化的关系。表面上看,似乎在说酒喝得适度便是美物,过了量就成了毒药。实则是在感悟人生:什么都不要过分,过分就离灭顶之灾不远了。

念奴娇 (和赵国兴知录[①]韵)

为沽美酒,过溪来、谁道幽人难致。更觉元龙楼百尺,湖海平生豪气②。自叹年来③,看花索句,老不如人意。东风归路,一川松竹如醉。　　怎得身似庄周,梦中蝴蝶④,花底人间世⑤。记取江头三月暮,风雨不为春计。万斛愁来,金貂头上,不抵银瓶贵⑥。无多笑我,此篇聊当宾戏⑦。

[注释]

①赵国兴:据邓广铭先生《稼轩词编年笺注》,此人或是赵晋臣子侄辈,事迹无考。知录:录事参军的俗称,为州郡属僚,掌州院杂物及狱讼之事。《宋史·职官志》七:"录事参军,掌州院庶务,纠诸曹稽违。……乾道以来,间以司户兼司法。知录亦或兼职。六年,汪大猷言:'司户初官,令专主仓库,知录依司理例,以狱事为重,不兼他职。'从之。"②元龙楼百尺,湖海平生豪气:元龙,三国陈登的字。《三国志·魏志·陈登传》载,许汜与刘备在刘表处坐,论起天下人,许汜称陈登为湖海之士,然豪气不除。刘备问何以知之。汜曰:"昔见元龙,久不相语,自上大床卧,使客卧下床。"③年来:近年以来。④梦中蝴蝶:《庄子·齐物论》:"昔者庄周梦为胡蝶,栩栩然胡蝶也,自喻适志与,不知周也。俄然觉,则蘧蘧然周也。不知周之梦为胡蝶与,胡蝶之梦为周与?周与胡蝶,则必有分矣。此之谓物化。"⑤花底:蝴蝶多飞在花丛底下,故云在花底过人间之世。人间世:《庄子》中的篇名。⑥金貂头上,不抵银瓶贵:金貂在头,也比不得酒之珍贵。《晋书·阮孚传》:"孚迁黄门侍郎、散骑常侍,常以金貂换酒。"卢照邻《行路难》诗:"金貂有时须换酒,玉尘但摇莫计钱。"⑦宾戏:答宾客之戏言。《文选》班固《答宾戏序》:"(班孟坚)永平中为郎,典校秘书,专笃志于儒学,以著述为业。或讥以无功,又感东方朔、扬雄自喻以不遭苏、张、范、蔡之时,曾不折之以正道,明君子之所守,故聊复应焉。"

[评析]

这是一首游戏之作,与晚辈赵国兴戏谑之辞。上阕在说闲居铅山已经一年有余,耽于饮酒,连作诗填词都感到力不从心了。下阕接着上阕的"沽美酒"说开来,大谈酒之好处,还振振有词地列举晋代阮孚拿金貂换酒的故事,以证明这个世界上最佳之物莫过于酒。大约是觉得过了头，于是笔锋回转，自我解嘲道：国兴不要笑话老夫，如果实在觉得可笑，就当我此文为答谢宾客的戏言吧。全词充满了童心童趣，但读之能感到作者内心积聚着不少的愁闷，不然的话，他不会想到要成为庄周笔下的蝴蝶，躲到花丛底下去。这种烈士豪情，在辛词中比比皆是，只不过这一首带点儿调皮的味道，更加活泼一些，让人感到轻松，而不至于那么为他扼腕。

临江仙（停云①偶作）

偶向停云堂上坐，晓猿夜鹤惊猜②。主人何事太尘埃③。低头还说向④：被召又重来⑤。　　多谢北山山下老⑥，殷勤一语佳哉。借君竹杖与芒鞋⑦。径须从此去，深入白云堆⑧。

[注释]

①停云：作者在铅山东期思瓢泉所筑的停云堂，取陶渊明《停云》诗意而为之。②晓猿夜鹤惊猜：《文选》孔稚圭《北山移文》："蕙帐空兮夜鹤怨，山人去兮晓猿惊。"此处言"惊猜"者，盖因《北山移文》嘲讽了假隐士在得到朝廷诏书后，立即抛弃原来的隐居志向，到朝廷做官。此处意谓猿与鹤对自己也存在着怀疑，因为自己也曾受召离开此处到福建做官。如今再次回来，猿与鹤当然会问：此老这次还会不会再次出山？③何事：何故。左思《招隐》诗之一："何事待啸歌？灌木自悲吟。"尘埃：尘俗。《淮南子·俶真》："芒然仿佯于尘埃之外，而逍摇于无事之业。"此句谓猿与鹤责难稼轩：辛老为什么如此尘俗而没有操守？④说向：向它们解说。⑤被召又重来：受到此处青山碧水的召唤，故而重来。⑥北山山下老：北山脚下的那位老者。此句为双关语，"北山"指《北山移文》中的北山，亦指给他规劝的老人所居之山。⑦芒鞋：草鞋。苏轼《宿石田驿南野人舍》诗："芒鞋竹杖自轻软，蒲荐松床亦香滑。"⑧白云堆：白云深处。唐贯休《陪冯使君游六首·登干霄亭》诗："桂树林边棋局湿，白云堆里茗烟青。"

[评析]

　　这首词既带有自责又带有自嘲。作者本来在这里闲居自乐，没想到朝廷召他担任福建安抚使，更没想到不到一年，再次遭贬，这么快就回到了铅山，所以感到很没面子。稼轩最大的优点是敢于解剖自己，闹出这场笑话，他从不掩饰，也从不辩解，更不假装圣人。他甚至允许晓猿夜鹤对他是否真有隐居之心提出质疑，还讪讪地答道：此番真的是被召又重来。读到这里，我们得出的结论却是：这位一心想为国为民贡献力量的热血汉子，受到不公正的弹劾，他不回这里，还能到哪儿去？朝廷上下何处还有他的容身之地？他内心的委屈本无处可诉，晓猿夜鹤对他的怀疑他也不愿解释。庆幸的是，铅山的山山水水还是肯于接纳他的，英雄末路，只有这里的山水能理解他了。下阕结尾处，道出了作者对朝廷的彻底绝望：这一回真要与青山为伴，与白云为友，直到消融在这片山水云雾之中。

贺新郎（甚矣吾衰矣）

　　邑中园亭①，仆皆为赋此词②。一日独坐停云③，水声山色，竞来相娱，意溪山欲援例者，遂作数语，庶几④仿佛渊明思亲友之意云。

　　甚矣吾衰矣。怅平生、交游零落，只今余几？白发空垂三千丈⑤，一笑人间万事。问何物、能令公喜⑥？我见青山多妩媚，料青山、见我应如是。情与貌，略相似。　　一尊搔首东窗里⑦。想渊明、《停云》诗⑧就，此时风味。江左沉酣求名者⑨，岂识浊醪妙理⑩。回首叫、云飞风起。不恨古人吾不见，恨古人、不见吾狂耳。知我者，二三子⑪。

[注释]

①邑中园亭：此处指铅山所到之处见过的园亭。②皆为赋此词：意谓皆以《贺新郎》为词调加以赋咏。③停云：陶渊明《停云》诗序："停云，思亲友也。樽湛新醪，园列初荣，愿言不从，叹息弥襟。"④庶几：差不多。⑤白发空垂三千丈：极言自己白发之多。李白《秋浦歌》之三："白发三千丈，缘愁似个长。"⑥问何物、能令公喜：此为假设之辞，假定有人向自己发问：什么事物能令辛公欢喜？⑦一尊：一樽酒。搔首东窗里：谓独自饮于东窗之下。⑧《停云》诗：陶渊明《停云》诗："霭霭停云，濛濛时雨。八表同昏，平路伊阻。静寄东轩，春醪独抚。良朋悠邈，搔首延伫。停云霭霭，时雨濛濛。八表同昏，平陆成江。有酒有酒，闲饮东窗。愿言怀人，舟车靡从。东园之树，枝条再荣。竞用新好，以招余情。"以上几句中的"搔首"、"东窗"等语，均是化用陶诗中的词语。⑨江左沉酣求名者：指东晋时期江左那些以沉醉不省人事求取高名的人。⑩岂识浊醪（láo）妙理：他们哪里懂得浊酒当中的玄妙之理？苏轼《浊醪有妙理赋》："酒勿嫌浊，人当取醇。失忧心于昨梦，信妙理之疑神。浑盎盎以无声，始从味入；杳冥冥其似道，径得天真。"醪，汁渣混合的酒，又称浊酒、醪糟。⑪二三子：为数不多的几个。此处代指山水。如果我们给此词寻找一个关键词，那就是"孤独"。

[评析]

这首词也带有很强的散文化倾向，而且带有很强的即兴随意性，不像某些咏史、凭吊、投献之类的作品，有着明显的雕刻痕迹。其小序称"邑中园亭，仆皆为赋此词"，这并不是在表白他写词有多么刻苦，恰恰相反，其意在表明实在无所事事，不用写词来打发时间，日子怎么得过？正文开篇用"甚矣吾衰矣"五字为全词之纲领，且具有呐喊以惊自身、呐喊以惊读者的双重用意。接下来解释为什么如此冲动：一是生平交游亲旧，如今所剩无几，想来为他们感到悲哀；二是自己也已是白发三千丈的垂暮老者，余生有几？三是不但余生无多，而且余生之中还全是忧愁与烦闷，"不如意事常八九，得与人言无二三"，这样的余生有什么光辉可言？下阕全在说酒，这也是古代文人动辄要说的对象。因为此亭取陶渊明《停云》，自然要把此时的心情与陶诗联系起来，于是生发出浊醪当中自有妙理的议论。然而不管古人怎么解说，酒的妙理只有一个，就是麻醉人的神经。古人喜亦饮酒，悲亦饮酒，可翻遍古书，记因喜而饮的诗文百无一二，浇愁消忧的诗文则汗牛充栋，这是为什么呢？很简单：悲愁中人没有这个"忘忧之物"，那颗濒临破碎的心还能撑多久？词的后半部分依旧是发狂之言：古人的悲愁我全都见过，可恨的是，今天的辛老大发狂性，古人却无缘见到。这个寂寞的世界啊，谁还能真正了解真实的辛老呢？恐怕只有眼前的山山水水这"二三子"了吧！

哨　遍（秋水观①）

蜗角斗争，左触右蛮②，一战连千里。君试思、方寸③此心微。总虚空、并包无际。喻此理。何言泰山毫末，从来天地一稊米④。嗟大少相形，鸠鹏自乐⑤，之二虫又何知⑥？记跐行仁义孔丘非⑦。更殇乐长年老彭悲⑧。火鼠论寒⑨，冰蚕语热⑩，定谁同异⑪？　噫！贵贱随时⑫。连城才换一羊皮⑬。谁与齐万物，庄周吾梦见之⑭。正商略遗遍⑮，翩然顾笑，空堂梦觉题秋水⑯。有客问洪河，百川灌雨，泾流不辨涯涘。于是焉河伯欣然喜，以天下之美尽在己⑰。渺沧溟望洋⑱东视。逡巡⑲向若惊叹，谓我非逢子⑳。大方达观之家㉑，未免长见，犹然笑耳。北堂之水几何其㉒，但清溪一曲而已。

［注释］

①秋水观：作者闲居铅山时所建堂名。作者《六州歌头·晨来问疾》词云："秋水堂前，曲沼明于镜。"即所谓秋水观。与停云堂均在瓢泉居所中。

②蜗角斗争，左触右蛮：《庄子·则阳》："戴晋人曰：'有所谓蜗者，君知之

乎？'曰：'然。''有国于蜗之左角者曰触氏，有国于蜗之右角者曰蛮氏，时相与争地而战，伏尸数万，逐北旬有五日而后反。'"③方寸：指心。《抱朴子·嘉遁》："方寸之心，制之在我。"④泰山毫末，从来天地一稊米：意谓泰山其实非常微小，其在天地之间，不过相当于太仓中的一粒米而已。《庄子·秋水》："吾在天地之间，犹小石小木之在大山也，方存乎见少，又奚以自多？计四海之在天地之间也，不似礨空之在大泽乎？计中国之在海内，不似稊米之在太仓乎？"稊，本指稗实，后亦指小米。⑤鸠鹏自乐：《庄子·逍遥游》："北冥有鱼，其名为鲲。鲲之大，不知其几千里也。化而为鸟，其名为鹏。鹏之背，不知其几千里也。怒而飞，其翼若垂天之云。是鸟也，海运则将徙于南冥。……蜩与学鸠笑之曰：'我决起而飞，枪榆枋，时则不至，而控于地而已矣，奚以之九万里而南为？'"鸠鹏，指学鸠与大鹏。⑥之二虫又何知：这两种动物又怎能知道（这样的道理）？《庄子·逍遥游》："适百里者，宿舂粮；适千里者，三月聚粮，之二虫又何知？"⑦记跖行仁义孔丘非：指《庄子·盗跖》篇记载盗跖与孔子论辩，倒像是盗跖在行仁义，孔子不占理一样。《庄子·盗跖》："盗跖乃方休卒徒大山之阳，脍人肝而铺之。孔子下车而前，见谒者曰：'鲁人孔丘闻将军高义，敬再拜谒者。'谒者入通，盗跖闻之大怒，目如明星，发上指冠，曰：'此夫鲁国之巧伪人孔丘非邪？为我告：尔作言造语，妄称文武，冠枝木之冠，带死牛之胁，多辞缪说，不耕而食，不织而衣，摇唇鼓舌，擅生是非，以迷天下之主，使天下学士不反其本，妄作孝弟，而侥幸于封侯富贵者也。子之罪大极重，疾走归！不然，我将以子肝益昼铺之膳！'"⑧殇乐长年老彭悲：意谓如果认为最长的寿命莫过于短命之子，那么活了八百岁的彭祖反为夭折之人。《庄子·齐物论》："天下莫大于秋豪之末，而大山为小；莫寿于殇子，而彭祖为夭。"成玄英疏解说："人生在襁褓而亡，谓之殇子。夫物之生也，形气不同，有小有大，有夭有寿。若以性分言之，无不自足。是故以性足为大，天下莫大于毫末；无余为小，天下莫小于大山。大山为小，则天下无大；毫末为大，则天下无小。小大既尔，夭寿亦然。"⑨火鼠论寒：意谓让不懂得寒的火鼠去议论寒为何物。火鼠，传说中的异鼠，其毛可织火浣布。《太平御览》卷八二〇引张勃《吴录》："日南比景县有火鼠，取毛为布，烧之而精，名火浣布。"苏轼《徐大正闲轩》诗："冰蚕不知寒，火鼠不知暑。"⑩冰蚕语热：意谓让不懂得热的冰蚕去议论热为何物。冰蚕，古代传说中的一种蚕。王嘉《拾遗记·员峤山》："有冰蚕长七寸，黑色，有角有鳞，以霜雪覆之，然后作茧，长一尺，其色五彩，织为文锦，入水不濡，以之投火，经宿不燎。"唐王贞白《寄郑谷》诗："火鼠重收布，冰蚕乍吐丝。直须天上手，裁作领巾披。"⑪定谁同异：怎么来确定他们所言的同异？意即无法确定他们所说正确与否，于是失去了判断的标准。⑫贵贱随时：谓人生的贵与贱因时而异，没有规律和标准。《庄子·秋水》："北海若曰：'以道观之，物无贵贱；以物观之，自贵而相贱；以俗观之，贵贱不在己。'"⑬连城："价值连城"的省称。换一羊皮：谓杰出的人才可以用几张羊皮作为交换。一羊皮，当作"五羊皮"。《庄子·庚桑楚》："秦穆公以五羊皮笼百里奚。"⑭谁与齐万物，庄周吾梦见之：意谓谁论证过万物齐等的道理？只有庄周，我曾经在梦里见过他。《庄子·齐物论》："是亦彼也，彼亦是也。彼亦一是非，此亦一是非。果且有彼是乎哉？果且无彼是乎哉？彼是莫得其偶，谓之道枢。枢始得其环中，以应无穷。是亦一无穷，非亦一无穷也。故曰莫若以明。以指喻指之非指，不若以非指喻指之非指也；以马喻马之非马，不若以非马喻马之非马也。天地一指也，万物一马也。"⑮正商略遗编：此为作者述梦之语，意谓自己正和庄周议论他的著作。商略，讨论。遗编，指《庄子》一书。⑯空堂梦觉题秋水：谓在空空的堂里忽然醒来，乘兴题写此堂为"秋水堂"。⑰"百川灌雨"至"以天下之美尽在己"：《庄子·秋水》："秋水时至，百川灌河，泾流之大，两涘渚崖之间，不辩牛马。于是焉河伯欣然自喜，以天下之美为尽在己。顺流而东行，至于北海，东面而视，不见水端，于是焉河伯始旋其面目，望洋向若而叹曰：'野语有之曰：闻道百以为莫己若者，我之谓也。'"⑱望洋：又作"望羊"，连绵字，远视之貌。《孔子家语·辨乐》："旷如望羊，奄有四方。"王肃注解说："望羊，远视也。"⑲逡（qūn）巡：连绵字，恭顺之貌。班固《奕旨》："逡巡儒行，保角依旁。"⑳谓我非逢子：此为作者想象之语，言遗憾当时为什么没有遇到你（作者）。㉑大方达观之家：有道德修养的方家。《庄子·秋水》："吾长见笑于大方之家。"㉒北堂：即稼轩所作之秋水堂。几何其：有多少呢。此为倒装语式，本当为"北堂之水其几何"。

[评析]

  这首词是作者修建秋水堂后所作。"秋水"二字取于《庄子》的《秋水》篇,故词中大量使用了《庄子》的原话或原论,甚至可以说,作者简直是把庄子的思想重新诠解了一遍。作者在经历了很多挫折和冷遇后,心态发生了很大变化,原本高涨的报国激情,此时渐渐平静下来,且在反复研究和思考古代哲人的理论。一个儒者在世路上碰到大的坎坷,最容易用老庄的思想来平衡自我,辛弃疾也不例外。闲居期间,他对《庄子》产生了浓厚的兴趣,并以庄周的哲学解释万事万物,力图使内心归于宁静——哪怕是一时的宁静,也是难能可贵的。辛词中反复提到的瓢泉的两个建筑,一名"秋水",取于《庄子》;一名"停云",取于陶渊明,足以看出此时的辛弃疾,在极度的无奈与挣扎中,完成了儒与道的融合。起码他是认可老庄思想对平复士子内心创伤是大有疗效的。词的上阕先揭示自己的襟怀:他不热衷于"蜗角斗争,左触右蛮",甚至对此深感厌弃,同时又以十分宽容的态度说:人各有志,认为"蜗角斗争"很必要的人,自有他去斗争的道理,我不去"斗争"就是了,没必要管他人的闲事。表现出作者的心灵在庄子思想的淘洗之下,变得更为平和。下阕末句回扣主题:此堂不是叫"秋水堂"吗?它究竟容纳了多少秋水呢?原来只有"清溪一曲而已"。这句话把《庄子》"太仓一稊米"的哲理进行了现实版的阐述和印证,看似戏谑之言,实则有很深刻的辩证意味。

哨　遍（用前韵）

  一壑自专[①],五柳笑人[②],晚乃归田里。问谁知、几者动之微[③]。望飞鸿、冥冥天际[④]。论妙理,浊醪正堪长醉[⑤]。从今自酿躬耕米。嗟美恶难齐⑥,盈虚如代⑦,天耶何必人知⑧。试回头、五十九年非⑨,似梦里欢娱觉来悲。夔乃怜蚿⑩,谷亦亡羊⑪,算来何异？　　嘻！物讳穷时⑫。丰狐文豹罪因皮⑬。富贵非吾愿,皇皇乎欲何之⑭？正万籁都沉⑮,月明中夜,心弥万里⑯清如水。即自觉神游,归来坐对,依稀淮岸江涘。看一时鱼鸟忘情喜,会我已忘机⑰更忘己。又何曾、物我⑱相视。非鱼濠上遗意,要是吾非子⑲。但教河伯、休惭海若⑳,大小均为水耳。世间喜愠更何其㉑,笑先生、三仕三已㉒。

[注释]

①一壑自专：一壑为自家所专有。王安石《偶书》诗："我亦暮年专一壑,每逢车马便惊猜。"沈钦韩注引《庄子·秋水》篇云："且夫擅一壑之水,而跨坮井之乐,此亦至矣。"按,稼轩到铅山后,在居所附近开辟了一片风景区,名之为"一丘一壑"。此处即指这片风景区而言。②五柳：晋人陶渊明。《晋书·陶潜传》："尝著《五柳先生传》以自况曰：'先生不知何许人,不详姓字,宅边有五柳树,因以为号焉。'"此句连下读,意谓当受到陶渊明的嘲笑：为什么到了晚年才肯归田里？③几者动之微：《周易·系辞下》云："几者,动之微。吉之先见者也。几者,去无入有,理而无形,不可以名寻,不可以形睹者也。……君子见几而作,不俟终日。"孔颖达疏解说："几,微也。是已动之微。动谓心动、事动。初动之时,其理未着,唯纤微而已。若其已着之后,则心事显露,不得为几。若未动之前,又寂然顿无,兼亦不得称几也。几是离无入有,在有无之际,故云动之微也。若事着之后乃成为吉,此几在吉之先。……君子见几而作,不俟终日者,言君子既见事之几微,则须动作而应之,不得待终其日。言赴几之速也。"④望飞鸿、冥冥天际：谓鸿雁飞得极高,便不会受到带箭者的伤害。扬雄《法言·问明》："鸿飞冥冥,弋人何篡焉？"李轨注解说："君子潜神重玄之域,世网不能制御之。"⑤论妙理,浊醪正堪长醉：杜甫《晦日寻崔戢李封》诗："浊醪有妙理,庶用慰沉浮。"苏轼《浊醪有妙理赋》："酒勿嫌浊,人当取醇。失忧心于昨梦,信妙理之疑神。浑盎盎以无声,始从味入；杳冥冥其似道,径得天真。"⑥美恶难齐：此接上句

而言,谓所酿之酒,有时味美,有时味恶,很难做到完美如一。⑦盈虚如代:《庄子·秋水》:"消息盈虚,终则有始。是所以语大义之方,论万物之理也。"如代,谓如年代之更替。⑧天耶何必人知:那是上天的事,人何必要知晓它。⑨五十九年非:谓生六十而知前五十九年之非。《庄子·寓言》:"庄子谓惠子曰:'孔子行年六十而六十化:始时所是,卒而非之;未知今之所谓是之非五十九非也。'"⑩夔乃怜蚿(xián):蚿,节肢类小虫名,多足,有臭腺,俗称香延虫。《庄子·秋水》:"夔怜蚿,蚿怜蛇。……夔谓蚿曰:'吾以一足跨踔而行,予无如矣。今子之使万足,独奈何?'蚿曰:'不然。子不见夫唾者乎?喷则大者如珠,小者如雾,杂而下者不可胜数也。今予动吾天机,而不知其所以然。'"陆德明释文说:"蚿,马蚿虫也。"夔,传说中的兽名。《山海经·大荒东经》:"东海中有流波山,入海七千里,其上有兽,状如牛,苍身而无角,一足,出入水则必风雨,其光如日月,其声如雷,其名曰夔。"夔乃怜蚿,谓夔可怜蚿必须用那么多脚才能走路。⑪谷亦亡羊:《庄子·骈拇》:"臧与谷二人相与牧羊,而俱亡其羊。问臧奚事,则挟策读书;问谷奚事,则博塞以游。二人者,事业不同,其于亡羊均也。"⑫物讳穷时:《庄子·秋水》:"孔子曰:'来!吾语女(汝)。我讳穷久矣,而不免,命也;求通久矣,而不得,时也。……知穷之有命,知通之有时。'"⑬丰狐文豹罪因皮:谓大狐狸和斑斓的豹子所以受害,都是因为它们的皮毛太漂亮。《庄子·山木》:"夫丰狐文豹,栖于山林,伏于岩穴,静也;夜行昼居,戒也;虽饥渴隐约,犹旦胥疏于江湖之上而求食焉,定也;然且不免于罔罗机辟之患。是何罪之有哉?其皮为之灾也。"⑭富贵非吾愿,皇皇乎欲何之:陶渊明《归去来兮辞》:"已矣乎!寓形宇内复几时,曷不委心任去留?胡为乎遑遑兮欲何之?富贵非吾愿,帝乡不可期。"⑮万籁都沉:即"万籁俱寂",谓宁谧至极,一点声音都没有。⑯心弥万里:谓内心虚空能容纳万里。弥,远。⑰忘机:消除机巧之心。指甘于淡泊,与世无争。司马光《花庵独坐》诗:"忘机林鸟下,极目塞鸿过。为问市朝客,红尘深几何?"⑱物我:外物与己身。《列子·杨朱》:"物我兼利,古之道也。"江淹《杂体诗·效张绰杂述》:"物我俱忘怀,可以狎鸥鸟。"⑲非鱼濠上遗意,要是吾非子:《庄子·秋水》:"庄子与惠子游于濠梁之上。庄子曰:'儵鱼出游从容,是鱼之乐也。'惠子曰:'子非鱼,安知鱼之乐?'庄子曰:

'子非我,安知我不知鱼之乐?'惠子曰:'我非子,固不知子矣;子固非鱼也,子之不知鱼之乐,全矣。'庄子曰:'请循其本。子曰汝安知鱼乐云者,既已知吾知之而问我,我知之濠上也。'"⑳但教河伯、休惭海若:《庄子·秋水》:"秋水时至,百川灌河,泾流之大,两涘渚崖之间,不辩牛马。于是焉河伯欣然自喜,以天下之美为尽在己。顺流而东行,至于北海,东面而视,不见水端,于是焉河伯始旋其面目,望洋向若而叹曰:'野语有之曰:闻道百以为莫己若者,我之谓也。'"㉑喜愠:欢喜与愠怒。此句当连下读。更何其:更有什么感受。㉒笑先生、三仕三已:此乃作者自嘲之语。三仕三已,三次被命为官,又三次遭到罢免。《论语·公冶长》:"令尹子文三仕为令尹,无喜色;三已之,无愠色。"

[评析]

这首词使用了大量典故,化用了大量古圣贤的言语,抒发自己对世界、对人生的理解。内中不能说没有牢骚,但更多的是在讲人生哲理,这些哲理,无论是对当时的读者,还是对千年之后的我们,都有很高的参考价值。本书之所以选取此篇并不避繁难地解释典故,用意也在这里。人生在世,不可能完全按照自己的理想去生活,人要有达观的境界和开阔的视野,多听听古圣贤的教诲,就会活得更坚韧,更丰富,更有品位。很多人考虑问题总喜欢出于一己之私,希望外界的一切都按照自己的意愿,这是不可能的。真正意义上的世界,原本就没有绝对的对与错——对与错都是相对而论,你认为正确的,换个角度去思考,别人就可以认为是不正确的。问题的根源就在于,我们考虑问题,自觉或者不自觉间都带有主观性和自私性,而且更多的时候,人是不会意识到这种自私性的,这就是几千年来人世之中你争我夺的根本原因。从这一点上说,老庄的思想体系是极有借鉴意义的。我们不妨细细咀嚼词中的几句。"从今自酿躬耕米。嗟美恶难齐",你看,没有别人干涉你,而你自酿的酒,是不是也各自不同呢?遇到恶酒,你应该怨谁呢?"试回头、五十九年非",这可是儒家提倡的境界,与曾子"吾日三省吾身"

道理相同。《淮南子·原道》篇云："故蘧伯玉年五十，而有四十九年非。"与本词"五十九年非"用意亦同。其实这当中并没有批评或埋怨的元素，无非是告诉人们：昨天自己认为是正确的事，也许今天就觉得很不合适了，这是不是在讲一种辩证？"夔乃怜蚿，谷亦亡羊，算来何异"，究竟是百足为佳还是一足为佳？究竟是读书丢羊好还是博塞丢羊好？其实没有区别。能认识到二者"算来何异"，才是真正的通达。"但教河伯、休惭海若，大小均为水耳"三句，更是看破事理的高见。有句民谚讲得虽然粗俗，其哲理却与"大小均为水"异曲同工，谚语说："大狗小狗都要叫。"如果有谁认为小狗还没具备叫的资格，那日后的大麻烦肯定就出在小狗身上！全词处处精彩，句句耐人寻味，读者能否将此词多读几遍？

鹧鸪天（寻菊花无有戏作）

掩鼻人间臭腐场①，古来惟有酒偏香。自从归住云烟畔，直到而今歌舞忙。　　呼老伴，共秋光，黄花何事避重阳②。要知烂熳开时节，直待西风一夜霜。

[注释]

①掩鼻：捂住鼻子。人间臭腐场：人世间争名夺利的腐臭之场。②黄花：菊花的别名。《礼记·月令》："（季秋之月）鞠有黄华。"陆德明释文说："鞠，本又作'菊'。"何事：何故。重阳：农历九月九日重阳节。

[评析]

这也是一首戏作小词，看得出作者蛮有意趣，竟出外寻觅菊花，欲以赏菊为乐事。然而词的开头还是没忘了把仕途官场比做"臭腐场"，而且是"掩鼻"逃离开的，内心对官场充满了厌弃。遗憾的是，菊花竟然到现在还没开放，前贤不是说"待到重阳日，还来就菊花"吗？为什么今年如此迟迟呢？想来想去终于明白：今年的秋霜还没有降下，天气太暖了。从字句之间，我们看不出作者隐含了什么深意，但能明显地感觉出他对官场的厌恶，对自然的眷恋，还有对家人的温馨：他很想和老伴一道沐浴秋光，这种和谐和恬淡，体现了作者不仅是国之栋梁，同时也是家之盐梅，是有血有肉、有情有义的男子汉。"老伴"之称，以及当时他牵着老伴的手外出寻觅菊花时的情景，定会使他的老伴感到：这种生活，比丈夫的高官厚禄温馨甜美千倍万倍。

新荷叶（上巳①日，吴子似②谓古今无此词，索赋）

曲水流觞③，赏心乐事良辰④。兰蕙光风⑤，转头天气还新。明眸皓齿，看江头、有女如云。折花归去，绮罗陌上芳尘⑥。

能几多春？试听啼鸟殷勤。览物兴怀⑦，向来哀乐纷纷。且题醉墨，似《兰亭》、列序时人⑧。后之览者，又将有感斯文⑨。

[注释]

①上巳：古节日名。汉代以前以农历三月上旬巳日为"上巳"。魏晋以后，定为三月三日，不必取巳日。《后汉书·礼仪志上》："是月上巳，官民皆絜于东流水上，曰洗濯祓除去宿垢疢为大絜。"②吴子似：铅山县尉吴绍古。《铅山县志》卷十一："吴绍古字子嗣，波阳人。庆元五年任铅山尉，多所建白。"古今无此词：意谓自古至今没有专门为上巳节日写的词。③曲水流觞：古代上巳时，人们在水边相聚宴饮，祓除不祥。后人仿行，于环曲的水流旁宴集，在水的上流放置酒杯，任其顺流而下，杯停在谁的面前，谁就取饮，称为"曲水流觞"。王羲之《兰亭集序》："又有清流激湍，映带左右，引以为流觞曲水。"④赏心乐事良辰：《文选》卷三十谢灵运《拟魏太子邺中集诗八首》序："天下良辰、美景、赏心、乐事，四者难并。"⑤兰蕙光风：《文选》卷三十三宋玉《招魂》："光风转蕙，氾崇兰些。"王逸注解说："光风，谓雨

已日出而风,草木有光色。氾,犹泛。泛,摇动貌也。崇,充也。言天霁日明,微风奋发,动摇草木,皆令有光,充实兰蕙,使之芬芳而益畅。"⑥绮罗陌上芳尘:谓路上尽是身穿绮罗的女子,留下芬芳之尘。⑦览物兴怀:见此景物而兴感慨。《兰亭集序》:"向之所欣,俯仰之间,已为陈迹,犹不能不以之兴怀。"⑧似《兰亭》、列序时人:意谓模仿《兰亭集序》的写法,将今日到场的人如实记录下来。《兰亭集序》:"故列序时人,录其所述。"⑨后之览者,又将有感斯文:这是《兰亭集序》的最末一句话,意谓后来读到此文的人,将因我之所记而兴感慨。

[评析]

这首词写上巳日曲水流觞之乐,但对此并没有具体的描写,而是通过其他人或景物来衬托其欢快场面。景物用"兰蕙光风,转头天气还新"十个字加以概括,令人读之便能领略天气的清新;人物用"明眸皓齿,看江头、有女如云。折花归去,绮罗陌上芳尘"来体现当日游人如织的热闹场面,给读者一个全方位广角度的印象。下阕大量化用王羲之《兰亭集序》中的语句,使这次游赏增加了厚重的历史沧桑感。全词没有更多的发挥,但"览物兴怀"、"哀乐纷纷"等语,则委婉地将东晋人哀叹神州陆沉的悲凉情绪表现出来,让人们很容易联想到:今天的上巳,也和东晋一样,是在半个王朝的领地上进行的。

水调歌头(我志在寥阔①)

赵昌父七月望日用东坡韵②,叙太白、东坡事见寄,过相褒借,且有秋水之约③。八月十四日,余卧病博山寺中④,因用韵为谢,兼简子似⑤。

我志在寥阔,畴昔梦登天⑥。摩挲素月⑦,人世俯仰已千年。

有客骖麟并凤⑧，云遇青山赤壁⑨，相约上高寒⑩。酌酒援北斗⑪，我亦虱其间⑫。　　少歌⑬曰："神甚放，形则眠⑭。鸿鹄一再高举，天地睹方圆⑮。"欲重歌兮梦觉，推枕惘然独念，人事义亏全。有美人可语，秋水隔娟娟⑯。

[注释]

①寥阔：渺茫无所见的虚空。②赵昌父：赵蕃，字昌甫，又作昌父，居于信州。《漫塘文集》卷三十二《章泉赵先生墓表》称赵蕃曾祖葬信州玉山之章泉，子孙遂家焉。蕃历任吉州太和县主簿、辰州司理参军，奉祠家居。此时亦与稼轩游。东坡韵：苏轼《水调歌头》："明月几时有，把酒问青天。不知天上宫阙，今夕是何年。我欲乘风归去，又恐琼楼玉宇，高处不胜寒。起舞弄清影，何似在人间。　转朱阁，低绮户，照无眠。不应有恨，何事长向别时圆。人有悲欢离合，月有阴晴圆缺，此事古难全。但愿人长久，千里共婵娟。"③秋水之约：即约赵昌父到自家秋水堂来。④博山寺：见前《鹧鸪天·博山寺作》注①。⑤子似：铅山县尉吴绍古，字子似。⑥畴昔：从前。李白《赠从弟南平太守之遥》诗之一："一朝谢病游江海，畴昔相知几人在？"梦登天：《楚辞·九章·惜诵》："昔余梦登天兮，魂中道而无杭（航）。"⑦摩挲：抚摸。《释名·释姿容》："摩娑，犹末杀也，手上下之言也。"素月：皎洁的月亮。⑧骖（cān）麟并（bàng）凤：驾驭着麒麟和凤鸟。骖，本指服马左面的马，代指驾车。并，依傍。⑨青山：李白墓所在之山。唐裴敬《翰林学士李公墓碑》："李翰林名白，字太白。以诗著名，召入翰林。世称才名占得翰林，他人不复争先。其后以胁从得罪，既免，遂放浪江南。死宣城，葬当涂青山下。"此处代指李白。赤壁：苏轼作前、后《赤壁赋》之处，在黄州（今湖北黄冈）。此处代指苏轼。⑩高寒：高天。上引苏轼《水调歌头》："高处不胜寒。"⑪酌酒援北斗：谓酌酒时使用北斗。北斗七星排列成斗勺形，因以喻酒器。援，引。《楚辞·九歌·东君》："操余弧兮反沦降，援北斗兮酌桂浆。"洪兴祖补注说："此以北斗喻酒器者，大之也。"⑫虱其间：厕身其间。韩愈《泷吏》诗："得无虱其间，不武亦不文。"⑬少歌：古代辞赋篇末总括全篇要旨的短歌。《楚辞·九章·抽思》："《少歌》曰：与美人之抽思兮，并日夜而无正。"洪兴祖补注说："此章有《少歌》。……则总理一赋之终，以为乱辞云

尔。"⑭神甚放，形则眠：精神十分舒放之时，即是形体长眠之时。⑮鸿鹄一再高举，天地睹方圆：谓鸿鹄高飞下看天地之方圆。《楚辞补注》卷十一《惜誓》："黄鹄之一举兮，知山川之纡曲。再举兮，睹天地之圜方。"注云："言黄鹄养其羽翼，一飞则见山川之屈曲，再举则知天地之圜方。居身益高，所睹愈远也。以言贤者亦宜高望远虑，以知君之贤愚也。黄，一作鸿。"⑯有美人可语，秋水隔娟娟：杜甫《寄韩谏议》诗："美人娟娟隔秋水，濯足洞庭望八荒。"

[评析]

这首词是友人赵蕃和苏轼韵写给稼轩的一首词，稼轩此时正在生病，于是再和韵写下此词，答谢赵蕃。赵蕃的原词今已不见，不知他是如何"褒借"稼轩的。稼轩是个很有自知之明的人，所以答词称"我亦虱其间"——我也凑个数吧。旧传李白、苏轼都是仙去的人，所以作者开篇便把自己的志向放在寥廓的虚空，跳出了尘俗之世。他用梦境寄托心愿说：曾经飞到天上，还抚摸过那轮晶洁的明月。如今友人相约与太白、东坡一起飞升，自己一定跟随前往。神往之间，已觉身体轻飘，腾起在虚无缥缈的太空之中了。那感觉真是奇妙极了，群仙以北斗盛酒，在虚空放歌，没有尘世的低俗和丑恶，只有与苍天白云同化的畅快。友人们纵情高歌，记不清他们前面唱了些什么，只记得乱词说：精神奔放之时，身躯已经长眠。这不正是梦寐以求的神仙境界吗？当作者与朋友们心有灵犀，打算随之放歌时，突然醒来，身与心全都回到了人世。这个令人无法眷恋的人世，不值得眷恋的人世，就算还有可以诉说衷肠的对象，也是可望而不可即的："所谓伊人，在水一方。"（《诗经·秦风·蒹葭》）你就算望穿秋水，也无法走近她的身旁。全词倾吐的是作者积压在内心已久太多太多的愤懑。他渴望得到"美人"的青睐，可那位美人仿佛永远是水中月、镜中花，被无情地阻隔在秋水那边。作者从北方南来，所有的抱负、热情，都在这种阻隔中、内耗中渐渐消磨。他不甘心，但又无计可施，只能在梦里畅快一把，这是多么可悲的现实！封建时代里，像稼轩这样的志士很多，比他遭受打击更大、迫害更深的志士也很多，究其原因，是因为真正把国家民族利益看得比生命更重要的人，永远不如贪生怕死、视财如命的小人多。从古至今，几乎所有的君子，都毫无例外地遭受小人的诬谤和排抑，因为小人生来就是残害善类的。他们有的是时间在阴暗处瞪着满是凶光的眼睛窥伺你；有的是精力跟你耍滚刀肉，跟你没完没了地折腾，君子实在奉陪他们不起。难怪作者大声地告诉大家："近来始觉古人书，信著全无是处。"做君子真苦，做小人真爽！小人肆无忌惮地伤害善类时，君子们却还得做到"别跟他们一般见识"，忍受他们的蹂躏，为的仅仅是"君子"两个字的圣洁。相信不仅是古人，就是在今天，也一定有不少人有过或正在有着同样的苦衷。

念奴娇 (赋傅岩叟①香月堂两梅)

未须草草，赋梅花，多少骚人词客。总被西湖林处士②，不肯分留风月。疏影横斜，暗香浮动，把断春消息③。尚余花品，未悉今古人物。　　看取香月堂前，岁寒相对，楚两龚④之洁。自与诗家成一种，不系南昌仙籍⑤。怕是当年，香山老子，姓白来江国⑥。谪仙人，字太白、还又名白⑦。

[注释]

①傅岩叟：傅栋，铅山人，曾官鄂州州学讲书，退归铅山，饮酒赋诗，怡然自乐。与稼轩多有从游。邓广铭《稼轩词编年笺注》引《陈克斋文集》卷十四《答赵昌甫送徐田锡诗》自注云："双梅在岩叟家香月堂，清古可爱，昌甫每与稼轩同领略之。柱为稼轩题。"②西湖林处士：北宋前期杭州西湖处士林逋。见前《念奴娇·西湖和人韵》注⑦。③疏影横斜，暗香浮动，把断

春消息：意谓林逋诗句已经把梅花的意态写到极致，别人很难有所突破了。林逋《山园小梅》诗："众芳摇落独暄妍，占尽风情向小园。疏影横斜水清浅，暗香浮动月黄昏。"把断，完全把持，令别人无法通过超越。④楚两龚：汉代龚胜和龚舍的合称。《汉书·两龚传》："两龚皆楚人也，胜字君宾，舍字君倩。二人相友，并著名节，故世谓之'楚两龚'。"⑤不系南昌仙籍：没有记载在南昌仙品之中。此句意谓香月堂的两株梅花，只合诗人歌咏，不与南昌众仙同一流品。南昌西山，自古为十二真人仙居之处，故云"南昌仙籍"。此即言此花与其他所谓"花仙子"性质全然不同。⑥香山老子，姓白来江国：谓唐朝白居易曾经到过江西，贬为江州司马。《新唐书·白居易传》："出为州刺史。中书舍人王涯上言不宜治郡，追贬江州司马。既失志，能顺适所遇，托浮屠生死说，若忘形骸者。……构石楼香山，凿八节滩，自号醉吟先生，为之传。暮节惑浮屠道尤甚，至经月不食荤，称香山居士。"⑦谪仙人，字太白、还又名白：李阳冰《唐李翰林草堂集序》："李白字太白，陇西成纪人。……长庚入梦，故生而名白，以太白字之。世称太白之精，得之矣。"孟棨《本事诗》："李太白初自蜀至京师，舍于逆旅。贺监知章闻其名，首访之。既奇其姿，复请所为文。出《蜀道难》以示之。读未竟，称叹者数四，号为'谪仙'。"

[评析]

　　这是一首咏物词，是写给布衣朋友傅栋的。傅栋家有两株白梅，他本人引以为豪，作者也非常喜欢，故走笔为之赋。上阕先说为梅花而赋是件非常艰难的事，难就难在此花的芳姿妍态，都被西湖林处士写尽了，后人无论如何都无法超越。这是作者自谦的说法，也是自警的说法：明知如此还要为赋梅，无论如何都要对林处士的描摹有所超越，否则不是自取其辱吗？我们看作者是从哪些方面超越林逋的呢？首先，作者采用的是拟人手法，他先给梅花的高洁定下调子："尚余花品，未忝今古人物"——百花之中，只有梅花可以与古今人物相比并，其他的花不具备这个资格。这样一个出人意料的铺垫，下面自然有文章可作了：作者先把梅花比做史上最高洁的"楚两龚",随后又把前代两位最著名的诗人拿来与梅花相提并论,一位是姓白的白居易;另一位是名白的李白,字太白。作者可谓太具匠心了,两株梅花分别用"白居易"和"李太白"为喻,一是点明这两株梅花都是白的,二是说二梅都与诗人有渊源,是专为诗而生的。读完此词,我们可以明显体会到:稼轩赋梅的角度与林逋所咏小梅完全不同,他在玩文字游戏。但这并没有影响词的意境,他把梅的品格与诗人的人格巧妙地结合为一,不是使梅的意蕴更丰富了吗?

婆罗门引(别杜叔高①。叔高长于楚词)

落花时节,杜鹃声里送君归。未消文字湘累②。只怕蛟龙云雨③,后会渺难期。更何人念我,老大伤悲。　已而已而④。算此意、只君知。记取岐亭买酒⑤,云洞⑥题诗。争如不见,才相见、便有别离时。千里月⑦、两地相思。

[注释]

①杜叔高:杜旃,字叔高。金华兰溪人,与兄旟伯高、弟旐仲高、弟旟季高、弟㡌幼高俱博学工文辞,人称"金华五高"。叔高绍定六年以布衣补迪功郎。②湘累:指屈原。因屈原赴湘水支流而死,古人称之为湘累。苏轼《次韵张舜民自御史出佐虢州留别》诗:"玉堂给札气如云,初起湘累后佩银。"王十朋集注云:"舜民字芸叟,元丰辛酉为环庆帅属,明年责监郴州酒税。郴属湖湘,故以湘累称之也。"③蛟龙云雨:谓蛟龙终将得云雨而升天,非池中俗物。这是周瑜说刘备的话。《三国志·吴书·周瑜传》:"瑜上疏曰:'刘备以枭雄之姿,而有关羽、张飞熊虎之将,必非久屈为人用者。……聚此三人,俱在疆场,恐蛟龙得云雨,终非池中物也。'"④已而已而:《论语·微子》:"楚狂接舆歌而过孔子,曰:'凤兮!何德之衰?往者不可谏,来者犹可追。已而!已而!今之从政者殆而!'"何晏集解说:"已而已而者,言世

乱已甚，不可复治也。再言之者，伤之深也。"此句相当于今言"算了吧，算了吧"。表示对当今政治的彻底失望。⑤岐亭买酒：指作者与杜叔高曾在某亭下买酒畅饮。岐亭，泛指路边之亭。⑥云洞：《上饶县志》卷五："云洞在县西三十里开化乡，天欲雨则兴云。"⑦千里月：《文选》谢庄《月赋》："美人迈兮音尘阙，隔千里兮共明月。"

[评析]

　　这是一首送行词。作者在铅山，结交了好几位卑官或布衣朋友，他们时常与稼轩往来，很大程度上排遣了稼轩的孤独和忧闷，所以稼轩与他们的感情十分真挚。惟其如此，每当有朋友相别，他都会大动感情，依依惜别。据词中"千里月、两地相思"句，知杜叔高此次是远行，故而作者尤其伤感。上阕首句点明送行的时间是"落花时节"，随后不知是祝愿还是伤怀，作者用"只怕蛟龙云雨，后会渺难期"两句话囊括了这份连他本人也说不清的复杂心情。更令人伤怀的是，杜氏此去如果真的"蛟龙云雨"，再也不能回到铅山，这份思念岂不是无穷无已？没有了杜氏的交情，他这个被遗弃的"老大徒伤悲"的老人，还有谁能相逢一笑、一饮千钟呢？下阕适时地引入《论语》里的语句，明确地告诉杜氏：稼轩老人之所以不愿在官场厮混，自愿闲居在铅山，完全是出于对官场恶浊的厌弃。这番心思，除了杜氏之外，很难有人理解。如今一别，千里相思，不能倾吐衷肠，实在是令人深感悲切的事。全词强调的是与杜叔高的志同道合：人生原本就"得与人言无二三"，好不容易遇到志同道合可与言者，如今又要长别，心绪之黯淡可想而知。所以作者满怀真情地感叹：早知今日生别离，莫如昨日不相识。人之离别把话说到这一步，那就不是泛泛的交情了。

行香子（博山戏呈赵昌甫韩仲止①）

少日尝闻，富不如贫，贵不如、贱者长存②。由来至乐③，总属闲人。且饮瓢泉④,弄秋水⑤,看停云⑥。 岁晚情亲,老语弥真⑦。记前时、劝我殷勤:都休觅酒,也莫论文。把《相牛经》⑧,种鱼法,教儿孙。

[注释]

①赵昌甫:赵蕃。见前《水调歌头·我志在寥阔》注②。韩仲止:韩淲,字仲止,号涧泉,韩元吉之子。著有《涧泉日记》。此时无官,与稼轩游。稼轩还有《贺新郎》词,副题为"韩仲止判院山中见访,席上用前韵",不知当时韩氏所判何院。②富不如贫,贵不如、贱者长存:《后汉书·逸民·向长传》:"向长字子平,河内朝歌人也。隐居不仕,性尚中和,好通《老》、《易》。贫无资食,好事者更馈焉,受之取足,而反其余。王莽大司空王邑辟之,连年乃至,欲荐之于莽,固辞乃止。潜隐于家。读《易》至《损》、《益》卦,喟然叹曰:'吾已知富不如贫,贵不如贱,但未知死何如生耳。'建武中,男女娶嫁既毕,敕断家事勿相关,当如我死也。于是遂肆意,与同好北海禽庆俱游五岳名山,竟不知所终。"③至乐:最大的快乐。《庄子·至乐》:"至乐无乐,至誉无誉。"④瓢泉:稼轩在铅山期思所得之泉。见前《水龙吟·题瓢泉》注①。⑤秋水:稼轩所建秋水堂。见前《哨遍·秋水观》注①。⑥停云:稼轩所建停云堂。见前《临江仙·停云偶作》注①。⑦老语弥真:谓人到老年,所讲的话尤其真诚,没有客套。⑧《相牛经》:教人看牛之优劣的古书。晁公武《郡斋读书志》卷十五:"《相牛经》一卷。宁戚传之百里奚,汉世河西薛公得其书以相牛,千百不失其一。至魏世,高堂生又传晋宣帝,其后秘之。"

[评析]

这首词属于"主观上净化心灵"的戏作,却"戏"得令人酸鼻。此时赵蕃、韩淲年岁都不小了,几个老人凑在一起,无所事事,心中的失落可想而知。上阕的关键词是"贫"、"贱"、"乐"、"闲"。古代大凡选择隐居的士子,都没有把贫穷放在心上,因为他们的人生境界早就超越了物质上的享乐,这是当今很多贪官无法理解的一种境界。至于"贱",古代士子自有他们的衡量标准:陶渊明辞官为民，但他的高远情操，远不是达官显贵的"贵"所能压抑的，陶渊明具有的是精神上的"贵"，和世俗所谓"高车驷马"风马牛不相及。对于"乐"的理解，显贵者与高士们的理解也相去万里，显贵者的乐表现在地位、财富等方面，而高士的乐则更多体现在精神层面。"闲"则是高士们厌倦了人世间的你争我夺，自己寻找清闲的。"穷则独善其身，达则兼济天下"是古代读书人奉行的做人准则，一旦做不到兼济天下时，他们能做到"苟非吾之所有，虽一毫而莫取"，这也是贪婪者永远也无法理喻的，因为贪婪者的生存信条就是攫取财富，他们认为这是天经地义的，为了攫取更多的财富，他们绝不肯闲着。直到如今，我们还经常听见一些贪婪者得便宜卖乖地对人说："忙死了！累死了！"你真要让他闲下来，比抽了他的筋还难受。此词情绪平和，作者对于老友的劝告似乎颇为感谢，所以说他们"岁晚情亲，老语弥真"。既然安于贫贱，乐于清闲，何不教儿孙也休要踏入那龌龊丑恶的官场，养养鱼，相相牛，岂不优哉游哉？一个曾经豪情万丈矢志报国的山东汉子，被官场腐臭折磨成这副模样，不知究竟是谁之过？

鹧鸪天（有客慨然谈功名，因追念少年时事戏作）

壮岁旌旗拥万夫①，锦襜突骑渡江初②。燕兵夜娖银胡䩮③，汉箭朝飞金仆姑④。　　追往事，叹今吾。春风不染白髭须⑤。都将万字平戎策⑥，换得东家种树书⑦。

[注释]

①壮岁：作者年轻时。当时作者在山东耿京义军中为将。耿京死后，作者继续领导义军抗击金兵。旌旗拥万夫："万夫拥旌旗"的倒装。谓率领万夫与金兵作战，好不威风。②锦襜（chān）：锦绣的衣裙。襜，系在衣前的围

裙。《诗经·小雅·采绿》:"终朝采蓝,不盈一襜。"毛亨传云:"衣蔽前谓之襜。"陆德明释文引郭璞云:"今之蔽膝。"此处泛指锦衣。突骑渡江初:指作者杀死叛徒张安国后率众南下,到达江南。③燕兵:代指金兵。娖(chuò):整顿。《资治通鉴·唐僖宗乾符五年》:"土团至城北,娖队不发。"胡三省注解说:"言娖整其队而不行也。"胡䩮(lù):又作"胡禄"、"胡鹿"、"胡簏"、"胡簶",藏矢的器具。《玉篇·竹部》:"簶,胡簶,箭室。"《史记·魏公子列传》:"平原君负韛矢。"司马贞索隐云:"韛音兰,谓以盛矢,如今之胡簏而短也。""胡䩮"为连绵字,故写法颇为随意。④汉箭:代指我方的箭。金仆姑:箭的名字。泛指良箭。《左传·庄公十一年》:"乘丘之役,公以金仆姑射南宫长万。"宋雷乐发《乌乌歌》:"有金须碎作仆姑,有铁须铸作蒺藜。"⑤春风不染白髭须:意谓春风每年都能把草木染绿,却无法染黑鬓边的白须和头上的白发。⑥都将:一本作"却将"。平戎策:指作者到南宋后所上的《美芹十论》、《九议》等论述抗金复国的奏章。⑦换得东家种树书:意谓换来的却是被朝廷闲置起来学习种树。《汉书·王吉传》:"吉少时学问,居长安。东家有大枣树垂吉庭中,吉妇取枣以啖吉。吉后知之,乃去妇。东家闻而欲伐其树,邻里共止之,因固请吉令还妇。里中为之语曰:'东家有树,王阳妇去;东家枣完,去妇复还。'其厉志如此。"

[评析]

这首词的小序点明了写作的背景,一个偶然的机会与人闲谈,对方提起当年追逐功名的往事,触动了作者的神经,使他自然而然也回到了那个金戈铁马的青年时代。作者成人后,北方大片领土已为金人所占,所以他参加了耿京领导的农民起义。耿京死后,这面大旗由作者继续高举,战斗不息,一直到他南渡。可以说,辛弃疾的"壮岁",的确称得上轰轰烈烈。他本以为来到南宋,会得到朝廷的赞赏和支持,为国家的统一做出应有的贡献,哪怕献出生命也在所不辞。然而希望越强,失望就越多。他一而再、再而三地受到朝廷的冷遇和官员的弹劾,不得不数度退居乡野,直到把所有的心力耗尽。全词散发着丈夫豪情和英雄末路交替的感慨,读之令人扼腕。

新荷叶（再题傅岩叟①悠然阁）

种豆南山②，零落一顷为萁③。岁晚渊明，也吟草盛苗稀。风流刬地④，向尊前、采菊题诗。悠然忽见，此山正绕东篱⑤。

千载襟期⑥。高情想像当时。小阁横空，朝来翠扑人衣。是中真趣⑦，问骋怀游目⑧谁知。无心出岫，白云一片孤飞⑨。

[注释]

①傅岩叟：傅栋。稼轩在铅山时交游之友人。见前《念奴娇·赋傅岩叟香月堂两梅》注①。②种豆南山：陶渊明《归田园居五首》之三："种豆南山下，草盛豆苗稀。"③一顷为萁（qí）：《文选》杨恽《报孙会宗书》："田彼南山，芜秽不治。种一顷豆，落而为萁。"李善注解说："芜秽不治，朝廷荒乱也。一顷百亩，以喻百官也。言豆者贞直之物，零落在野，喻己见放弃也。萁曲而不直，言朝臣皆谄谀也。"萁，豆秆。④刬（chǎn）地：依旧。⑤采菊题诗。悠然忽见，此山正绕东篱：陶渊明《饮酒二十首》之五："结庐在人境，而无车马喧。问君何能尔？心远地自偏。采菊东篱下，悠然见南山。山气日夕佳，飞鸟相与还。此中有真意，欲辨已忘言。"⑥襟期：襟怀志趣。⑦是中真趣：隐居之趣，即上引"此中有真意"。⑧骋怀游目：放纵心怀，纵目远眺。王羲之《兰亭集序》："所以游目骋怀，足以极视听之娱，信可乐也。"⑨无心出岫，白云一片孤飞：陶渊明《归去来兮辞》："云无心以出岫，鸟倦飞而知还。"

[评析]

这首词借为傅岩叟题写悠然阁之机，抒发了自己高尚的人生志趣。此时的稼轩，已经对朝廷、对官场彻底失去了信心，"向陶渊明先生学习"基本上成为定论，作者也正在努力地适应这种"种豆南山下"的躬耕生活。本词的上、下两阕分得比较清晰，上阕是对当年陶渊明生活画面的追想：这位本不会也本不该去种地的士子，就算是荷锄戴月而归,最终的结果还是"草盛豆苗稀",连果腹都未必做得到。尽管如此,陶渊明依旧是快乐的,因为他不用为五斗米向乡里小儿折腰,他可以主宰自我,可以采菊题诗,可以陶然径醉,可以和天地真正融合为一,做到"身本洁来还洁去",不沾染尘世的脏污。作者原本也不应该走上这条路,然而满朝的文恬武嬉,污泥浊水,把本当是铁马冰河杀敌立功的七尺男儿,硬是"改造"成了陶渊明第二,他不看山,不看水,还能看什么?他曾经多少次地看"西北神州",可惜到头来连看都不让他看了,他只能用"是中真趣"的潇洒,遮盖住笑意后面的酸涩。

卜算子（千古李将军①）

千古李将军,夺得胡儿马②。李蔡为人在下中,却是封侯者③。　芸草去陈根④,笕竹添新瓦⑤。万一朝家举力田⑥,舍我其谁也⑦。

[注释]

①千古李将军:指西汉时名将李广。他一生立下无数战功,名垂千古。《史记·李将军列传》:"李将军广者,陇西成纪人也。……孝景初立,广为陇西都尉,徙为骑郎将。吴楚军时,广为骁骑都尉,从太尉亚夫击吴楚军,取旗,显功名昌邑下。以梁王授广将军印,还,赏不行。徙为上谷太守,匈奴日以合战。典属国公孙昆邪为上泣曰:'李广才气,天下无双,自负其能,数与虏敌战,恐亡之。'于是乃徙为上郡太守。后广转为边郡太守,徙上郡。尝为陇西、北地、雁门、代郡、云中太守,皆以力战为名。"②夺得胡儿马:《史记·李将军列传》:"匈奴兵多,破败广军,生得广。单于素闻广贤,令曰:'得李广必生致之。'胡骑得广,广时伤病,置广两马间,络而盛卧广。行十余里,广佯死,睨其旁有一胡儿骑善马,广暂腾而上胡儿马,因推堕儿,取其弓,鞭马南驰数十里,复得其余军,因引而入塞。匈奴捕者骑数百追之,广行

取胡儿弓，射杀追骑，以故得脱。"③李蔡为人在下中，却是封侯者：李蔡，李广的族弟。为人在下中，谓李蔡的功劳，不过属于下中等而已，却得以封侯。《史记·李将军列传》："初，广之从弟李蔡与广俱事孝文帝。景帝时，蔡积功劳至二千石。孝武帝时，至代相。以元朔五年为轻车将军，从大将军击右贤王，有功中率，封为乐安侯。元狩二年中，代公孙弘为丞相。蔡为人在下中，名声出广下甚远，然广不得爵邑，官不过九卿，而蔡为列侯，位至三公。"④芸草去陈根：谓锄草当除去老根。芸，通"耘"。《论语·微子》："植其杖而芸。"何晏集解说："除草曰芸。"⑤笕（jiǎn）竹：用对剖并内节贯通的毛竹连续衔接成为引水的管道。陆游《杜门》诗："笕水晨浇药，灯窗夜覆棋。"添新瓦：谓修理房屋，添换新瓦。以上二句皆言自己眼下的生活状况和内容，在地里锄草，修理水道和住房。⑥朝家：朝廷。举力田：推举力田。力田，汉代乡官名。《汉书·文帝纪》："以户口率置三老、孝悌、力田常员，令各率其意，以道（导）民焉。"《后汉书·明帝纪》："其赐天下男子爵，人二级；三老、孝悌、力田人三级。"李贤注解说："三老、孝悌、力田，三者皆乡官之名。"⑦舍我其谁：除了推举辛某，还有谁最符合力田的条件？以上二句为调侃之辞，言如今所做，均为古时力田者之事。

[评析]

　　此词是作者在瓢泉所作《漫兴三首》的第三首。上阕为咏史，下阕为讽今。汉代飞将军李广，千年之后，无人不晓。然而就是这么一位盖世英雄，当世却连封侯都没能轮上。这倒也罢了，奇怪的是，李广的族弟李蔡并无太多功业，与李广相比，天壤之别，而他却稳稳当当地取得封侯，甚至当上了宰相，这理从何而论？作者本意在言历史上曾出现过很多不公之事，只是想不到这种压抑人才的倒霉事居然也落到自己的头上。下阕全然一副苦恼人的笑：日子过得不能说不充实，你看，今天忙着到地里锄草，明天忙着修理引水的竹笕，后天还得赶紧修理屋上的碎瓦，真可谓不亦乐乎了。全词没有言愁，也没有顾影自怜的感叹，然而读罢此词，却让人无论如何欢快不起来：这样一位大将军，怎么干起农夫泥瓦匠的活儿来了？南宋王朝真的是人才济济，像辛弃疾这样的"庸才"完全可以置之不理了吗？早知如此，辛某何必要到南方来？此词的无限哀伤，用嬉笑的形式表现出来，可谓得古风之深意。

定风波（大醉归自葛园，家人有痛饮之戒，故书于壁①）

昨夜山公倒载归②，儿童应笑醉如泥。试与扶头浑未醒③，休问，梦魂犹在葛家溪。　　千古醉乡④来往路，知处，温柔东畔白云西⑤。起向绿窗高处看，题遍，刘伶元自有贤妻⑥。

[注释]

①"大醉归自葛园"三句：邓广铭《稼轩词编年笺注》作"大醉自诸葛溪亭归，窗间有题字令戒饮者，醉中戏作"。诸葛溪亭，乃诸葛元亮家的园亭。诸葛元亮，亦铅山与稼轩游者，履历不详。②山公倒载归：《世说新语·任诞》："山季伦（简）为荆州，时出酣畅。人为之歌曰：'山公时一醉，径造高阳池，日莫（暮）倒载归，酩酊无所知。复能乘骏马，倒着白接篱，举手问葛强，何如并州儿？'高阳池在襄阳。强是其爱将，并州人也。"③扶头：本指饮酒，此处指扶着醉倒的人为之醒酒。浑未醒：完全没有清醒。④醉乡：初唐王绩写过一篇《醉乡记》，后人遂以醉酒的状态为进入醉乡。《醉乡记》："醉之乡，去中国不知其几千里也。其土旷然无涯，无邱陵阪险；其气和平一揆，无晦明寒暑。其俗大同，无邑居聚落；其人甚精，无爱憎喜怒。吸风饮露，不食五谷，其寝于于，其行徐徐。与鸟兽鱼鳖杂处，不知有舟车器械之用。"⑤温柔东畔白云西：谓醉乡在温柔乡以东，白云乡以西。古人称耽恋女色为温柔乡，隐居山野为白云乡。作者醉称：醉乡在这两者之间。伶玄《飞燕外传》："后进合德（赵飞燕之妹），帝大悦，以辅属体，无所不靡，谓之温柔乡。曰：'吾老是乡矣，不能效武皇帝（汉武帝）求白云乡也。'"⑥刘伶元自有贤妻：《晋书·刘伶传》："（伶）常乘鹿车，携一壶酒，使人荷锸而随之，谓曰：'死便埋我。'其遗形骸如此。尝渴甚，求酒于其妻。妻捐酒毁器，

涕泣谏曰：'君酒太过，非摄生之道，必宜断之。'伶曰：'善！吾不能自禁，惟当祝鬼神自誓耳。便可具酒肉。'妻从之。伶跪祝曰：'天生刘伶，以酒为名。一饮一斛，五斗解酲。妇儿之言，慎不可听。'仍引酒御肉，隗然复醉。"

[评析]

　　这首词写大醉。从词的遣词用语可以断定：作者并非真醉，不过是借酒浇愁而已。在铅山，他与诸葛元亮经常交往，也一起饮酒为乐。这次饮得稍多，带着醉意回到家，老妻出于对他的爱护，婉言劝他不要饮酒太过。上阕借着酒力着实潇洒了一把，不管儿童怎么笑，老子饮酒后的舒畅是实实在在的！下阕接着耍半疯儿，自作聪明地告诉人们：知道醉乡在何处吗？老夫告诉你们：在温柔乡的东边，白云乡的西边。老夫不去温柔乡，也到不了白云乡，只到醉乡转了一圈回来了！直到支着脑袋抬眼看窗，才发现满窗都写着"不要再饮"——这分明是老妻的主意。全词写得活灵活现，趣味盎然，大有魏晋风度。不过话题还得回到作者的闲居，在这里，无论他如何寻找快乐，其内心的压抑还是无法尽情宣泄，这顿酒肉，或许能解他一时之忧，但也许明天，也许后天，他又会重蹈覆辙。"心病还需心药治"，他渴望马革裹尸恢复中原的理想无法实现，这酒能戒得了吗？

行香子 (归去来兮①)

　　归去来兮，行乐休迟。命由天、富贵何时②。百年光景，七十者稀③。奈一番愁，一番病，一番衰。　　名利奔驰，宠辱惊疑。旧家时、都有些儿④。而今老矣，识破关机⑤。算不如闲，不如醉，不如痴。

[注释]

①归去来兮：陶渊明《归去来兮辞》："归去来兮，田园将芜胡不归？既自以心为形役，奚惆怅而独悲？悟已往之不谏，知来者之可追。"②命由天、富贵何时：《论语·颜渊》："死生有命，富贵在天。"邢昺疏解说："言人死生短长，各有所禀之命，财富位贵，则在天之所予。"③百年光景，七十者稀：都说人生为百年，实际上能活到七十岁的已经很少了。杜甫《曲江》诗之二："酒债寻常行处有，人生七十古来稀。"④旧家时、都有些儿：此句连上读，意谓为了名利奔走驱驰，因为宠辱时时惊疑，这些事年轻时都有过一些。旧家时，旧时。"家"为俗语衬字，无义。⑤识破关机：即"识破机关"，谓看透了其中道理。机关，本指设有机件而能制动的器械。此处指事物的根本和关键。

[评析]

这首小词作于闲居上饶时，此时作者应该六十几岁，进入了真正意义上的晚年，所以尽管词语诙谐，但其看破红尘的老迈沧桑之感，想掩盖都掩不住。词写得浅近易懂，没有典故，也没有难词难句，尤其是化用《论语》、杜诗的两句话，乃是人人皆知的格言。接下来的三个排比，也完全是按照自然规律缕述的：发愁伤身，身伤则病，病一次衰老一次。下阕实话实说：年轻时也曾为名利奔走过，那时参不透人生，只能如此。随着年龄的增加，人世都已看破，争来争去说到底都是身外之物，不如有个闲身，有闲身才有时间饮酒，饮了酒才能进入陶陶兀兀的醉乡世界，进入醉乡的人在外人看来，都是些傻瓜。当了傻瓜就不会再给别人形成威胁，于是便可以像《庄子》里所说的歪脖子树一样得终天年了。这首词虽然不像其他辛词那样激情如火，但淡定下来讲述的人生哲理，似乎更耐人寻味。

满江红（暮春）

家住江南，又过了、清明寒食①。花径里、一番风雨，一番狼藉。流水暗随红粉去，园林渐觉清阴密。算年年、落尽刺桐②花，寒无力。　　庭院静，空相忆。无说处，闲愁极。怕流莺乳燕，得知消息。尺素③如今何处也，彩云依旧无踪迹④。谩教人、羞去上层楼，平芜碧⑤。

[注释]

①清明：清明节。寒食：清明节前一两天的传统节日。相传是为纪念春秋时晋国大臣介子推的。宗懔《荆楚岁时记》云："去冬节一百五日，即有疾风甚雨，谓之寒食，禁火三日。"②刺桐：亦称海桐、山芙蓉。落叶乔木。花和叶子可供观赏，枝干间有圆锥形棘刺，故名。生长于南方。苏轼《海南人不作寒食而以上巳上冢》诗："记取城南上巳日，木棉花落刺桐开。"③尺素：书信的代称。《文选》古乐府《饮马长城窟行》："客从远方来，遗我双鲤鱼。呼儿烹鲤鱼，中有尺素书。"吕向注解说："尺素，绢也。古人为书，多书于绢。"④彩云：代指心爱的人。晏几道《临江仙》词："琵琶弦上说相思。当时明月在，曾照彩云归。"⑤平芜碧：平地上的草一片碧绿。欧阳修《踏莎行》词："平芜尽处是春山，行人更在春山外。"

[评析]

这是一首抒发闲情的词。上阕全写景致，大约是作者亲眼所见。"家住江南"四字，含义十分复杂：作者是北方人，为了收复沦陷的北方才跑到南方来的。从这点上说，已入老年的稼轩，不可能没有怀念故乡之情，那毕竟是给予他生命的一片沃土。如今数十年过去，北方仍在金人之手，解放家乡的起码愿望都没能实现，于是又连带出英雄末路的衰暮之感。由于进入暮年，于是看到"一番风雨，一番狼藉"、"流水暗随红粉去"的暮春之景，又借园林落尽刺桐花委婉地表示出自己的"无力"。下阕回到具体的场景——庭院。独自被困在一座山间小院，纵然有万种闲愁，又能对谁诉说？他似乎还残存着得到"美人"眷顾的梦想，然而日复一日，没有任何的消息进入他的小院，外面的世界很精彩，可惜再精彩，那片彩云也不会飘到他这里来。词的末句化用欧阳修词句，把欧词绵绵无尽的情思一把扯断：人家在楼上远望平芜，说明对行人还抱有回归的期待，我呢？明知恩断义绝，干脆不要再上层楼了！表现了作者对朝廷的绝望。

满江红（倦客新丰①）

倦客新丰，貂裘敝②、征尘满目。弹短铗③、青蛇④三尺，浩歌谁续⑤？不念英雄江左⑥老，用之可以尊中国。叹诗书、万卷致君人⑦，翻沉陆⑧。　　休感叹，年华促。人易老，叹难足。有玉人⑨怜我，为簪黄菊。且置请缨封万户⑩，竟须卖剑酬黄犊⑪。叹当年、寂寞贾长沙，伤时哭⑫。

[注释]

①倦客新丰：用唐初马周奔走于新丰逆旅的典故。《新唐书·马周传》："马周字宾王……武德中，补州助教，不治事。刺史达奚恕数咎让，周乃去，客密州。赵仁本高其才，厚以装，使入关。留客汴，为浚仪令崔贤所辱，遂感激而西，舍新丰，逆旅主人不之顾，周命酒一斗八升，悠然独酌，众异之。至长安，舍中郎将常何家。"②貂裘敝：用战国苏秦游说秦王不成的典故。《战国策·秦策一》："说秦王书十上，而说不行。黑貂之裘弊，黄金百斤尽，资用乏绝，去秦而归。"③弹短铗：用战国时齐国孟尝君门客冯谖弹铗的典故。见前《满江红·汉水东流》注⑧。④青蛇：古宝剑名。白居易《汉高皇帝亲斩白蛇赋》："彼戮鲸鲵与截犀兕，未若我提青蛇而斩白蛇。"⑤浩歌谁续：此句连上读，意谓当年冯谖弹铗高歌，能得到孟尝君的青睐，如今还有谁能做到这样呢？浩歌，高声唱歌。杜甫《玉华宫》诗："忧来藉草坐，浩歌泪盈把。"⑥江左：东晋及南朝宋、齐、梁、陈各代基业都在江左，南朝人亦称东晋为江左。《晋书·温峤传》："于时江左草创，纲维未举，峤殊以为忧。及见王导共谈，欢然曰：'江左自有管夷吾，吾复何虑！'"⑦叹诗书、万卷致君人：杜甫《奉赠韦左丞丈二十二韵》："甫昔少年日，早充观国宾。读书破万卷，下

笔如有神。……自谓颇挺出，立登要路津。致君尧舜上，再使风俗淳。"⑧沉陆：陆地无水而沉。喻隐居。《庄子·则阳》："方且与世违而心不屑与之俱，是陆沉者也。"郭象注解说："人中隐者，譬无水而沉也。"⑨玉人：容貌美丽的人。《世说新语·容止》："（裴楷）粗服乱头皆好，时人以为玉人。"⑩请缨：《汉书·终军传》："南越与汉和亲，乃遣军使南越，说其王，欲令入朝，比内诸侯。军自请：'愿受长缨，必羁南越王而致之阙下。'"封万户：受封为万户侯。⑪卖剑酬黄犊：《汉书·循吏·龚遂传》："民有带持刀剑者，使卖剑买牛，卖刀买犊，曰：'何为带牛佩犊？'春夏不得不趋田亩，秋冬课收敛，益蓄果实菱芡。劳来循行，郡中皆有畜积，吏民皆富实。狱讼止息。"陆游《游近村》诗之二："乞浆得酒人情好，卖剑买牛农事兴。"此处指宝剑已经没有用处，可以卖掉而买黄牛，以供农耕。⑫寂寞贾长沙，伤时哭：《汉书·贾谊传》："绛、灌、东阳侯、冯敬之属尽害之，乃毁谊曰：'雒阳之人年少初学，专欲擅权，纷乱诸事。'于是天子后亦疏之，不用其议，以谊为长沙王太傅。……是时匈奴强，侵边。天下初定，制度疏阔。诸侯王僭儗，地过古制，淮南、济北王皆为逆诛。谊数上疏陈政事，多所欲匡建，其大略曰：臣窃惟事势，可为痛哭者一，可为流涕者二，可为长太息者六，若其他背理而伤道者，难遍以疏举。"

[评析]

这首词写得慷慨激昂，能体会到此时作者内心有不得不发泄的激愤。上阕感叹国家大有人才却得不到使用，下阕感叹自己空有一腔报国激情，却落得卖剑买犊、长期闲置的苦闷。作者用了战国时冯谖弹铗的典故，把古今人才的才干如何施展做了对比，得出今不如古的结论。冯谖投到孟尝君门下后，一而再，再而三地索取待遇，孟尝君本着爱惜门客之心一一满足了他。其后冯谖为孟尝君经营薛地（孟尝君的采邑），使主人深得当地百姓的拥戴。齐湣王即位后欲将孟尝君赶出朝廷，孟尝君得以在薛地安然存身，避免了走投无路的凶险。作者欲以此说明：任何时候人才都是存在的，关键是看朝廷有没有爱惜人才的眼光和气度。因爱惜人才而兴国，因轻视人才而亡国,这样的例子在古代比比皆是,可历史为什么还会一再地重蹈覆辙呢?这是作者百思不得其解的难题,也是古代很多仁人志士无法改变的局面。君王的昏聩、奸邪小人的竞进,往往是造成悲剧的两大根源。遗憾的是,小人总有更多的办法置君子于死地,将本已昏聩的君王牢笼于他们的掌心,正言无法进入,正人无法厕身,最后玉石俱焚。作者对这种可以预见的前景心焦如焚,却充其量只能像当年贾谊一样,痛哭而已。一位正气凛然却无用武之地的封建士子,在他的作品里不能不提到"哭"字,这是多么可悲的人生!

水龙吟（老来曾识渊明）

老来曾识渊明,梦中一见参差是①。觉来幽恨,停觞不御②,欲歌还止。白发西风,折腰五斗,不应堪此③。问北窗高卧④,东篱自醉⑤,应别有、归来意⑥。　　须信此翁未死。到如今、凛然生气。吾侪心事,古今长在,高山流水⑦。富贵他年,直饶未免,也应无味⑧。甚东山何事,当时也道,为苍生起⑨。

[注释]

①参差（cēncī）是:宛然就是。②停觞不御:停止饮酒不再拿起酒杯。御,使用。③折腰五斗,不应堪此:意谓陶渊明即使不为五斗米向乡里小儿折腰,也不该沦落到这个地步。④北窗高卧:陶渊明《与子俨等书》:"常言五六月中,北窗下卧,遇凉风暂至,自谓是羲皇上人。"⑤东篱自醉:陶渊明《饮酒》之五:"采菊东篱下,悠然见南山。山气日夕佳,飞鸟相与还。此中有真意,欲辩已忘言。"⑥应别有、归来意:此是作者自揣之辞,谓陶渊明归来,恐怕除了北窗高卧、东篱自醉之外,另有别人无法理解的深意。⑦高山流水:谓知音难觅。《列子·汤问》:"伯牙善鼓琴,钟子期善听。伯牙鼓琴,志

在高山。钟子期曰：'善哉！峨峨兮若泰山！'志在流水。钟子期曰：'善哉！洋洋兮若江河！'"⑧富贵他年，直饶未免，也应无味：此乃作者赞叹之辞，谓假若陶渊明当年得到了荣华富贵，也未必有多么满足，很可能会感到索然无味。⑨东山何事，当时也道，为苍生起：指隐居会稽东山的谢安称为解苍生倒悬而出山为官。《世说新语·排调》："谢公在东山，朝命屡降而不动。后出为桓宣武司马，将发新亭，朝士咸出瞻送。高灵时为中丞，亦往相祖。先时，多所饮酒，因倚如醉，戏曰：'卿屡违朝旨，高卧东山，诸人每相与言："安石不肯出，将如苍生何！"今亦苍生将如卿何？'谢笑而不答。"

[评析]

这首词表面上看像在探讨陶渊明隐居的真正原因，实则这个问题作者心里非常清楚，他是故意要把问题提出，借此表达内心的情绪。上阕说就算陶渊明不为五斗米折腰，解决问题的方法也还有很多，断不至于一定要回到田园，躬耕南亩。作者故弄玄虚地告诉读者：他"北窗高卧，东篱自醉"必然有尚未说出的"归来意"。究竟什么原因呢？作者未及回答，便进入了下阕，换了话题：我坚信陶渊明并没有死去，起码他的精神还活在人们心中，使人想到他，便觉凛凛然有生气，仿佛还在南山之下采菊，抑或在南亩之中种豆。"吾侪心事，古今长在，高山流水"三句，明确表示自己与陶渊明心心相印，而且这种心灵的相通，不是一般俗物能够理解得了的，那是一种高山流水式的相通，完全出于心灵深处，没有丝毫尘俗的沾染。这几句话说得虽显直白，但情到此处，不吐不快，甚至是不直接吐露都不能写尽情怀，这既是作者本来具有的性格，也是事到如今必须表明的人生态度。他对陶渊明的理解，还表现在更深层次上：如果他当时采取以退为进的策略，或许能获得想象不到的荣华富贵，然而那就不再是陶渊明了！陶渊明之所以为陶渊明，就体现在他执一的人生境界，体现在他绝不与低俗和龌龊相容一日一时。作者对陶渊明至高无上的景仰，恐怕是陶渊明本人都没有料到的。其实对陶渊明有相同景仰的又何止稼轩一人？翻一翻唐诗、宋词、元曲,甚于稼轩者大有人在。从这个意义上讲,陶渊明已经不仅仅是晋代那个"归去来"的老人,而是很多与时不容的士子内心的一个标杆。直到今天,他依旧是"清者自清"那部分人的强大精神支柱。

一枝花(醉中戏作)

千丈擎天手,万卷悬河口①。黄金腰下印,大如斗②。更千骑弓刀,挥霍③遮前后。百计千方久④。似斗草⑤儿童,赢个他家偏有。　算枉了、双眉长恁皱。白发空回首。那时闲说向,山中友。看丘陇牛羊,更辨贤愚否?且自栽花柳。怕有人来,但只道、今朝中酒⑥。

[注释]

①悬河口:《世说新语·赏誉》:"郭子玄语议如悬河泻水,注而不竭。"②黄金腰下印,大如斗:《世说新语·尤悔》:"王大将军起事,丞相兄弟诣阙谢。……周曰:'今年杀诸贼奴,当取金印如斗大,系肘后。'"③挥霍:本为形容迅疾之貌。张衡《西京赋》:"跳丸剑之挥霍,走索上而相逢。"此处指晃动之貌。④百计千方久:谓长久以来都曾千方百计、想方设法地求取胜利。⑤斗草:古代一种以春草为赌具的斗戏。其具体比赛规则今已不详。南朝梁宗懔《荆楚岁时记》云:"五月五日,四民并踏百草,又有斗百草之戏。"唐郑谷《采桑》诗:"何如斗百草,赌取凤皇钗。"⑥中酒:醉酒。张华《博物志》卷九:"人中酒不解,治之以汤,自渍即愈。"

[评析]

常言说:"好汉不提当年勇。"稼轩则时不时偏要提一提当年那个"壮岁旌旗拥万夫"的豪壮场面。这首词也是如此。人们会不会觉得稼轩絮絮叨叨有些入俗呢?请你记住另外一句今人的谚语:人只剩回忆时,就真的老了。此时的稼轩,经历了截然不同的人生:

当年在金人统治之下，能奋起反抗，而且越战越勇。他原本想南来与数十万大军一起作战，谁知到了南方才知道，这里的君君臣臣，并没有他想的那样单纯。报国之事渐渐成了梦幻，闲居山野却很快成了现实。闲居山野，这不是作者南来的初衷，更不是一个北方汉子心甘情愿的选择。然而个人的力量永远是微乎其微的，他不可能改变满朝文武以退让求安宁的基本国策。作者为自己当今的状态深感羞愧，所以自嘲地说：千万别有客人前来，如果真有人想前来，我也会阻止他说：绝对不行，我现在正病酒呢，饶了我吧！全词的情绪十分压抑，格调也显得低沉。这种压抑和低沉，又是怎么造成的呢？还是留给读者去品评吧。现在我们可以理解他了：在这样的心境中，在这样的环境中，唯一能够唤醒他生命意义和价值的，除了那些让人畅快的回忆，还能有什么呢？

鹧鸪天（读渊明诗不能去手，戏作小词以送之）

晚岁躬耕不怨贫，只鸡斗酒聚比邻①。都无晋宋之间事，自是羲皇以上人②。　　千载后，百篇存，更无一字不清真③。若教王谢④诸郎在，未抵柴桑陌上尘⑤。

[注释]

①只鸡斗酒聚比邻：谓乡间生活，一只鸡、一斗酒，邀上相邻数人相聚而饮，其乐无穷。文天祥《读赤壁赋前后诗》之二："一笑沧波浩浩流，双鸡斗酒更扁舟。"②自是羲皇以上人：此句连上读，意谓陶渊明虽然是晋代末、南朝宋初人，但在他的心怀里完全不存在那个时期的人与事，他已经把自己当成远古之民了。羲皇，伏羲氏。传说中的远古帝王。据说八卦就是他画出的。羲皇以上人，见前《水龙吟·老来曾识渊明》注④。③清真：纯真朴素。《世说新语·赏誉》："清真寡欲，万物不能移也。"④王谢：东晋南迁的两个大

族。刘禹锡《乌衣巷》诗："旧时王谢堂前燕，飞入寻常百姓家。"⑤未抵柴桑陌上尘：意谓王谢大族的富贵，连陶渊明所居柴桑的尘土都不如。柴桑，陶渊明的住处。

[评析]

这首小词还是在赞赏陶渊明的志趣。上阕全部是描述想象中陶渊明的生活状态，以及在这种状态下陶渊明内心的宁静出尘。下阕回到当时：时过千年，陶渊明的作品还有百篇流传于世，这些诗文，没有一字一句不透出纯真和质朴，那是最接近自然状态、最脱俗的纯与朴，是伏羲那个时代才可能有的纯与朴。作者把陶渊明与同时代的王谢大族相比，认为王谢那样的富贵一文不值，这就把作者的爱憎取舍讲得明明白白。词的副题为"戏作小词以送之"，他要把此词送给谁呢？找来找去，原来他是送给陶渊明的，他太想和陶渊明直接对话了。

玉楼春（三三两两谁家女）

三三两两谁家女，听取鸣禽枝上语。提壶沽酒已多时，婆饼①焦时须早去。　　醉中忘却来时路，借问行人家住处。只寻古庙那边行，更过溪南乌桕②树。

[注释]

①婆饼：即婆饼焦。一种烤得焦脆的食品。高承《事物纪原·婆饼》："昔人有远戍，其妇山头望之，化为石。其母为饼，将以为饷，使其子侦之，恐其焦不可食也，往已无及矣。因化此物，但呼'婆饼焦'也。今江淮所在有之。"②乌桕：又作"乌臼"，树名。果实如胡麻子儿，多脂肪，可制肥皂及蜡烛。贾思勰《齐民要术·乌臼》："《玄中记》：'荆扬有乌臼，其实如鸡头，迮之如胡麻子，其汁味如猪脂。'"

[评析]

这是一首田园小景图,但作者的笔墨却没有落在"景"上,而是落在"景"中写人物的动静之态上。作者笔下的人物有两批:一批是"三三两两"外出沽酒的小女孩,另一批是作者自己。只见这几个女孩手提酒壶,却被树枝上的鸟鸣迷住了,于是站在那里聚精会神地看,专心致志地听,以至于全然忘记了她们的"使命"。这种天真无邪,这种对自然的热爱,都给读者留下了深刻的印象,以致我们都开始为她们着急:孩子们呀,快回家吧,家里人早就等得不耐烦了!作者呢?其实他本来已经醉了,醉得一塌糊涂,连自己的家在哪里都认不得了,于是不得不问路上的行人。你看,小女孩没喝酒,却对树上的鸟儿迷得如醉如痴;作者喝醉了,喝得找不着北了,却还对没有及时回家的小女孩瞎操心,是不是很有意思?"活泼"二字,是此词的唯一"关键词"。

西江月(遣兴)

醉里且贪欢笑,要愁那得工夫。近来始觉古人书,信著全无是处①。 昨夜松边醉倒,问松我醉何如?只疑松动要来扶,以手推松曰:去。

[注释]

①近来始觉古人书,信著全无是处:意谓近来方有所悟:古代圣贤的书,其实根本不可相信,相信他们,就等于欺骗了自己。《孟子·尽心下》:"尽信书,则不如无书。"

[评析]

这的确称得上是一首"遣兴词",真够性情的。全词上、下两阕浑然一体,像在给人们讲述他卓有见地的读书心得:自从这世界上有了书,就有了读书人;有了圣贤书,就有了读圣贤书的人。而且自小父母便催督着孩子刻苦读书,因为读书可以明大理,知大义,有大智慧,做大人物。当作者说完"醉里且贪欢笑,要愁那得工夫"两句傻话之后,马上言归正传:老夫非常严肃、非常郑重、非常负责、非常认真地告诉诸位:千万可别信圣贤书,一旦信了,无疑等于把自己彻底毁了!孔子教人做君子,于是成了小人随意可以欺负的对象——如果不是君子,小人们还不敢那么放肆。孟子告诉后人:"鸡鸣而起,孳孳为善者,舜之徒也。鸡鸣而起,孳孳为利者,跖之徒也。"于是我等皆愿成为"舜之徒",那些"跖之徒"多么渴望天底下的人全成了"孳孳为善"的大傻瓜呀!圣人最喜欢教导臣民的就是"忠",为什么呢?臣民不忠于他,他怎么可能为所欲为呀?所以辛老得出最精辟的结论:圣人怎么教导你,你就跟他反着做,准没错!我辛老这辈子错就错在太信圣贤之书了。下阕又回到"醉里",而且醉得不轻,直把松树当成了来扶他的人,于是演出了一幕滑稽戏:一边去吧你!别来管老子好不好。老子"但愿长醉不愿醒",管得着吗你!

丑奴儿(近来愁似天来大)

近来愁似天来大,谁解相怜。谁解相怜?又把愁来做个天。
都将今古无穷事,放在愁边。放在愁边,却自移家向酒泉①。

[注释]

①移家向酒泉:谓自己还须借酒浇愁。《北堂书钞》卷一四八引《孔融别传》:"融颇推平生,狎侮太祖。太祖制酒禁,而融书嘲之曰:'夫天有酒旗之星,地有酒泉之郡,人有旨酒之德,故尧一饮千钟。'"

[评析]

这首小词显然属于"戏作"。作者玩了些文字游戏,先说因为自己的愁与天那么大,于是"愁"与"天"之间就画上了等号;因为有了这个偷换概念的等号,于是"又把愁来做个天"——天是愁做的,愁当然又等同于天了。"愁"既然等于天,那么古今天下所有的人和事,也就只能放在"愁"的旁边。如此多的愁怎么开解?有办法:只管饮酒即可——一醉解千愁嘛,就算整个天全是愁也没关系,喝醉了连天在哪里都不知道,自然就没有愁了。

浣溪沙(漫兴作)

未到山前骑马回,风吹雨打已无梅。共谁消遣两三杯?一似旧时春意思①,百无是处老形骸②。也曾头上戴花来。

[注释]

①一似旧时春意思:谓今年的春意与往年没有任何不同。意思,景致和趣味。梅尧臣《依韵和李舍人旅中寒食感事》:"梨花半残意思少,客子渐老寻游非。"②百无是处老形骸:谓稼轩这个老人,细说起来百无是处。这是调侃之辞,指自己年事已高,却依然没有任何作为。

[评析]

这首词也是"戏作"。稼轩很善于通过调侃自己来宣泄愁闷,如"未到山前骑马回",写自己的懒散率意——既然赏春,怎么可以走到半路折回来呢?他却有歪理论:反正今年的春天和去年没什么区别,而且出来太晚,梅花都谢了!这算什么理由?下阕末二句"百无是处老形骸。也曾头上戴花来",直接写自己放浪形骸:这老者虽然没任何是处,也非要和春天凑凑趣:别人可以戴花,老夫为何就不能戴花?你看,此时的稼轩老人,像不像个耍蛮的孩子?

昭君怨（人面不如花面）

人面不如花面，花到开时重见。独倚小阑干，许多山。落叶西风时候，人共青山都瘦。说道梦阳台①，几曾来②。

[注释]

①梦阳台：宋玉《高唐赋序》："昔者楚襄王与宋玉游于云梦之台，望高唐之观。其上独有云气，崒兮直上，忽兮改容，须臾之间，变化无穷。王问玉曰：'此何气也？'玉对曰：'所谓朝云者也。'王曰：'何谓朝云？'玉曰：'昔者先王尝游高唐，怠而昼寝，梦见一妇人曰：妾巫山之女也，为高唐之客。闻君游高唐，原荐枕席。王因幸之。去而辞曰：妾在巫山之阳，高丘之阻，旦为朝云，暮为行雨。朝朝暮暮，阳台之下。'"②几曾来：谓行云行雨其实来得很少。

[评析]

这首小词主旨是感慨人生短暂。开篇二句十分别致，直言"人面不如花面"，为什么呢？因为花开一季虽然会谢，但明年花开时重新绽放，依然灿烂芬芳，与去年并无二致。人则不同，今年尚觉年少，明年再看，或许老了许多。此说虽然并不全对，但作为文学作品理解，还是极有兴味的。下阕前两句也很精彩，说秋风来时，万物萧索，青山不再苍翠，像是消瘦了许多，人也会随之消瘦。其实这种所谓"消瘦"，完全是精神层面的凄凉——继之而来的是严冬，严冬过去，人就又长了一岁。末句"梦阳台"之说，应是借朝云暮雨之典，比喻人世上惬意美好之事实在寥寥，很多的美好，不过是梦境或者憧憬，永远都不可能成为现实。

汉宫春 (会稽蓬莱阁①怀古)

秦望山②头,看乱云急雨,倒立江湖。不知云者为雨,雨者云乎③?长空万里,被西风、变灭须臾。回首听,月明天籁,人间万窍号呼④。　谁向若耶溪⑤上,倩美人西去⑥,麋鹿姑苏⑦。至今故国人望,一舸归欤⑧?岁云暮矣⑨,问何不、鼓瑟吹竽⑩。君不见,王亭谢馆⑪,冷烟寒树啼乌⑫。

[注释]

①会稽:宋代越州,后改为绍兴府。治所在今浙江绍兴。蓬莱阁:在绍兴府衙之西。《嘉泰会稽志》卷一:"范文正公《清白堂记》:'府署据卧龙山南足,北上有蓬莱阁。阁之西有凉堂。'"②秦望山:绍兴境内山名。《嘉泰会稽志》卷九:"秦望山,在(山阴)县东南四十里。旧经云:众岭最高者。《舆地广记》云:秦望在州城南,为众峰之杰。秦始皇登之,以望东海。"③云者为雨,雨者云乎:谓云与雨相交相混,迷蒙一片,分辨不清。《庄子·天运》:"云者为雨乎?雨者为云乎?孰隆施是?"④月明天籁,人间万窍号呼:《庄子·齐物论》:"子綦曰:'偃,不亦善乎,而问之也。今者吾丧我,汝知之乎?汝闻人籁而未闻地籁,汝闻地籁而未闻天籁夫!'子游曰:'敢问其方。'子綦曰:'夫大块噫气,其名为风。是唯无作,作则万窍怒号。'"⑤若耶溪:越女西施浣纱之溪。《嘉泰会稽志》卷十三:"会稽、山阴两县之形势,大抵东南高,西北低。其东南皆至山而北抵于海,故凡水源所出,多自西东南。今众流所聚者曰平水溪,即古若耶溪也。"⑥美人西去:指西施被送到姑苏,献给吴王。后越灭吴,范蠡携西施西去,泛游五湖,不知所终。⑦麋鹿姑苏:指吴亡后,姑苏台随即荒芜,成为麋鹿遂游之所。《汉书·伍被传》:"昔子胥谏吴王,吴王不用,乃曰:'臣今见麋鹿游姑苏之台也。'"唐任公叔《登姑苏台赋》:"试游目于寥廓,曾足岿然而参云。听逆雪而翳谏,竟麋鹿而为群。"⑧一舸归欤:载有范蠡与西施的那条船还能回来吗?⑨岁云暮矣:一

年又将过去。《古诗十九首》:"凛凛岁云暮,蝼蛄夕鸣悲。"⑩鼓瑟吹竽:即"鼓瑟吹笙",牵于押韵而改为"竽"。《诗经·小雅·鹿鸣》:"呦呦鹿鸣,食野之苹。我有嘉宾,鼓瑟吹笙。"⑪王亭谢馆:王、谢大族在会稽所建的楼台亭馆。东晋谢安曾隐居于会稽之东山。⑫啼乌:夜间啼叫的乌鸦,表示阴晦凄凉。唐罗隐《听琴》诗:"寒雨萧萧落井梧,夜深何处怨啼乌。"

[评析]

这是一首吊古词,可能是作者在行在任职时因公到绍兴所作,更大的可能是嘉泰三年(1203)任绍兴府知府时作。《会稽续志》卷二守臣题名载:"辛弃疾,以朝请大夫、集英殿修撰知(绍兴府)。嘉泰三年六月十一日到任,当年十二月二十八日召赴行在。"据词中"岁云暮矣"揣之,可能是嘉泰三年年底时作。总体来看,作品没有脱出前人凭吊的窠臼,依旧以西施为标志抒写开来。西施这个题目,不知被文人骚客用了几千几万次,却总有常讲常新的感觉,这是那段历史的魅力呢,还是绝色佳人的魅力呢?此词出彩之处,表现在"至今故国人望,一舸归欤"一句。作者很善于把远去的历史拉回今天,读了这句话,真能给人一种期盼:范蠡凭什么独享西施?西施应该属于绍兴。至今绍兴人还在翘首以望,希望出现奇迹,希望他们引以为骄傲的美人回到家乡,绍兴人会竭诚地供奉她!然而作者本人先把此想否定了,于是镜头转向六朝风流:当年多少王谢大族的人在此居住,在此留下他们的痕迹,王羲之那篇《兰亭集序》,也是在这里完成的。可惜岁月太过无情,美人、士族、君王、骚客,如今都化作了"云者为雨,雨者云乎",都被西风撕扯得面目全非。这就是历史。作者明白,虽然他曾经在这里写过《汉宫春·会稽蓬莱阁怀古》,但很快,作者就会消逝,快得像风吹云散一样。很幸运,作者虽然消逝了,但这首《汉宫春》却奇迹般地保存了下来,而且流传千古!

永遇乐（京口北固亭①怀古）

千古江山，英雄无觅，孙仲谋②处。舞榭歌台，风流总被，雨打风吹去。斜阳草树，寻常巷陌③，人道寄奴④曾住。想当年，金戈铁马⑤，气吞万里如虎⑥。　　元嘉⑦草草，封狼居胥⑧，赢得仓皇北顾⑨。四十三年⑩，望中犹记，烽火扬州路⑪。可堪⑫回首，佛狸祠⑬下，一片神鸦社鼓⑭。凭谁问，廉颇⑮老矣，尚能饭否。

[注释]

①京口：古地名，宋代为镇江府，治所在今江苏镇江。北固亭：又叫北顾亭、北固楼，在镇江东北的北固山上，北面临长江。《嘉定镇江志》卷六引《梁纪》云："大同十年春三月己酉，幸京口，城北固楼。改名北顾。"②孙仲谋：三国时吴主孙权，字仲谋。他曾在京口建都，赤壁大战中，大破曹操军队。③寻常巷陌：平平常常的街巷。④寄奴：南朝宋武帝刘裕，字德舆，小名寄奴。其先世为徐州人，后迁居京口，刘裕即在京口长大。⑤金戈铁马：指战争兵事。亦指威武雄壮的军旅兵马。⑥气吞万里如虎：此句连上读，言晋安帝义熙中，刘裕曾两度率军北伐，先后灭掉南燕、后秦，收复洛阳、长安等地。气吞万里，意谓气概雄豪，足以横扫万里敌虏。⑦元嘉：宋文帝刘义隆的年号，公元424年至453年。刘义隆是刘裕的儿子，继刘裕之后为帝。⑧封狼居胥：意谓有志北伐立功。刘义隆好大喜功，他未能正确分析当时敌我形势，仓促出军，结果大败而回。狼居胥，山名，在今内蒙古自治区中部。汉代大将霍去病曾追赶匈奴到狼居胥山，封山为界而还。⑨赢得：落得。仓皇北顾：指宋文帝败归江南后，北望而流泪追悔。⑩四十三年：作者于高宗绍兴三十二年来到南宋，至作此词时，恰为四十三年。⑪烽火扬州路：当时扬州为南宋淮南东路的治所，辖今江苏北部、安徽东北部一带地区，是宋金前沿路分。⑫可堪：哪堪，怎堪。⑬佛狸祠：北魏太武帝拓跋焘小名佛狸。他打败晋将王玄谟后，

追击至长江北岸的瓜步山(在今江苏六合东南),并在此山建了一座行宫,后称此宫为佛狸祠。⑭神鸦社鼓:吃庙食的乌鸦、祭神时所击的鼓声。此句言敌占区中一片热闹。⑮廉颇:战国时赵国大将,曾为赵国立下无数功勋。《史记·廉颇蔺相如列传》载:赵使见廉颇,廉颇一饭斗米、肉十斤,披挂上马,以示自己还可以为国报效。使者回报赵王说:"廉将军虽老,尚善饭。然与臣坐,顷之三遗矢矣。"赵王认为廉颇确已衰老,不再召用他。此处是作者自比于廉颇。

[评析]

此词作于宁宗嘉泰四年(1204)或开禧元年(1205),作者时年六十余岁,任知镇江府。当时宰相韩侂胄好大喜功,准备北伐,并调集了一些老将驻守边境地区,作者就是在这样的背景下被任命为镇江知府的。韩侂胄的这一决策,的确在一定程度上激发了爱国志士的抗战热情,如陆游、叶适等人,都曾对他的主张给予充分的肯定和热情的讴歌。但作者是一位深谙军事的老将,他对韩侂胄如此轻率地大举出兵表示深深的担忧。这首词中,我们能明显地感觉到他的矛盾心情。上阕对南宋数十年来的屈辱和软弱表示了深深的遗憾,认为像孙权那样的江表英雄,如今已经很难寻觅。岁月流逝,节物更换,作者不由想起一代豪杰宋武帝刘裕就曾经生长于此地,他两次北伐、气吞山河的壮举,刹那间浮现在作者脑际,南宋太需要这样的英雄了!然而"历史的经验值得注意",文帝刘义隆以为北狄可以一扫而光,犯了轻敌的错误,落得大败而归。这几句话,表现了作者对韩侂胄北伐能否成功的深深忧虑。打仗不是儿戏,既需要勇气,更需要智谋。韩侂胄任用了一批不懂军事的后进之辈,这些人徒有大言,何尝经过战阵?作者回想起四十三年前率众南归之时,认为那时才是最好的复国良机,如今不仅时机未稳,而且自己也已入老年。尽管如此,作者还是对此次北伐给予了总体上的肯定,并表示虽然已经六十开外,只要国家需要,仍会一马当先,喋血疆场。

南乡子 (登京口北固亭①有怀)

何处望神州,满眼风光北固楼。千古兴亡多少事,悠悠。不尽长江滚滚流②。　年少万兜鍪③,坐断东南战未休④。天下英雄谁敌手,曹刘⑤。生子当如孙仲谋⑥。

[注释]

①北固亭:即词中所说的北固楼。②不尽长江滚滚流:杜甫《登高》诗:"无边落木萧萧下,不尽长江滚滚来。"镇江濒临长江,故作者发此感慨。③年少万兜鍪:谓孙权年少之时,已经统帅数万大军。兜鍪,古代战士戴的头盔。《东观汉记·马武传》:"身被兜鍪铠甲,持戟奔击。"④坐断东南战未休:谓孙权当年坐镇天下之东南,其时战事不休。孙权曾迁都于京口,故云"坐断东南"。⑤曹刘:曹操与刘备。见前《满江红·江行和杨济翁韵》注⑥。⑥生子当如孙仲谋:《三国志·吴书·吴主传》:"十八年正月,曹公攻濡须,权与相拒月余。曹公望权军,叹其齐肃,乃退。"裴松之注引《吴历》云:"曹公出濡须,作油船,夜渡洲上。权以水军围取,得三千余人,其没溺者亦数千人。权数挑战,公坚守不出。权乃自来,乘轻船,从灞须口入公军。诸将皆以为是挑战者,欲击之。公曰:'此必孙权欲身见吾军部伍也。'敕军中皆精严,弓弩不得妄发。权行五六里,回还作鼓吹。公见舟船器仗军伍整肃,喟然叹曰:'生子当如孙仲谋,刘景升儿子,若豚犬耳!'"孙权,字仲谋。

[评析]

这首词邓广铭先生认为作于开禧元年(1205。《稼轩词编年笺注》第314页),王晓骊认为当作于嘉泰四年(1204。见长江文艺出版社《宋词鉴赏》第293页)。《嘉定镇江志》卷十五郡守题名云:"辛弃疾,朝议大夫、宝谟阁待制。嘉泰四年三月到(镇江),开禧元年六月十九日改知隆兴府。七月初五日官观。"据这个准确的记载,似当作于嘉泰四年更合适。此时辛弃疾已是六十五岁高龄的老人，来到宋金前沿城市，故国情思、人世沧桑，都与中年时大不相同，用现在通俗的话说，作者此时所思所想更加深沉浑厚，烦闷焦躁情绪已经被打磨得所剩无几了。此词属于广义的咏史吊古之作，其间虽然也有个人的影子，更多的却是在回忆品评三国时发生在这里的那段峥嵘岁月，以及这里曾经的主角孙权。作者对孙权给予了充分的肯定，赞扬他在年少之时担当一方霸主的雄豪之气，及其有勇有谋，与曹操、刘备三分天下而不倒，甚至大有问鼎中原的垂世功业。说此词浑厚，表现在咏史的过程中，很明显地带出了对当今朝廷的慨叹，"哀其不醒，怒其不争"这八个字用在这里，把脉辛弃疾当时的情绪，应该是很准确的：堂堂大国，虽然一时挫败困顿，难道还不如当年一个少年孙权有志气吗？作者深知今生已矣，然而内心的不甘，却深深刻画在这首短短的小令当中。此词与上首《永遇乐·京口北固亭怀古》堪称怀古双璧。

玉楼春（乙丑京口奉祠西归①，将至仙人矶②）

江头一带斜阳树，总是六朝③人住处。悠悠兴废不关心④，惟有沙洲双白鹭。　　仙人矶下多风雨，好卸征帆留不住。直须抖擞尽尘埃⑤，却趁新凉秋水去。

[注释]

①乙丑：宋宁宗开禧元年。参上首"评析"部分。京口奉祠西归：从知镇江府任上得宫观官西行。据上篇所引《嘉定镇江志》，作者开禧元年改命为隆兴府（今江西南昌）知府，还没动身赴任，紧接着又一道圣旨传来：不必到隆兴府上任，直接领宫祠吧。宋代祠禄官可以任意选择居住地，故而作者可以重回上饶旧居。②仙人矶：作者沿长江西行途经的渡口名。此矶究竟在何处不详，然作者行进的路线，必然是由镇江逆水西去，经建康府（今江苏南

京)、太平州（今安徽当涂）、池州（今安徽贵池）到江西九江入鄱阳湖，而后回到信州（今江西上饶）。石矶较密集之处集中在自镇江、建康至当涂一线。据下文"总是六朝人住处"，仙人矶或在镇江以西至南京间的长江沿岸。③六朝：指三国吴、东晋及南朝的宋、齐、梁、陈。旧称金陵（南京）为六朝故都，即由此而来。④悠悠兴废：悠悠千古的兴亡。不关心：不入心。意即根本不在意，与自己无关。⑤直须：只须。抖擞尽尘埃：抖尽沿途所染的尘土。此句亦可证明作者此时离开镇江不是很远。

[评析]

这首词表现作者的心理状态非常复杂，有离开镇江的轻松感、解脱感，也有重归铅山的欣快感，还有无端遭受冷遇再次被闲置的郁闷感、委屈感，以及离开僚属的孤独感、烈士暮年的落寞感、前途黯淡的绝望感，如此等等，都可以在短短的小词里得到印证。上阕"悠悠兴废不关心，惟有沙洲双白鹭"二句，属于正话反说，他不是个不关心朝廷命运、国家兴亡的人，怎么可能对国之兴废漠不关心呢？下阕"好卸征帆留不住"一句，表达了对官场无为的厌倦。再下二句，则表现出作者渴望远离嚣尘、回归田园的欣快和随之而来的落寞。全词五味俱全，七情跌宕，欲说还休，不吐不快，矛盾、酸涩、解脱，被人抛弃等种种情怀，似乎是再写一万首词也表达不清的。

西江月（堂上谋臣帷幄①）

堂上谋臣帷幄，边头猛将干戈。天时地利与人和②，燕可伐与曰可③。　此日楼台鼎鼐④，他时剑履山河⑤。都人齐和《大风歌》⑥，管领群臣来贺。

[注释]

①堂上：庙堂之上。谋臣帷幄：指谋臣决定作战策略。《汉书·高帝纪》下："夫运筹帷幄之中，决胜千里之外，吾不如子房。" ②天时地利与人和：《孟子·公孙丑下》："天时不如地利，地利不如人和。"③燕可伐与曰可：此句用问答形式，准确的标点应为："燕可伐与？"曰："可。"《孟子·公孙丑下》："沈同以其私问曰：'燕可伐与？'孟子曰：'可。'"孙奭疏解说："沈同，齐之大臣。……言沈同非王命，以其私情自问孟子曰：'燕王可伐之欤？'孟子答之，以为可伐之也。"④鼎鼐（nài）：《史记·殷本纪》："阿衡欲奸汤而无由，乃为有莘氏媵臣，负鼎俎，以滋味说汤，致于王道。"后以"鼎鼐调和"喻宰相处理国政。⑤剑履山河：谓率领大军恢复沦陷的山河。⑥《大风歌》：《史记·高祖本纪》："高祖击筑，自为歌诗曰：'大风起兮云飞扬，威加海内兮归故乡，安得猛士兮守四方！'"

[评析]

这首词当作于韩侂胄有北伐之意后。韩侂胄（1152～1207），字节夫，北宋名相韩琦的曾孙。他父亲韩诚娶高宗皇后吴氏的妹妹，韩侂胄以父任入官，历经数职，到宁宗开禧元年（1205）时，除平章军国事，班在丞相之上。此人是南宋首兴北伐之议的重臣，网罗了薛叔似、叶适、辛弃疾等一批爱国主战的志士，积极准备兴师伐金，收复北方失地。开禧二年（1206）四月，韩侂胄兵分三路向淮南进军，但因当时战争准备不够充分，用人不慎，西路总帅吴曦叛变等诸多因素，致使这次北伐以惨败告终。南宋失败后与金人讲和，金人恨透了韩侂胄，坚持要韩侂胄的首级才肯罢休。当时礼部侍郎史弥远与杨皇后密谋，将韩侂胄骗至玉津园杀死，函首金国，此事才算平息。关于韩侂胄北伐，历来史学家多有争论，一派意见（以理学家为代表）认为，韩侂胄在朝独断专行，窃弄威福，任人唯亲，好大喜功，是典型的奸臣。另一派认为，在南宋一贯懦弱、委曲求全的局面下，韩侂胄能够振起民族尊严，敢于对金兴兵作战，这种精神极为可嘉，至于北伐失败，不能把责任都归在他身上。南宋周密《齐东野语·诛韩本末》一文对韩侂胄给予了相当积极的评价，他说韩侂胄"身陨之后，众恶归焉。然其间是非，亦未尽然"。我的态度则一向倾向于后者。南宋朝廷自孝宗之后，一直是乌烟瘴气，正不压邪，上面提到的史弥远，是个十恶不赦的大奸臣，他杀死韩侂胄，完全是出于谋取大权的阴暗用心，只不过是借用了金人之愿，除掉阻碍他当政的拦路虎而已。今天看来，韩侂胄被当做奸臣，根本原因是他当政时得罪了大批理学家，搞了一次带清洗性质的"庆元党禁"。这些人都是巧舌如簧的文人，想把他糟蹋到什么程度都不费吹灰之力。所以我一直认为，南宋第一冤枉的是名将岳飞，第二冤枉的便是韩侂胄。这首词里所说的"堂上谋臣"便是指韩侂胄，稼轩南来后等了几十年，终于有大臣敢于言及北伐，他当时的激动之情是可以想见的。这首词集中表现的，就是作者得知北伐消息后高度振奋的心情。他把韩侂胄比做"楼台鼎鼐"，对他即将"剑履山河"的勇气和魄力，都给予了极高的评价。遗憾的是，在用兵谋略上，辛弃疾的见解与韩侂胄略有不同，使他最终没能立马疆场，实现数十年的夙愿。

沁园春（带湖①新居将成）

三径②初成，鹤怨猿惊③，稼轩未来。甚云山自许④，平生意气，衣冠人笑⑤，抵死尘埃⑥。意倦须还⑦，身闲贵早，岂为莼羹鲈鲙⑧哉！秋江上，看惊弦雁避，骇浪船回。　　东冈更葺茅斋，好都把轩窗临水开。要小舟行钓，先应种柳，疏篱护竹，莫碍观梅。秋菊堪餐⑨，春兰可佩⑩，留待先生⑪手自栽。沉吟久，怕君恩未许，此意徘徊。

[注释]

①带湖：在信州城西北灵山之下，稼轩隐居之处。本书多次提及。②三径：赵岐《三辅决录·逃名》："蒋诩归乡里，荆棘塞门。舍中有三径，不出，唯求仲、羊仲从之游。"陶渊明《归去来兮辞》："三径就荒，松竹犹存。"后以三径代指归隐者的家园。③鹤怨猿惊：《文选》孔稚圭《北山移文》："蕙帐空兮夜鹤怨，山人去兮晓猿惊。"④甚云山自许：也别说什么我是以白云青山自许。意思是说自己没那么高洁，不用拿我与高士相提并论，我不过是"意倦须还，身闲贵早"而已。⑤衣冠人笑：此句连上读，意谓自己所谓的"意气"，却遭到朝中大臣们的耻笑。衣冠，为官者。⑥抵死尘埃：谓人到死后，都变为尘埃，没有贵贱高低之分。抵死，到死。⑦意倦须还：厌倦了仕途就应该回归自然。陶渊明《归去来兮辞》："云无心以出岫，鸟倦飞而知还。"⑧莼羹鲈鲙：用晋张翰命驾回吴中的典故。见前《水龙吟·登建康赏心亭》注⑧。⑨秋菊堪餐：屈原《离骚》："朝饮木兰之坠露兮，夕餐秋菊之落英。"⑩春兰可佩：屈原《离骚》："户服艾以盈要兮，谓幽兰其不可佩。"⑪先生：此为作者自指。

[评析]

这首词作于孝宗淳熙中，作者当时还没有闲居，在江西安抚使兼知洪州任上。虽然尚有官身，但他的心已经灰懒了，故而开始经营带湖新居。通常为官者都生怕被朝廷罢免，稼轩却说："沉吟久，怕君恩未许，此意徘徊。"可见当时作者对官场已经没情没绪，只要朝廷有旨罢免，立刻会欣然到此，种柳观梅。上阕全在言个人志趣，虽然没有自诩高洁，也不愿让别人有类似的看法，但其对官场的厌倦之情，早已跃然纸上，无法掩饰。下阕写对带湖新居的安排：此处种柳，彼处开窗，俨然一个建筑师。那浓浓的乡居之情写得十分精细，甚至显得絮叨，然而这恰恰最能表露内心的渴望。全词处处透出作者渴望摆脱官场束缚和勾斗的焦灼，生怕再受到什么牵累，不能实现洁身自好的夙愿。

水调歌头（舟次扬州，和杨济翁、周显先①韵）

落日塞尘②起，胡骑猎清秋③。汉家组练④十万，列舰耸高楼⑤。谁道投鞭⑥飞渡，忆昔鸣髇⑦血污，风雨佛狸⑧愁。季子正年少，匹马黑貂裘⑨。　　今老矣，搔白首，过扬州。倦游欲去江上，手种橘千头⑩。二客东南名胜⑪，万卷诗书事业，尝试与君谋。莫射南山虎⑫，直觅富民侯⑬。

[注释]

①杨济翁：杨万里族弟，已见前《满江红·江行和杨济翁韵》注①。周显先：不详，当是与杨炎正同在扬州的人。②塞尘：塞上的胡尘。南宋时宋金以淮河为界，扬州乃南宋最北的边境重镇，故以"塞尘"称之。③胡骑猎清秋：意谓在扬州即可见到对岸的金兵打猎。古称北方异族为"胡"。此处指金兵。④汉家：此处代指南宋。组练：《左传·襄公三年》："（楚子重）使邓廖帅组甲三百，被练三千以侵吴。"孔颖达疏引贾逵曰："组甲，以组缀甲，车士服之；被练，帛也，以帛缀甲，步卒服之。"组甲、被练，皆指将士的衣甲服装。后指精锐部队或军士的武装军容。⑤列舰耸高楼：指楼船，有楼的战船。代指水军。《史记·平准书》："是时越欲与汉用船战逐，乃大修昆明池，列观环之。治楼船，高十余丈，旗帜加其上，甚壮。"⑥投鞭：喻兵力甚盛。李白《登金陵冶城西北谢安墩》诗："投鞭可填江，一扫不足论。"此处特指绍兴末年金主完颜亮南侵之事。《鹤林玉露》丙编卷一："孙何帅钱塘，柳耆卿作《望海潮》词赠之云云。……此词流播，金主亮闻歌，欣然有慕于'三秋桂子、十里荷花'，遂起投鞭渡江之志。"⑦鸣髇（xiāo）：能发出响声的箭。苏轼《人日猎城南》诗："忽发两鸣髇，相趁飞蚖小。"王文诰注引《唐韵》："髇箭，即鸣镝也。"⑧佛狸：见前《永遇乐·京口北固亭怀古》注⑬。⑨季子正年少，匹马黑貂裘：此处用战国时苏秦入秦的典故，喻自己当年正当年轻之际，匹马南来，献复国之策。《史记·苏秦列传》："苏秦者，东周雒阳

人也。"司马贞索隐云:"苏秦字季子。"《战国策·赵策一》:"李兑送苏秦明月之珠,和氏之璧,黑貂之裘,黄金百镒。苏秦得以为用,西入于秦。"⑩手种橘千头:三国吴丹阳太守李衡于宅边种橘千株。临终,谓其子曰:"汝母恶我治家,故穷如是。然吾州里有千头木奴,不责汝衣食,岁上一匹绢,亦可足用尔。"见《三国志·吴书·孙休传》注引《襄阳记》。⑪二客东南名胜:谓杨济翁、周显先二位乃是东南地区的名士。名胜,有名望的才俊之士。《晋书·王导传》:"帝亲观禊,乘肩舆,具威仪,敦导及诸名胜皆骑从。"⑫南山虎:《史记·李将军列传》:"屏野居蓝田南山中射猎。……见草中石,以为虎而射之,中石没镞,视之,石也。"⑬富民侯:汉武帝晚年,车千秋上书为卫太子鸣冤,擢为大鸿胪,又代刘屈氂为相,封为富民侯。见《汉书·车千秋传》。后以"富民侯"称能安天下、富百姓的高官。

[评析]

此词亦作于淳熙五年(1178)作者自大理少卿出任湖北转运副使赴任途中。当时他在扬州暂时停留,晤杨济翁、周显先,写此词以明志。全词有明显的散文化倾向,上阕起首写驻马扬州,面对南宋与金以淮河为界,原本属于宋朝的淮南大片地区,如今成了金人涉猎游玩之地,深感痛心疾首,同时又为宋朝大军击败完颜亮的辉煌战绩而感到振奋。接下来是两句回忆文字,想起当年从济南匹马南下,想要为岌岌可危的南宋朝廷献上复国的良策。下阕转回现实,言壮志未酬,今已老矣,不能挥戈报国,却在地方官任上徘徊,还不如退隐江上,学种柑橘。其后又是对杨、周两位年轻俊髦的殷殷期待,认为两人都是江南名士,勉励他们勤勉上进,求取封侯。随后说如今的朝廷,并不需要像飞将军李广那样的武将,又何必非要勉强自己去做朝廷不需要的事呢?不如博得一个富民侯,强似辛某万倍。其实作者如此说,并非出于本心,而是正话反说,表达出对朝廷一味对金人妥协的无奈。

木兰花慢（滁州送范倅①）

老来情味减，对别酒、怯流年。况屈指中秋，十分好月，不照人圆。无情水、都不管，共西风、只等送归船。秋晚莼鲈②江上，夜深儿女灯前③。　　征衫。便好去朝天④。玉殿⑤正思贤。想夜半承明⑥。留教视草⑦，却遣筹边⑧。长安⑨故人问我，道愁肠、殢酒⑩只依然。目断秋霄落雁，醉来时响空弦⑪。

[注释]

①滁州：宋代州名，属淮南东路，治所在今安徽滁州。范倅（cuì）：滁州通判范昂。关于范昂的籍里，今已无从得知，只知他在孝宗乾道末曾担任此职。②莼鲈：指吴中莼菜和鲈鱼羹。《晋书·张翰传》载，张翰在洛阳做官，见秋风起，因思家乡莼菜和鲈鱼鲙，叹道："人生贵在适意，何至千里之外以邀名爵！"于是命驾南归。③夜深儿女灯前：化用黄庭坚《寄叔父夷仲》诗"儿女灯前语夜深"之句。意谓亲人团圆，与儿女长谈直到深夜。④朝天：回朝去朝见天子。王维《闻逆贼凝碧池作乐》诗："万户伤心生野烟，百僚何日再朝天。"⑤玉殿：朝廷的宫殿。此处代指朝廷。杨万里《拟归院柳边迷》诗："玉殿朝初退，金门马不嘶。"⑥承明：承明庐，汉代朝官值夜班的馆舍，在石渠阁之外。《文选》应璩《百一诗》："问我何功德？三入承明庐。"张铣注解说："承明，谒天子待制处也。"⑦视草：为皇帝修改诏书。《旧唐书·职官志二》："玄宗即位，张说、陆坚、张九龄、徐安贞、张洎等召入禁中，谓之翰林待诏。王者尊极，一日万机，四方进奏，中外表疏批答，或诏从中出，宸翰所挥，亦资其检讨，谓之视草。"⑧筹边：筹划边疆军事。刘过《八声甘州·送湖北招抚吴猎》词："先明大义，次第筹边。"⑨长安：汉、唐都城。此处代指南宋行在所临安府。⑩愁肠、殢（tì）酒：以饮酒来排遣满腹忧愁。殢，沉湎。唐许浑《送别》诗："莫殢酒杯闲过日，碧云深处是佳期。"⑪时响空弦：时时拉响无箭之弦。表示感慨英雄无用武之地。

[评析]

  此词作于孝宗乾道九年（1173），作者时年三十三岁，在滁州知州任上。诗酒送别，本是文人笔下常见的话题，且每每抒离情于篇中。此词也基本上遵循了传统的模式，唯于下阕格外强调了自己浮沉宦海、不能为国杀敌的感慨，是其胜人之处。上阕感叹年华易逝，虽然当时作者年纪尚轻，但大丈夫报国需尽早，这也是古往今来有志之士的共同心愿。苏轼《江城子·密州出猎》词希望"西北望，射天狼"时，也不过三十多岁，却已深叹"鬓微霜"了。接下来跨越上、下二阕的两段，表达对朋友的良好祝愿，这祝愿又分了两个层次来写：上阕写祝福他终得返回故乡，与家人团聚，享受天伦之乐；下阕则希望他回朝复命时能得到朝廷的重用，筹划边关重事。这两种不同性质的祝愿，恰恰是作者此时心中最大的隐痛：作者从北方来到南国，如今故乡父老仍遭受着金人蹂躏，自己有家难回。来南的目的是为驱除金贼，然而数年之间，奔走于地方官任，与"壮岁旌旗拥万夫"的杀敌热望久久无缘。词的后半部分格调凄凉又不乏悲壮，他望见大雁落于平沙，便想到了雁从北归，而北方家乡仍沦于敌手，这使他热血沸腾，恨不得立即跨马挥刀，奔向疆场，然而这又是不可能的，所以他只能借着醉意拽满空弓，来发泄内心的积郁。全词情感真挚，热情洋溢，读之令人感奋。

清平乐（村居）

  茅檐低小，溪上青青草。醉里吴音相媚好[①]，白发谁家翁媪[②]？ 大儿锄豆溪东，中儿正织鸡笼。最喜小儿亡赖[③]，溪头卧剥莲蓬。

[注释]

①吴音：吴地的口音。辛弃疾是山东人，故对南方话十分敏感。相媚好：指见到的一对老年夫妇互相间讲着吴语，看上去十分开心，双方都很满足。②翁媪（ǎo）：老头和老太太。指老年夫妇。③亡赖：即"无赖"，指小孩子的天真调皮之态。杜甫《寄从孙崇简》诗："牧竖樵童亦无赖，莫令斩断青云梯。"

[评析]

这是一首以恬静乡村为背景的清新小词，作于作者闲居上饶时。此时的作者百无一事，每天无非在乡间行走，打发光阴而已。这一天他来到一间茅草屋前，茅屋面对的是一条小溪。简单的景致勾勒完，接着出现的是人的声音：这声音其实再普通不过，就是茅屋的主人——一对老年夫妇在讲着家长里短的琐事，但态度十分亲密，老头儿的话能让老婆儿开心，老婆儿的话能让老头儿点头，那份朴实无华的和谐，让作者油然产生了羡慕之情。再看老两口的几个儿子：老大在小溪东面锄豆苗，老二正在编织鸡笼子。最可爱那小儿子，卧在溪边，认认真真地剥着莲蓬。作者用语朴素简练，更难得的是，他用如此精简的话语，勾画了一幅意境悠然、世外桃源式的写意画卷。作者退居上饶后，虽然念念不忘国家大事，但随着年龄的增加，心境逐渐向恬淡过渡，对大自然的热爱，时时表现在一些以山水民俗为题材的作品中，本词就是最优秀、最典型的一例。

贺新郎（听琵琶）

凤尾龙香拨①。自开元②、《霓裳曲》③罢，几番风月。最苦浔阳江头客④，画舸亭亭⑤待发。记出塞⑥、黄云堆雪。马上离愁三万里⑦,望昭阳⑧、宫殿孤鸿没。弦解语⑨,恨难说。　　辽阳驿使⑩音尘绝,琐窗⑪寒、轻拢慢捻⑫,泪珠盈睫。推手⑬含情还却手,一抹《梁州》哀彻⑭。千古事、云飞烟灭。贺老定场⑮无消息,想沉香亭⑯北繁华歇。弹到此,为呜咽。

[注释]

①凤尾龙香拨:指琵琶。《明皇杂录》载,杨贵妃的琵琶以龙香板为拨,以逻沙檀为槽,有金缕红纹,镂成双凤。②开元:唐玄宗年号,公元713年至741年。③《霓裳曲》:即《霓裳羽衣曲》。杨贵妃善为《霓裳羽衣舞》。白居易《长恨歌》:"渔阳鼙鼓动地来,惊破《霓裳羽衣曲》。"④浔阳江头客:指白居易。他被贬为江州(今江西九江)司马后,一日送客至浔阳江,闻舟中有人弹奏琵琶,有感而作《琵琶行》诗,诗云:"浔阳江头夜送客,枫叶荻花秋瑟瑟。主人下马客在船,举酒欲饮无管弦。醉不成欢惨将别,别时茫茫江浸月。忽闻水上琵琶声,主人忘归客不发。"⑤画舸:雕饰精美的船。亭亭:船停江中不动的样子。⑥出塞:用汉代王昭君出塞的典故。⑦马上离愁三万里:指王昭君骑马出塞的路途十分遥远。⑧昭阳:汉代京师长安未央宫中的殿名。⑨弦解语:意谓琵琶弦最懂得昭君内心的苦痛。⑩辽阳:汉代郡名,在今辽宁省西南部。驿使:传递公文音信的人。⑪琐窗:刻有连锁图案的窗棂。鲍照《玩月城西门廨中》诗:"蛾眉蔽珠栊,玉钩隔琐窗。"⑫轻拢慢捻:弹琵琶的手法。白居易《琵琶行》:"轻拢慢捻抹复挑。"⑬推手:指弹奏琵琶。《释名》:"琵琶本于胡中马上所鼓,推手向前称琵,却手向后曰琶。"⑭《梁州》:古琵琶曲名,唐开元中西凉府贡进。哀彻:哀哀欲绝。⑮贺老:指唐代琵琶高手贺怀智。元稹《连昌宫词》:"夜半月高弦索鸣,贺老琵琶定场屋。"定场:指技压全场。⑯沉香亭:唐长安兴庆宫内的亭榭名。相传唐明皇与杨贵妃曾于此亭赏芍药。李白《清平乐》词有"沉香亭北倚栏干"之句。

[评析]

辛弃疾的词好用典故。典故用得太多,往往让人感到有炫耀学识之嫌。但用典如果恰到好处,不但不会削弱作品的艺术魅力,反而会使作品内涵丰富,更加摇曳多姿,也更加耐人寻味。这首词从头至尾用了一连串有关琵琶的典故,读起来却并没有堆砌之感。加之这些典故大都能引起人们对昔日繁华和今日伤怀的共鸣,这就使作者想要表达的思想感情仿佛是从历史的长河中汩汩流出。上阕开篇即用杨贵妃《霓裳羽衣曲》的典故,点明唐代开元、天宝是盛唐气象,而大宋何曾没有过歌舞升平的辉煌?读罢此句,人们很容易想到"渔阳鼙鼓动地来,惊破《霓裳羽衣曲》"的安史之乱,一个好端端的国家,顷刻之间便成为强盗杀人的屠场,这与靖康之祸何其相似。"几番风月",正是这种历史沧桑感的自然流露。接下来用白居易夜闻琵琶,感慨"同是天涯沦落人";用王昭君出塞马上弹琵琶,倾诉自己有家难回两个典故,抒发自己忠心为国,却遭小人嫉妒而出走异乡的苦闷心情。下阕继续用典,抒发往事如烟、盛朝不再的哀愁。这些"千古事"虽然已成历史,但如今的国破家亡,难道不令人痛彻肺腑吗?写到这里,作者想必也已经泣不成声。"呜咽"二字,表面看起来是在为古人感伤,实则恰恰是借古喻今,为当前朝廷偏安一隅、岌岌可危的局面感到痛心疾首。《白雨斋词话》说:"此词运典虽多,却一片感慨,故不嫌堆垛。心中有泪,故笔下无一字不呜咽。"

水龙吟(过南剑双溪楼①)

举头西北浮云②,倚天万里须长剑③。人言此地,夜深长见,斗牛光焰④。我觉山高,潭空水冷,月明星淡。待燃犀下看,凭栏却怕,风雷怒,鱼龙惨⑤。　　峡束苍江对起⑥,过危楼、欲飞还敛。元龙⑦老矣,不妨高卧,冰壶凉簟⑧。千古兴亡,百年悲笑,一时登览。问何人又卸,片帆沙岸,系斜阳缆。

[注释]

①南剑:宋代州名,属福建路,治所在今福建南平。《元丰九域志》卷

九：" 南剑州，剑浦郡，军事。治剑浦县。" 双溪楼：南剑州剑溪、樵川二水，旧称双溪。双溪楼当是二水汇合处所建的楼。②西北浮云：《古诗十九首》："西北有高楼，上与浮云齐。"③倚天万里须长剑：长剑倚天，喻极高的功业。杜甫《听杨氏歌》："用之不高亦不庳，不似长剑须天倚。"杨巨源《述旧纪勋寄太原李光颜侍中》诗："倚天长剑截云孤，报国纵横见丈夫。"④夜深长见，斗牛光焰：此用张华说剑的典故。《晋书·张华传》："初，吴之未灭也，斗牛之间常有紫气，道术者皆以吴方强盛，未可图也，惟华以为不然。及吴平之后，紫气愈明。华闻豫章人雷焕妙达纬象，乃要焕宿，屏人曰：'可共寻天文，知将来吉凶。'因登楼仰观，焕曰：'仆察之久矣，惟斗牛之间颇有异气。'华曰：'是何祥也？'焕曰：'宝剑之精，上彻于天耳。'华曰：'君言得之。吾少时有相者言，吾年出六十，位登三事，当得宝剑佩之。斯言岂效与？'因问曰：'在何郡？'焕曰：'在豫章丰城。'华曰：'欲屈君为宰，密共寻之，可乎？'焕许之。华大喜，即补焕为丰城令。焕到县，掘狱屋基，入地四丈余，得一石函，光气非常，中有双剑，并刻题，一曰龙泉，一曰太阿。其夕，斗牛间气不复见焉。焕以南昌西山北岩下土以拭剑，光芒艳发。大盆盛水，置剑其上，视之者精芒炫目。遣使送一剑并土与华，留一自佩。……华得剑，宝爱之，常置坐侧。……华诛，失剑所在。焕卒，子华为州从事，持剑行经延平津，剑忽于腰间跃出堕水，使人没水取之，不见剑，但见两龙各长数丈，蟠萦有文章，没者惧而反。须臾光彩照水，波浪惊沸，于是失剑。"延平，即指宋之南剑州，故辛弃疾用此典。⑤待燃犀下看，凭栏却怕，风雷怒，鱼龙惨：《晋书·温峤传》："（温峤）旋于武昌，至牛渚矶，水深不可测，世云其下多怪物，峤遂毁犀角而照之。须臾，见水族覆火，奇形异状，或乘马车著赤衣者。峤其夜梦人谓己曰：'与君幽明道别，何意相照也？'意甚恶之。峤先有齿疾，至是拔之，因中风，至镇未旬而卒。"鱼龙惨，即上文"水族覆火，奇形异状"。⑥峡束苍江对起：谓高峡之下，苍碧的江水相对奔涌。⑦元龙：三国陈登的字。此处是作者自况之辞。见前《水龙吟·登建康赏心亭》注⑩。⑧冰壶：喻月亮。杨万里《中秋前二夕钓雪舟中静坐》诗："人间何处冰壶是，身在冰壶却道非。"凉簟（diàn）：凉席。簟，供坐卧铺垫用的苇席或竹席。《诗经·小雅·斯干》："下莞上簟，乃安斯寝。"郑玄笺云："竹苇曰箠。"

[评析]

这首词作于作者担任福建提点刑狱时,南宋楼钥《攻媿集》卷三十五有《福建提刑辛弃疾太府卿制》,作于光宗绍熙四年(1193)。可知此词当作于此前的绍熙三年。宋朝的提刑制度,每年须有相对多的时间到各州郡"行部",故可以断定,此词就是辛弃疾行部到南剑州时所作。上阕前二句属于定基调的句子,西北,指福建的西北,即中原沦陷之地。长剑,指国之柱石,可以为朝廷依赖者。这样理解,很自然又回到了辛弃疾日思夜想的光复大宋上来。辛弃疾在南宋做过不少地方官,但不论在湖南还是在湖北,也不论是在江西还是在福建,他心里萦绕不休的只有一件事:什么时候朝廷猛醒,大兴王师,驱走金人,那才是他最大的心愿。其下用了几个典故,使词的内涵显得更加丰富。下阕则大发感慨,认为自己壮志未酬,年纪已老(这一年辛弃疾已经五十三岁),就这么了结一生,实在是于心不甘。可岁月不饶人,蹉跎到如今,也只能在地方官任上应付琐碎公务,还能有什么作为?全词气象宏大,这也是山东大汉固有的气概,与江南人的性情原本有别。"千古兴亡,百年悲笑,一时登览"三个短句,分别用了三个数词,可以体会到:作者把长短相差极巨的时间段有机地融合在一起,凸显出作者可以装下整个时空的心胸,却解不开"一时"之间无所用其心力为国报效的惆怅与无奈。

卜算子 (答晋臣①,渠有方是闲、真得归二堂②)

百郡怯登车③,千里输流马④。乞得胶胶扰扰⑤身,却笑区区者⑥。　野水玉鸣渠⑦,急雨珠跳瓦⑧。一榻清风方是闲,真得归来也。

[注释]

①晋臣：宗室赵不迁的字。《上饶县志·寓贤传》："赵不迁字晋臣。尝创书楼于上饶，吟咏自适。"赵不迁，《宋史》无传。洪迈《夷坚三志》壬卷六《滕王阁火》云："庆元四年七月二十六日夜，细民家失火，滕王阁外庑遂罹郁攸之害。赵不迁晋臣以漕使兼府事。"据此可知，宁宗庆元四年（1198）时，赵不迁曾任江西转运副使兼知隆兴府，不久即罢。杨万里《诚斋集》卷一二四《奉议郎临川知县刘君行状》："（江西）漕使赵公不迁力荐之。"《江西通志》卷三八二："乐园……庆元中，直秘阁赵不迁榜今名。"二书皆可为证。②渠：宋元时期俗语，相当于今言"他"。方是闲、真得归二堂：谓赵不迁所建两堂，一名"方是闲"，一名"真得归"。③百郡怯登车：宋代的转运使、副使职在巡察郡县，督运漕粮以及监察诸事。此句在言赵不迁惧怕当官巡行百郡的辛苦。百郡，夸张的说法。④千里输流马：千里之地都要向朝廷输送粮米。流马，古代运载工具。《三国志·蜀志·诸葛亮传》："（章武）十二年春，亮悉大众由斜谷出，以流马运。"范文澜等《中国通史》第二编第三章第七节："流马是改良的木牛，'前后四脚'，即人力四轮车。流马能载四石六斗食粮，比木牛多载，一天大概也只能走二十里。"⑤乞得：请求辞去转运副使的官职去闲居。胶胶扰扰：纷乱之貌。拙撰《王荆公诗注补笺》卷四十一《答韩持国芙蓉堂二首》之二："乞得胶扰扰身，五湖烟水替风尘。只将凫雁同为侣，不与龟鱼作主人。"补笺："胶胶扰扰，谓纷乱不宁。《庄子·天道》：'尧曰：胶胶扰扰乎！'成玄英疏：'胶胶扰扰，皆扰乱之貌也。'《朱子语类》卷一一三：'问：当官事多胶胶扰扰，奈何？曰：他自胶扰，我何与焉。'"⑥区区者：自以为得志者。《吕氏春秋·务大》："燕爵争善处于一屋之下，母子相哺也，区区焉相乐也。"高诱注解说："区区，得志貌也。"⑦野水玉鸣渠：谓珠玉般的水在赵不迁所修的渠中流淌，发出哗哗的响声。⑧急雨珠跳瓦：雨点砸在瓦上，看上去如同珍珠在跳荡。

[评析]

这是一首抒写闲情的词，是写给朋友赵不迁的。此词必作于庆元中，当时作者和赵不迁都在上饶，故二人有闲在一起。以词中所述考之，此时赵不迁自请解江西转运副使之任，来到上饶闲居。作者对赵不迁的做法是肯定的，所以全词开心调笑，基调还是很欢快的。在作者看来，容忍着金人霸占北方大片领土，却在偏安促狭的南方忙于琐细无聊之务，还不如找个山清水秀的地方隐居起来。上阕赞扬赵不迁辞官闲居，冷眼再看官场上那些争权夺利的区区之徒，真有"会当凌绝顶，一览众山小"的味道，用现在的流行语说，就是"爽"。下阕选择沟渠流珠、急雨敲瓦两个剪影式画面，表现赵不迁的闲居是真正意义上的闲居，符合其二堂"方是闲"和"真得归"的含义，用现在的流行语说，老赵真看透了"什么都是浮云"的道理。全词虽然说说笑笑，看似轻松，还是隐含了作者很多的痛苦，因为他从来没想过真隐居，只是"外面的世界很无奈"，不得不如此罢了！他对赵不迁的赞赏，很大程度上是违心的。

鹧鸪天（代人赋）

陌上柔条初破芽，东邻蚕种已生些①。平冈细草鸣黄犊②，斜日寒林点暮鸦。　　山远近，路横斜。青旗③沽酒有人家。城中桃李愁风雨，春在溪头荠菜花④。

[注释]

①已生些：已经出生了一些。些，唐宋时期俗语，与今言"一些"义同，表示一定数量的虚字。②黄犊：小黄牛。杜甫《百忧集行》："忆年十五心尚孩，健如黄犊走复来。"③青旗：古代张挂在店门前作为招牌的蓝色小旗。此处特指酒馆的旗。张孝祥《拾翠羽》词："楚人遗俗，青旗沽酒，各家炊熟。"④荠菜（jì）花：荠菜花。荠菜，一年或二年生草本植物，叶被毛茸，春天抽花葶，花小，白色。嫩叶可供食用。

[评析]

这首词究竟作于何时何地,没有明显的表示性词语,根据词中所写景物,或作于在上饶时。全词都在写春天的景致,且出现的景物类别相当多,桑树、春蚕、细草、黄犊、寒林、暮鸦、酒旗、桃李、野荠花,几乎每一句里都有至少一种有代表性的景物,足见作者笼络驾驭景物铺排的能力。而对于难以形诸文字的山和道路,竟用了"山远近,路横斜"六个字,不能不令人叫绝:读者见到这六个字,那重重叠叠的山峦、弯曲纵横的山路,似乎已经展现在眼前了——细腻之中透着大气。"城中桃李愁风雨,春在溪头野荠花"两句,有人分析称"城中之人"指一味求和的朝廷百官,"溪头野荠花"指作者寄托的另一种生活期望。我倒是认为这样理解把此词人为地拔高了,要知道这首词是"代人赋",虽然我们并不了解作者代谁而作,起码词中的主要情感,应该符合所代之人当时的状况。再说辛词最大的特点就是不矜持,他的所思所想,大多表达得比较明朗,所以这结尾的两句,充其量表现作者眷恋自然的情怀,谈不上跟朝廷、时局有多少瓜葛。

最高楼(醉中有四时歌者,为赋)

长安道①,投老②倦游归。七十古来稀③。藕花雨湿前湖夜,桂枝风淡小山时。怎消除,须殢酒,更吟诗。　　也莫向、竹边孤负④雪;也莫向、柳边孤负月。闲过了,总成痴。种花事业无人问,对花情味只天知。笑山中,云出早,鸟归迟。

[注释]

①长安道:奔走为官之路。长安,汉、唐两朝都城,此处代指南宋行在所临安。②投老:垂老,告老。王羲之《十七帖》:"实望投老,得尽田里骨肉之欢。"③七十古来稀:杜甫《曲江》诗之二:"酒债寻常行处有,人生七

十古来稀。"④孤负：即"辜负"。

[评析]

这是一首抒发老年情味的小词，作于作者闲居铅山时。词的整体情绪比较恬淡，表达的是作者来到这里经过一段时间的磨练，逐渐磨去棱角之后的更深感悟。前人有云："人生七十古来稀。"明白了这番道理，再考虑任何事情，都会比较冷静和淡定，这也算是一条生命规律吧。然而作者毕竟是位有强烈爱国情怀、学富五车、当过将军也当过多年父母官的士子，与老农有着很大的不同。如今要把自己完全融汇到老农群中，这真给他那丰富的内心世界出了一道难题：连孔子都曾感慨："吾不如老农"、"吾不如老圃"，稼轩怎么可能被真正改造成一个纯粹的农民呢？他只能在孤独和寂寞中观赏前湖，攀折桂枝，饮些酒，作几首诗，雪来看雪，月出赏月，种花种草，聊以度日。话虽这么说，毕竟稼轩心里总有一个解不开的心结，种花时惦记着这个心结，对花时仍惦记这个心结，这种惦记、这种煎熬，有谁能理解得了呢？这个心结，又须到何时才能解开呢？他就这样日复一日地熬着岁月，每天的功课竟然是：白云出时嫌其早，倦鸟归时怨其迟——幽怨之情，何时能已？

江神子（和人韵）

剩云残日弄阴晴。晚山明，小溪横。枝上绵蛮①，休作断肠声。但是青山山下路，春到处，总堪行。　　当年彩笔赋芜城②。忆平生，若为情③。试取灵槎，归路问君平④。花底夜深寒色重，须拼却，玉山倾⑤。

[注释]

①绵蛮：《诗经·小雅·绵蛮》："绵蛮黄鸟，止于丘阿。"孔颖达疏解

说:"言绵蛮然而小者,是黄鸟也。此黄鸟飞行,则止于丘阜之曲阿安静之处者,而自托息焉。"②彩笔赋芜城:五彩之笔为芜城作赋。南朝宋鲍照曾作《芜城赋》,载《文选》卷十一。赋中"芜城"指广陵,即宋朝的扬州。此句谓当年从济南南来亦曾到扬州,为之作赋。③若为情:谓内心积聚很多情感。唐司空曙《新蝉》诗:"今朝蝉忽鸣,迁客若为情。便觉一年老,能令万感生。"④试取灵槎(chá),归路问君平:张华《博物志》卷十:"近世有人居海渚者,年年八月有浮槎去来,不失期,人有奇志,立飞阁于查(槎)上,多赍粮,乘槎而去。至一处,有城郭状,屋舍甚严,遥望宫中多织妇。见一丈夫牵牛渚次饮之。此人问:此是何处?答曰:君还至蜀郡问严君平,则知之。"《高士传》卷中:"严遵字君平,蜀人也。隐居不仕,常卖卜于成都市,日得百钱以自给。卜讫,则闭肆下帘,以著书为事。扬雄少从之游,屡称其德。"⑤玉山倾:《世说新语·容止》:"山公曰:'嵇叔夜之为人也,岩岩若孤松之独立;其醉也,傀俄若玉山之将崩。'"

[评析]

这首词写得铿锵有力,玩其词意,像是在酒宴上与人唱和的作品。上阕用了几个关键词语,点明季节是在春天,时间是在晚间。这样的背景,十有七八是在饮宴。阕中用"枝上绵蛮,休作断肠声",阕末用"但是青山山下路,春到处,总堪行",都是在张扬烈士之志:即使是英雄末路,也用不着谁来唱断肠之声;只要是在人间,有青山处,便有路可行!一股强烈的不服输的勇气,让人感到凛凛然可敬可佩。下阕回忆当年挥毫写下新的《芜城赋》,表达誓将失地夺回的昂扬之气。如今壮志消磨,落得只能填词饮酒,也要喝他个天翻地覆。读罢此词,能感到作者胸中的不平之气久已郁积,不吐不快。

满庭芳(和洪丞相景伯韵呈景卢内翰①)

急管哀弦②,长歌慢舞③,连娟十样宫眉④。不堪红紫,风雨晓来稀⑤。惟有杨花飞絮，依旧是、萍满芳池。酴醾⑥在，青虬⑦快剪，插遍古铜彝⑧。　　谁将春色去，鸾胶难觅，弦断朱丝⑨。恨牡丹多病，也费医治。梦里寻春不见，空肠断、怎得春知？休惆怅，一觞一咏，须刻右军碑⑩。

[注释]

①洪丞相景伯：孝宗乾道中宰相兼枢密使洪适。见前《满庭芳·和洪丞相景伯韵》注①。景卢内翰：翰林学士洪迈。为洪适的弟弟。其父洪皓为南宋初名臣。皓三子，长子洪适，次子洪遵，幼子即洪迈。《宋史·洪迈传》："迈字景卢，皓季子也。……（乾道）三年，迁起居郎，拜中书舍人兼侍读、直学士院，仍参史事。……迈初入史馆，预修《四朝帝纪》，进敷文阁直学士、直学士院。讲读官宿直，上时召入，谈论至夜分。（淳熙）十三年九月，拜翰林学士，遂上《四朝史》，一祖八宗百七十八年为一书。绍熙改元，进焕章阁学士、知绍兴府。"内翰，宋代对翰林学士的简称。②急管哀弦：指音乐之声。王维《鱼山神女祠歌·送神》："悲急管兮思繁弦，神之驾兮俨欲旋。"③长歌慢舞：白居易《长恨歌》："缓歌慢舞凝丝竹，尽日君王看不足。"④连娟：指女子弯曲而纤细的眉。《史记·司马相如列传》："长眉连娟，微睇绵藐。"司马贞索隐说："连娟，眉曲细也。"十样宫眉：十种不同的美女眉型。唐张泌《妆楼记·十眉图》："明皇幸蜀，令画工作《十眉图》，横云、斜月，皆其名。"明杨慎《丹铅续录·十眉图》："唐明皇令画工画十眉图。一曰鸳鸯眉，又名八字眉；二曰小山眉，又名远山眉；三曰五岳眉；四曰三峰眉；五曰垂珠眉；六曰月棱眉，又名却月眉；七曰分梢眉；八曰逐烟眉；九曰拂云眉，又名横烟眉；十曰倒晕眉。"⑤不堪红紫，风雨晓来稀：谓百花经风雨吹洒，花瓣落了满地。红紫，指各色的花瓣。⑥酴醾（túmí）：花名。以其花颜色似酴醾酒，故取以为名。《全唐诗》卷八六六《题壁》诗："禁烟佳节同游此，正值酴醾夹岸香。"⑦青虬（qiú）：青如虬龙的枝干。此处指酴醾花枝。⑧古铜彝：青铜制成的鼎彝。⑨鸾胶难觅，弦断朱丝：鸾胶，即续弦胶。《太平御览》卷三四八引《十洲记》："续弦胶，或名连金泥。此胶能属连弓弩断弦，连刀剑断折之金。胶连，使人挽制，他处即断，此终不复脱。天汉二年，帝事北海，祠恒山，西国王使至献胶四两、吉光毛裘。武帝受以付库，不知胶、裘

二物之妙也。以上贡不奇，稽留使未遣之。帝幸华林苑，射虎而弩弦断。使者从驾，因上胶一分，使口濡以续弦。帝惊，乃使武士数人对掣，终日不断。胶青色如璧玉。"⑩一觞一咏，须刻右军碑：指王羲之《兰亭集序》之碑。《兰亭集序》："虽无丝竹管弦之盛，一觞一咏，亦足以畅叙幽情。"

[评析]

这是一首唱和词，写作时间当与前《满庭芳·和洪丞相景伯韵》相差无几。洪迈乾道三年（1167）拜"中书舍人兼侍读、直学士院（宋代直学士院也相当于翰林学士，可以称为内翰）"，则此词当作于乾道四五年之后。洪适、洪迈之父出使金国，终始不屈，终得回朝。对于洪氏一门的高风亮节，稼轩一直是非常钦佩的，所以愿与他们交往。词的上阕没有更多新意，多是在写景致，以衬托当时气氛。下阕感叹春光不再，似乎是在为洪丞相晚年被贬出朝廷抱不平，兼为当时朝廷不惜人才深感愤懑。尤其是最末两句，用王羲之"一觞一咏，亦足以畅叙幽情"的典故，大大增强了全词的深沉与凝重。

山鬼谣（问何年，此山来此）

雨岩①有石，状怪甚，取《离骚·九歌》名曰"山鬼②"，因赋《摸鱼儿》，改今名。

问何年，此山来此，西风落日无语。看君似是羲皇上③，直作太初名汝④。溪上路，算只有、红尘不到今犹古。一杯谁举？笑我醉呼君，崔嵬未起，山鸟覆杯⑤去。　　须记取，昨夜龙湫⑥风雨。门前石浪掀舞。四更山鬼吹灯啸，惊倒世间儿女。依约处，还问我、清游杖履公良苦。神交心许。待万里携君，鞭笞鸾凤，诵我《远游》赋⑦。

[注释]

①雨岩：山岩名，在上饶博山附近，是作者常游之处。本书前有《念奴娇·赋雨岩》、《生查子·游雨岩》两词，均为此岩所作。②山鬼：《楚辞·九歌》中的篇名，其开篇二句为："若有人兮山之阿，被薜荔兮带女萝。既含睇兮又宜笑，子慕予兮善窈窕。"③羲皇上：生于伏羲氏之前。伏羲，传说中的远古帝王。④直作太初名汝：此句连上读，谓既是如此，那就只好用"太初"为你取名。⑤覆杯：倒置酒杯。谓饮尽。鲍照《三日》诗："解衿欣景预，临流竞覆杯。"⑥龙湫：古人对上有悬瀑下有深潭之处的称呼。唐杜荀鹤《送吴蜕下第入蜀》诗："鸟径盘春霭，龙湫发夜雷。"⑦《远游》赋：《楚辞》中的篇名。其开篇四句为："悲时俗之迫阨兮，愿轻举而远游。质菲薄而无因兮，焉托乘而上浮？遭沉浊而污秽兮，独郁结其谁语？夜耿耿而不寐兮，魂营营而至曙。"

[评析]

先对这个词牌作一简单说明："山鬼谣"这个词牌此前是没有的，稼轩为了使词意与《楚辞·山鬼》联系起来，所以将《摸鱼儿》改为《山鬼谣》。也就是说，《山鬼谣》其实就是《摸鱼儿》，如同《蝶恋花》就是《鹊踏枝》、《凤栖梧》，《贺新郎》就是《贺新凉》同样道理。这首词中，作者借问雨岩山的来历表达了自己立志远游、不染尘俗的高洁情操。上阕写得气象宏伟，开篇便问雨岩：何年来到此处？令读者感到，作者把远古蛮荒之时一下子拽到了当今，其时空概念几乎荡然无存。随后将雨岩拟人化，说它在落日西风中不予回答。既然山不回答，作者只能猜测：看样子最晚也是伏羲之前就安身于此了，那就给你取个名叫"太初"之山吧。溪边那条小路，想来也必是与雨岩一道前来，尚存有"太初"之时的淳朴，没有遭到红尘的污染。下阕是作者对雨岩的"生活汇报"，他告诉雨岩：昨晚龙湫有急风骤雨，四更天时，山鬼生成的风雨将灯火倏然吹灭，其声势使世人为之惊悚不已。风雨中好像听到了山鬼的发问：你老人家终日拄着拐杖在山间行走，难道不觉得辛苦吗？写到这里，作者感到十分欣快，栩栩然与山鬼产生了心有灵犀的交流：只有山鬼最懂得我为什么如此一日千遍地在雨岩徘徊，它甚至为我的徘徊感到心痛。这就好，这就说明世间虽然没有人理解我，毕竟还有神灵理解我——我不需要世人的理解，因为他们无法理解我。如同楚国的屈原，举世谁能理解他？哪怕有一个人理解他，他也不会自沉汨罗吧！这庸俗恶浊的俗世，君子没有能力改造它，只能远离它。由于有这些联想，故而词末用《楚辞·远游》作结，表示了渴望摆脱世俗的强烈愿望。透过这些文字，我们已经深深体会到：在作者的心里，尘世仅仅是小人的天堂，却是君子的炼狱。古代很多狷介士子都避世隐居，或许都与作者的感受相同吧。

贺新郎（用前韵送杜叔高①）

细把君诗说。怅余音、钧天浩荡②，洞庭胶葛③。千尺阴崖尘不到，惟有层冰积雪。乍一见、寒生毛发。自昔佳人多薄命，对古来、一片伤心月。金屋冷④，夜调瑟。　　去天尺五君家别⑤。看乘空、鱼龙⑥惨淡，风云开合。起望衣冠神州路⑦，白日销残战骨。叹夷甫、诸人清绝⑧。夜半狂歌悲风起，听铮铮、阵马檐间铁⑨。南共北，正分裂。

[注释]

①杜叔高：杜斿。见前《婆罗门引·别杜叔高。叔高长于楚词》注①。②钧天浩荡：《史记·赵世家》："赵简子疾，五日不知人，大夫皆惧。医扁鹊视之。……居二日半，简子寤。语大夫曰：'我之帝所甚乐，与百神游于钧天，广乐九奏万舞，不类三代之乐，其声动人心。'"③洞庭：广阔的庭院。《庄子·天运》："帝张《咸池》之乐于洞庭之野。"成玄英疏解说："洞庭之野，天池之间，非太湖之洞庭也。"胶葛：交错纷乱之貌。《文选》卷八司马相如《上林赋》："置酒乎颢天之台，张乐乎胶葛之寓。撞千石之钟，立万石

之虞。建翠华之旗,树灵鼍之鼓,奏陶唐氏之舞,听葛天氏之歌。千人唱,万人和。山陵为之震动,川谷为之荡波。"李善注引郭璞曰:"胶葛,言旷远深貌也。"④金屋冷:用汉武帝"金屋藏娇"的典故。此处意谓闺房凄清。⑤去天尺五:曾慥《类说》引《鸡跖集·去天尺五》:"韦曲杜鄠近长安。谚曰:'韦曲杜鄠,去天尺五。'"韦、杜为贵族豪门聚居之地,天指帝王宫廷。⑥鱼龙:鱼与龙,泛指水族。杜甫《秋兴》诗之四:"鱼龙寂寞秋江冷,故国平居有所思。"⑦衣冠:世家贵族。神州路:通往神州的路。此处指沦陷的北方故土。⑧叹夷甫、诸人清绝:夷甫为晋代王衍的字。《晋书·王衍传》:"衍字夷甫,神情明秀,风姿详雅。总角尝造山涛,涛嗟叹良久,既去,目而送之曰:'何物老妪,生宁馨儿!然误天下苍生者,未必非此人也。'……衍既有盛才美貌,明悟若神,常自比子贡。兼声名藉甚,倾动当世。妙善玄言,唯谈《老》《庄》为事。每捉玉柄麈尾,与手同色。义理有所不安,随即改更,世号'口中雌黄'。朝野翕然,谓之'一世龙门'矣。"《世说新语·轻诋》:"桓公入洛,过淮、泗,践北境,与诸僚属登平乘楼,眺瞩中原,慨然曰:'遂使神州陆沉,百年丘墟,王夷甫诸人,不得不任其责!'"⑨檐间铁:挂在屋檐下的风铃。此句连上读,谓夜半起身,听到檐间风铃响动,便当是铁马嘶鸣,催人杀敌。

[评析]

这首词写友人杜斿到铅山来看望作者,数日后作者作词送别。上阕写杜斿的诗气象宏大,读之令人动容,随后借"自昔佳人多薄命",感慨杜斿怀旷世之才,却得不到朝廷任用。下阕直入主题,再次说到神州陆沉,而朝廷一班像晋代王衍一样的士子,只管清谈玄远,全然不把国家的分裂放在心上。作者把王夷甫这个典故用在这里,恰当而形象地表达了当时朝政的软弱。同时,把衣冠神州路上"白日销残战骨"的壮烈与夷甫诸人在后方"口中雌黄"的冷漠并列而书,使自己的爱与憎形成了强烈的对比。他希望杜斿回到"去天尺五"的家乡,不要忘记国耻和国难,并为洗雪国耻贡献心力。这首词写得慷慨激昂,读来令人振奋,作者时时将国家危难记挂心头的精神令人钦敬。

水调歌头（元日投宿博山寺①，见者惊叹其老）

头白齿牙缺，君勿笑衰翁。无穷天地今古，人在四之中。臭腐神奇②俱尽，贵贱贤愚等耳，造物也儿童③。老佛更堪笑，谈妙说虚空④。　坐堆豗⑤，行答飒⑥，立龙钟⑦。有时三盏两盏，淡酒醉蒙鸿⑧。四十九年前事⑨，一百八盘狭路⑩，拄杖倚墙东。老境何所似？只与少年同⑪。

[注释]

①博山寺：古寺名。见前《鹧鸪天·博山寺作》注①。②臭腐神奇：《庄子·知北游》："万物一也，是其所美者为神奇，其所恶者为臭腐；臭腐复化为神奇，神奇复化为臭腐。"③造物也儿童：谓造物主也不乏儿童之心。即幼稚之心。④虚空：佛教认为现实世界皆临时和合而成，本来一无所有，即所谓"四大皆空"。⑤堆豗（huī）：困顿之貌。欧阳修《清明前一日因书所见奉呈圣俞》诗："三日不出门，堆豗类寒鸦。"⑥答飒：懒散不振之貌。《南史·郑鲜之传》："范泰尝众中让诮鲜之曰：'卿与傅、谢俱从圣主有功关洛，卿乃居牵首，今日答飒，去人辽远，何不肖之甚！'鲜之熟视不对。"文同《送张宗益工部知相州》诗："应怜共试金坡者，答飒浑如郑鲜之。"⑦龙钟：年迈衰老之貌。唐沈佺期《答魑魅代书寄家人》诗："龙钟辞北阙，蹭蹬守南荒。"⑧三盏两盏，淡酒醉蒙鸿：李清照《声声慢》词："乍暖还寒时候，最难将息。三杯两盏淡酒，怎敌他、晚来风急。"蒙鸿，即"鸿蒙"的倒装，本指宇宙形成前的混沌状态。《庄子·在宥》："过扶摇之枝，而适遭鸿蒙。"成玄英疏解说："鸿蒙，元气也。"此处指迷迷糊糊如鸿蒙之态。⑨四十九年前事：《淮南子·原道》："故蘧伯玉年五十，而有四十九年非。"按，此处不作稼轩四十九岁解，乃言知昨日之非。⑩一百八盘狭路：意谓此前所经历的曲折人生，如同走过一百零八盘的崎岖之路。⑪老境何所似？只与少年同：谓如今进

入老年,却依旧像少年时一样。意思是说一生白活了,什么长进都没有。

[评析]

　　这是一首感慨人生的词。作者是位有强烈事功心的人,本欲轰轰烈烈地度过一生,谁料南渡之后,不但报国之愿难以实现,就是在官场上,也经常遭人暗算,过得十分坎坷,不知不觉间已到老年,仍旧一事无成,也很难再有"烈士暮年,壮心不已"的豪迈之情。尤其是有人惊叹他年迈衰老的时候,内心的凄凉和落寞更加难以抑制。上阕感叹人生如梦,转眼便是百年的迅疾,以及历尽沧桑后看破红尘的无奈。之所以这样说,是因为实际上稼轩还没有真正看破红尘,而是正在"努力"地让自己看破红尘。所以此词必须把上、下两阕作一体来读,才能深切体会他"还没有真正看破红尘,而是正在'努力'地让自己看破红尘"的酸涩——如果他真看破红尘,何必还要哀叹"老境何所似?只与少年同"呢?归根结底,作者本不属于邵雍、林逋那种早早就把人世嚣尘看透的人,所以他的很多词都在反省"今是昨非"。这本没有错,如果说有错,那么恰恰错在他把为朝廷、为国家这些事看得太神圣,直到朝廷把他彻底撂在铅山,他才终于明白:以前的自作多情实在太可笑,没有你辛弃疾的南宋王朝,不是照样一天天向前推移吗?这番解读虽然有些残忍,却是稼轩的心时时被咬啮的真实状态。

汉宫春（即事）

　　行李溪头,有钓车[①]茶具,曲几团蒲[②]。儿童认得,前度过者篮舆[③]。时时照影,甚此身、遍满江湖。怅野老,行歌不住,定堪与语难呼[④]。　　一自东篱摇落[⑤],问渊明岁晚,心赏何如?梅花正自不恶,曾有诗无?知翁止酒[⑥],待重教、莲社人沽[⑦]。

空怅望，风流已矣，江山特地愁予⑧。

[注释]

①钓车：一种专供钓鱼的车，上有轮子缠络钓丝，既可放远，也可迅速收回。韩愈《独钓》诗之二："坐厌亲刑柄，偷来傍钓车。"②曲几：形状不规整的矮桌。团蒲：即蒲团，用草编成的坐具。③前度过者篮舆：此句连上读，意谓儿童们都还记得，这老者便是以前乘坐竹轿来过的人。篮舆，供人乘坐的交通工具，形制不一，类似后世的轿子。④定堪与语难呼：此句连上读，谓此老一直在高声唱歌，呼唤他也未必能听得见。⑤东篱：陶渊明《饮酒》之五："采菊东篱下，悠然见南山。"东篱摇落，指菊花谢了之后。⑥止酒：陶渊明《止酒》诗："居止次城邑，逍遥自闲止。坐止高荫下，步止荜门里。好味止园葵，大欢止稚子。平生不止酒，止酒情无喜。暮止不安寝，晨止不能起；日日欲止之，营卫止不理。徒知止不乐，未知止利己；始觉止为善，今朝真止矣！从此一止去，将止扶桑涘。清颜止宿容，奚止千万祀。"⑦待重教、莲社人沽：谓陶渊明没有真正戒酒，其后莲社高僧慧远相招，渊明称若能饮酒便往。《佛祖统纪》卷二十六："时远法师与诸贤结莲社以书招渊明。渊明曰：'若许饮则往。'许之，遂造焉。"莲社，白莲社，东晋慧远于庐山东林寺，同慧永、慧持和刘遗民、雷次宗等结社，精修念佛三昧，誓愿往生西方净土，又掘池植白莲，故称白莲社。⑧愁予：使我发愁。《楚辞·九歌·湘夫人》："帝子降兮北渚，目眇眇兮愁予。"王逸注解说："予，屈原自谓也。"司马相如《长门赋》："众鸡鸣而愁予兮，起视月之精光。"

[评析]

这首词的上、下两阕可谓泾渭分明，上阕完全是纪事，下阕则是抒情。作者自称山间野老，且不厌其烦地表述这个"野老"当时都做了些什么：他不辞辛苦，把钓鱼车、草蒲团等都搬到了溪头，摆足了架势，好像要在这里长久垂钓一样——这些过分的举动，一半是为舒解自己的烦闷故意做出来的，另一半是做给别人看的。果不其然，溪边的孩子指手画脚地议论他：看这老儿，不就是前些日子频频来此的那个人吗？作者呢？还是那副半疯半傻的状态，对这些议论不加理会,更不加评论,依旧"高歌猛进",旁若无人。这几句写得很有意趣:作者一字不落地听见了孩子们的指点,却站在孩子们的角度说:"不用喊他,他总是大声歌唱,叫他也听不见呀!"到底听得见还是听不见?您说呢?下阕则跳出了上面所说的环境,完全进入了内心世界的表述。他在瓢泉隐居,想到最多的就是陶渊明,此刻又转悠到他那儿去了:不知菊花凋谢之后,陶令还赏何花?梅花也不错嘛,不知陶令肯不肯小园赏梅呢?曾闻陶公戒过酒,为什么又让莲社高僧为你沽酒呢?陶公您究竟是戒酒还是不戒酒啊?这些话听起来真有点逻辑混乱,但作者认为这才是陶渊明真正的风流所在:太规矩太清醒太听话太没个性,那就不是陶渊明了。他真想与陶渊明一道体验那种风流,可惜没能赶上与他同时。一个真正的偶像,却在迷离惝恍之中,这大概就是作者"愁来道是天来大"的原因之一吧。

沁园春（弄溪赋）

有酒忘杯,有笔忘诗,弄溪奈何?看纵横斗转①,龙蛇起陆②,崩腾决去③,雪练倾河④。袅袅东风,悠悠倒景,摇动云山水又波。还知否,欠菖蒲攒港⑤,绿竹缘坡⑥。　　长松谁剪嵯峨⑦?笑野老来耘山上禾。算只因鱼鸟,天然自乐⑧,非关风月,闲处偏多。芳草春深,佳人日暮,濯发沧浪独浩歌⑨。徘徊久,问人间谁似,老子婆娑⑩。

[注释]

①纵横斗转:意谓溪流纵横的转折角度很小。斗转,即"陡转",犹今言"急转弯"之意。②龙蛇起陆:谓溪流弯转奔腾,有时如龙蛇般骤然跃起。起陆,腾跃而上。③崩腾决去:谓溪流时而迸溅冲腾,向前涌去。④雪练倾

河：谓迸起的溪水如雪白的匹练遮满溪面。⑤菖蒲：多年生草本植物，生在水边，有香气。叶狭长似剑。初夏开花，淡黄色。根茎可入药。郦道元《水经注·伊水》："石上菖蒲，一寸九节，为药最妙，服久化仙。"攒港：生满水港。⑥绿竹缘坡：翠竹长满溪流两岸的坡地。⑦长松谁剪嵯（cuó）峨：此句为倒装句，意思是"谁去剪嵯峨高山上的长松"。长松，高大的松树。嵯峨，山高峻之貌。《楚辞》淮南小山《招隐士》："山气茏苁兮石嵯峨。"王逸注解说："峻蔽日也。"⑧只因鱼鸟，天然自乐：嵇康《与山巨源绝交书》："游山泽，观鱼鸟，心甚乐之。"⑨濯发沧浪：在野水中洗头发。浩歌：高声放歌。⑩婆娑：逍遥闲散。《文选》班彪《北征赋》："登鄣隧而遥望兮，聊须臾以婆娑。"李善注解说："婆娑，容与之貌也。"

[评析]

这首词写闲居之乐。开篇"有酒忘杯，有笔忘诗"二句，看似不近人情，实则恰恰是老庄"忘言"、玄学"忘象"的翻版。《庄子·外物》："荃者，所以在鱼，得鱼而忘荃；蹄者，所以在兔，得兔而忘蹄；言者，所以在意，得意而忘言。吾安得夫忘言之人而与之言哉？"您看，稼轩那副一切都可忽略不计的神态，是不是很像庄子所说的这些人？把纵情率意于自然的基调定下后，作者开始煞有介事地评点江山：溪流堪称壮观，时而急转直下，时而激起千堆雪，可圈可点。然而港湾之处缺少丛生的菖蒲，坡地上缺少葱翠的绿竹。其实这些"评点"没有任何意义，作者也明知没有意义，不过是故意瞎说两句，以示自己与山山水水合而为一，不说几句不是太冷漠了？下阕把自己说成是"野老"，来到山间锄禾。也不管是否"草盛豆苗稀"——那无关紧要，重要的是在这轻松愉快的劳动中，能与水中游鱼、林间禽鸟共同享受大自然的和谐和静谧。累了、倦了、烦了，尽可以到溪中洗洗头发，唱唱歌谣，漫步在林荫溪畔，看花看草，看日出日落，这还不算是神仙吗？不让老子喋血疆场，老子便做神仙，也没什么不好。

鹧鸪天（鹅湖①归病起作）

著意寻春懒便回，何如信步两三杯。山才好处行还倦，诗未成时雨早催。　　携竹杖，更芒鞋，朱朱粉粉野蒿开。谁家寒食归宁女②，笑语柔桑陌上来③。

[注释]

①鹅湖：在江西铅山东北，作者闲居之处。见前《鹧鸪天·游鹅湖醉书酒家壁》注①。②寒食：见前《霜天晓角·旅兴》注⑥。归宁女：回娘家的妇女。归宁，已嫁女子回娘家看望父母。《诗经·周南·葛覃》："害澣害否，归宁父母。"朱熹集传云："宁，安也。谓问安也。"③笑语柔桑陌上来：谓妇女们的欢声笑语从长满桑树的路上传出来。

[评析]

这是一首闲适小词，没有更丰富激烈的情绪，正相反，它表现的是作者闲居时宁静无扰的乡间生活意趣。反正是无事之人，想踏春时抬脚便走，走累了想回就回，完全是一种自然状态——环境自然，心境自然，人与自然完全融合为一，也是一种极高的境界。在这方面，作者着意地渲染：上阕本已说得很诱人，下阕接着还在说：拄着竹杖，穿着草鞋，信步在乡间路上，看着那说红不红说粉不粉的野蒿饶有兴味地生长，并没有因自身的丑陋和低贱放弃在自然中与百花争辉，这或许也是作者为什么专门提到它们的用意吧。在宁静中，作者忽然听到一串女子的笑声，于是想当然地判定：这些女子一定是从娘家刚回来，喜悦之情不可掩抑。作者很善于把乡间的生活用唯美的笔调书写出来，让读者感到：这些在山间水畔生活的人们，内心是多么纯净，活得是多么自然。这是作者理想中的状态，也是当时南方农民生活的大致写照。富庶的宋朝，尤其是南宋,人民并不都是生活在"水深火热"中——那只是极左思潮下对历史别有用心的歪曲而已。

定风波（用药名招婺源马荀仲游雨岩①。马善医）

山路风来草木香②,雨余凉意到胡床③。泉石膏肓吾已甚④。多病,提防风月费篇章⑤。　孤负寻常山简醉⑥。独自,故应知子草《玄》忙⑦。湖海早知身汗漫⑧。谁伴?只甘松竹共凄凉⑨。

[注释]

①婺源:宋代县名,在今浙江婺源县。马荀仲:事迹不详。雨岩:山岩名,在上饶博山附近,是作者常游之处。②山路风来草木香:此句中的"木香"为中药材名,为多年生草本植物,花黄色,香气如蜜,原名蜜香,又称青木香。根可入药。《神农本草经》、《本草纲目》均有记载。③雨余凉意到胡床:此句中"雨余凉"谐"禹余粮"之音,为中药名。《神农本草经》卷中:"禹余粮,味甘寒。主治咳逆、寒热、烦满,下利赤白。炼饵服之,不饥、轻身、延年。生池泽。"胡床,一种可以折叠的轻便坐具,类似于今之折叠型躺椅。杜甫《树间》诗:"几回沾叶露,乘月坐胡床。"④泉石膏肓吾已甚:此句中"石膏"为中药名。《本草纲目·石膏》:"石膏、理石、长石、方解石四种性气皆寒,俱能去大热结气,但石膏又能解肌发汗为异尔。"又"泉石膏肓"用唐高宗与田游岩的典故,表示贪于泉石之乐,已经不能自拔。《新唐书·田游岩传》:"高宗幸嵩山,遣中书侍郎薛元超就问其母,赐药物絮帛。帝亲至其门,游岩野服出拜,仪止谨朴,帝令左右扶止,谓曰:'先生比佳否?'答曰:'臣所谓泉石膏肓,烟霞痼疾者。'"⑤提防风月费篇章:此句中"防风"为中药名,多年生草本植物,羽状复叶,开白色小花。根供药用,有镇痛、祛痰等作用。《本草纲目·防风》:"防者,御也。其功疗风最要,故名。"⑥孤负寻常山简醉:此句中"常山"为中药名。《神农本草经》卷中:

"恒山,味苦寒。主治伤寒寒热,热发温疟,鬼毒,胸中痰结,吐逆。一名互草。生川谷。"恒山,即"常山",因避讳而改。《世说新语·任诞》:"山季伦(简)为荆州,时出酣畅。人为之歌曰:'山公时一醉,径造高阳池,日莫(暮)倒载归,酩酊无所知。复能乘骏马,倒着白接篱,举手问葛强,何如并州儿?'高阳池在襄阳。强是其爱将,并州人也。"⑦故应知子草《玄》忙:此句中"知子"谐"栀子"之音,为中药名。栀子,常绿灌木或小乔木。叶子对生,长椭圆形,有光泽。春、夏开白花,夏、秋结果实,生青熟黄,可入药,性寒味苦,为解热消炎剂。今为中医大夫最常用的中草药之一。草《玄》,指扬雄草《太玄经》。《汉书·扬雄传》:"实好古而乐道,其意欲求文章成名于后世,以为经莫大于《易》,故作《太玄》。"⑧湖海早知身汗漫:此句中"海早"谐"海藻"之音,为中药名。《神农本草经》卷下:"海藻,味苦寒。主治瘿瘤气,颈下核,破散结气,痈肿,癥瘕坚气,腹中上下鸣,下十二水肿。一名落首。生池泽。"汗漫,渺茫不可知之貌。《淮南子·道应》:"吾发汗漫期于九垓之外。"高诱注解说:"汗漫,不可知之也。"⑨只甘松竹共凄凉:此句中"甘松"谐"甘遂"之音,为中药名。《神农本草经》卷中:"甘遂,味苦寒有毒。主治大腹疝瘕,腹满,面目浮肿,留饮宿食。"

[评析]

　　这是一首药名词。古代文人以药名为诗、为文、为词者,非止稼轩一人。写这样的诗文,不但要有高超的语言驾驭能力,还需懂得中医中药,表面上看类似于文字游戏,但把那么多药名化用在诗文之内,使文意畅通,又不能太露痕迹,的确是不容易的。惟其不易,故而一些文学修养甚高的人,时而游戏一番,不失为一乐。苏轼曾经写过不少这类文章,不妨略举一例,以见古代名家的风采。拙撰《苏轼文集编年笺注》(四川巴蜀书社2011年版)卷十三《杜处士传》:"杜仲,郁里人也。天资厚朴,而有远志。闻黄环名,从之游。因陈曰:'愿辅子半夏,幸仁悯焉,使得旋复自古扬榷。'环曰:'子言匪实,宜蚤休,少从容,将诃子矣。'仲曰:'人之相仁,虽不百合,亦自然同,况吐新意以前乎?吾闻夫子雌黄冠众,故求决明于子,今子微衔吾,为其非侪乎?'曰:'吾如贫者,食无余粮,独活久矣。子今屑就,何以充蔚子乎?苟迹子之素狂,若所请亦大激矣。试闻子之志也。'曰:'敢问士何以益智?行何以非廉?先王不留行者何事也?'"文章很长,限于篇幅,仅录数句,我们可以看出,其中杜仲、郁里人(仁)、厚朴、远志、黄环、因(茵)陈、半夏、幸(杏)仁、旋复(花)、匪(榧)实、从容(苁蓉)、诃子、百合、自然同(铜)、意以(薏苡)、雌黄、决明、子微(葳)、(禹)余粮、独活、充蔚子、苟迹子(枸杞子)、大激(戟)、益智、非廉、王不留行等均为中药名。高明的作家把这些词语用在诗文中,不影响表达文意,便算成功。本词虽然每句都暗用一味中药,但依旧表达出作者闲居之孤独、对朋友的渴望等情感,也就是说,即使忽略药名不计,也能让读者读懂词中的景致和作者此刻的心情。药名词属于有特殊要求的词,所以本书选其一首,以供读者欣赏。

浣溪沙(种梅菊)

百世孤芳肯自媒①,直须诗句与推排②。不然唤近酒边来。自有渊明方有菊③,若无和靖即无梅④。只今何处向人开。

[注释]

①自媒:自为媒人。即自荐。《管子·形势》:"自媒之女,丑而不信。"此处指梅花的孤芳自赏。②直须:应该。推排:指诗人用诗句推赏编排。③自有渊明方有菊:谓菊花得士子珍爱,始于陶渊明的诗句"采菊东篱下,悠然见南山"。士子之爱菊花,实际上是在表达对陶渊明人格的崇敬。④若无和靖即无梅:谓如果没有林和靖,就没有人懂得梅花的暗香。和靖,北宋初年杭州西湖处士林逋。终生不娶,种梅养鹤,人称"梅妻鹤子"。稼轩此处即取此意。

[评析]

此词明白易晓,副题为"种梅菊",显然是在记录作者种梅花和菊花的感受。上阕把梅、菊与士人的节操品德联系在一起说,梅之所以为梅,很大功劳是借助了士人的赞美,反之,因为梅花的孤芳,惹得士子们为它倾注了深深的感情。下阕三句,句句妙绝:作者把菊花与隐士陶渊明捆绑在一处,又把梅花与林处士捆绑在一处,这就把菊花和梅花的高洁毫不费力地定了格。最后一句尤其有深意,作者问道:当年与陶渊明为伴的菊花和与林处士为伴的梅花,如今却在向着自己开放。这样一来,又巧妙地把自己和菊、梅紧密联系在了一起,使自己和陶、林、菊、梅变成了浑然一体,不可分割。作者这种构思,的确以最少的文字表达了最欲表达的情操,既不臃肿,又不含混,称得上是一篇杰作。

杏花天(嘲牡丹)

牡丹比得谁颜色?似宫中、太真①第一。渔阳鼙鼓②边风急,人在沉香亭北③。　买栽池馆多何益?莫虚把、千金抛掷。若教解语倾人国④,一个西施也得⑤。

[注释]

①太真:杨贵妃被唐玄宗送到道观后的道号。《新唐书·玄宗纪》:"(开元二十八年)十月甲子,幸温泉宫。以寿王妃杨氏为道士,号太真。"②渔阳鼙鼓:白居易《长恨歌》:"缓歌慢舞凝丝竹,尽日君王看不足。渔阳鼙鼓动地来,惊破《霓裳羽衣曲》。"③沉香亭北:李白《清平调》:"名花倾国两相欢,长得君王带笑看。解释春风无限恨,沉香亭北倚阑干。"④若教解语倾人国:王仁裕《开元天宝遗事·解语花》:"明皇秋八月,太液池有千叶白莲数枝盛开,帝与贵戚宴赏焉。左右皆叹美,久之,帝指贵妃示于左右曰:'争如

我解语花?"罗隐《牡丹花》诗:"若教解语应倾国,任是无情亦动人。"
⑤一个西施也得:有一个西施也就够了。

[评析]

这是一首闲适小词。作者把花中之王牡丹和贵妃杨玉环结合为一,虚虚实实,使全词分不清是在写花还是在写人。他之所以如此写,是因为唐玄宗曾将杨贵妃比做"解语花"。宋朝士子很看重牡丹,欧阳修写过《洛阳牡丹记》,对宋朝人大量栽培牡丹起了推波助澜的作用。其后周师厚又写过《洛阳牡丹记》,丘璿写过《牡丹荣辱志》,陆游写过《天彭牡丹谱》,张邦基写过《陈州牡丹记》,其他没有流传下来的此类著作,不知还有多少,足见宋人对此花的重视。然而牡丹从一开始就是富贵的象征,作者对此似乎并没有太大的兴趣。稼轩词中,写梅、菊、兰等花草的作品都不在少数,写牡丹的的确不多,看得出作者从来没有把自己和荣华富贵联系在一起,也体现出作者高洁清雅的情操。词的副题叫"嘲牡丹",本身就有嬉笑之意,上阕称之为"宫中第一",更表明牡丹属于宫中之花,与普通士子原本就没有必然的联系。可毕竟还有很多人"买栽池馆",附会富贵。作者对此不以为然,劝告他们:"莫虚把、千金抛掷。"整首词透出的信息,是作者对牡丹的轻视,这和当时的世风真有些格格不入。

浪淘沙（赋虞美人草①）

不肯过江东②,玉帐匆匆③。至今草木忆英雄。唱著虞兮当日曲④,便舞春风。　　儿女此情同⑤,往事朦胧。湘娥竹上泪痕浓⑥。舜盖重瞳堪痛恨,羽又重瞳⑦。

[注释]

①虞美人草：一年或二年生草本植物，初夏开花，茎细长，叶羽状分裂，花单生，花瓣圆形，色艳，有紫红、大红、粉红等，蒴果球形，可供观赏。曹学佺《蜀中广记》卷六十一："虞美人草，亦谓之舞草。独茎，三叶，状如决明。一叶在茎端，两叶居茎半而相对。人或近之，抵掌讴曲，必动摇如舞也。"②不肯过江东：指项羽兵败后，有人劝他暂回江东，项羽不肯。李清照《绝句》："生当作人杰，死亦为鬼雄。至今思项羽，不肯过江东。"③玉帐匆匆：谓虞姬在项羽帐中匆匆结束自己的生命。玉帐，主帅之军帐。李商隐《重有感》诗："玉帐牙旗得上游，安危须共主君忧。"④虞兮当日曲：《史记·项羽本纪》："项王则夜起，饮帐中。有美人名虞，常幸从；骏马名骓，常骑之。于是项王乃悲歌慷慨，自为诗曰：'力拔山兮气盖世，时不利兮骓不逝。骓不逝兮可奈何，虞兮虞兮奈若何！'歌数阕，美人和之。项王泣数行下，左右皆泣，莫能仰视。"⑤儿女此情同：谓不论是侯王将帅，还是士子布衣，儿女柔情都是相同的。⑥湘娥竹上泪痕浓：张华《博物志》卷八："尧之二女，舜之二妃，曰湘夫人。帝崩，二妃啼，以涕挥竹，竹尽斑。"⑦舜盖重瞳堪痛恨，羽又重瞳：《史记·项羽本纪》："太史公曰：吾闻之周生曰：'舜目盖重瞳子。'又闻项羽亦重瞳子。羽岂其苗裔邪？"裴骃集解说："舜两眸子，是谓重瞳。"

[评析]

这首词表面看来是首咏物词，就其内容而言，又属于咏史词。有时候一首词借景物兴咏史之实，我们大可不必非要定出个框框来，主要看词所表达的情感就可以了。作者见到"虞美人草"，自然而然想起秦汉之际的大英雄项羽和那位为英雄自尽的美人虞姬。本应该夺取天下的项羽，最终饮恨乌江，这段历史，不知牵动了多少文人词客的心，作者也是其中之一。与李清照一样，他为项羽的功败垂成深感惋惜，并把这种惋惜理想化，认为当今生长的虞美人草，就是当年虞姬的魂灵所化，只要有人唱起"虞兮"悲歌，它便会翩翩起舞，如同当年的虞姬一般无二，这难道真的是巧合吗？下阕写得更具历史凝重感,作者甚至把项羽与远古的舜帝联系起来,舜死苍梧,二妃追至湘水,泪痕洒在竹上,而竹尽斑;项羽死乌江,虞姬为之起舞,为之先死,两者这种相类似的儿女之情,难道也是巧合吗?读这样的词,能让人们随着作者的笔墨进入到辽远的上古,体会那时的"人杰"们英雄气短、儿女情长的慷慨和壮烈,这也算是一种精神上的洗礼吧。

生查子(独游西岩①)

青山非不佳,未解留侬住。赤脚踏沧浪②,为爱清溪故。
朝来山鸟啼,劝上山高处。我意不关渠③,自要寻兰去。

[注释]

①西岩:上饶境内的山岩名,在县南六十里。②赤脚踏沧浪:光着脚踏进溪流里。《孟子·离娄上》:"沧浪之水清兮,可以濯我缨;沧浪之水浊兮,可以濯我足。"后遂以沧浪代指水流。③我意不关渠:我的心思没在它们(山鸟)身上。渠,俗语,表示第三人称他(它)或他(它)们。

[评析]

这是一首纪游小词,写游西岩时的情景。据《上饶县志》载,西岩是一座平地拔起的山岩,中间为空洞,内有悬石,水滴下垂,甚有意趣。据作者此词,山岩旁又有溪流,其水至清,所以作者说:山固甚好,水更清幽,赤脚下水,真可洗去尘浊——作者之所以说"赤脚踏沧浪,为爱清溪故",必然心存涤去凡浊的用意。下阕用拟人的手法写山间鸟鸣,似乎在呼唤他赶快上山。而作者却毫不领情地答道:"不用你们饶舌,老子现在想寻兰草,上山做什么?"您看,词的副题为"独游西岩",可实际上作者并没有中意于此岩,甚至根本就没有登上山岩,而只是在岩下的溪流趟了趟水,便沿着山脚寻找兰草去了,这构思多么巧妙。仔细品味,作者很多词中,似乎对水的感情要比对山更深,这或许不经意间体现出他狷介的品格吧。作者喜欢的是兰草,那散发着幽香的芳草,也在一定程度上表现出作者对雅而洁的向往。千万别把作者单纯当成一个能征善战的将军,忽略了他内心情感的细腻,稼轩是个很注重内在感情的人,只是不像某些江南士子那么故作扭捏态罢了。

水调歌头（我亦卜居[①]者）

将迁新居不成,有感,戏作。时以病止酒,且遣去歌者,末章及之。

我亦卜居者,岁晚望三闾[②]。昂昂千里,泛泛不作水中凫[③]。好在书携一束[④],莫问家徒四壁[⑤],往日置锥无[⑥]。借车载家具,家具少于车。　舞乌有,歌亡是,饮子虚[⑦]。二三子者爱我,此外故人疏。幽事[⑧]欲论谁共,白鹤飞来似可,忽去复何如?众鸟欣有托,吾亦爱吾庐[⑨]。

[注释]

①卜居:择地而居。杜甫《寄题江外草堂》诗:"嗜酒爱风竹,卜居必林泉。"《楚辞》有《卜居》一篇,此篇即自《卜居》而发。②三闾:指屈原。王逸《楚辞·离骚章句》:"屈原与楚同姓,仕于怀王,为三闾大夫。"③昂昂千里,泛泛不作水中凫(fú):《楚辞·卜居》:"宁昂昂若千里之驹乎?将泛泛若水中之凫乎,与波上下,偷以全吾躯乎?"洪兴祖补注云:"昂昂,志行高也。千里之驹,才绝殊也。水中之凫,群戏游也。"凫,野鸭。《诗经·郑风·女曰鸡鸣》:"将翱将翔,弋凫与雁。"朱熹集传云:"凫,水鸟,如鸭,青色,背上有文。"④书携一束:韩愈《示儿》诗:"始我来京师,止携一束书。"⑤家徒四壁:形容家中贫穷。《史记·司马相如列传》:"文君夜亡奔相如,相如乃与驰归成都。家居徒四壁立。"司马贞索隐云:"徒,空也。

家空无资储，但有四壁而已。"⑥往日置锥无：往昔所居连放置锥子的地方都没有。置锥，喻极狭小之地。《庄子·盗跖》："尧舜有天下，子孙无置锥之地。"⑦舞乌有，歌亡是，饮子虚：此为互文修辞，其"舞"、"歌"、"饮"三字均可互换成文。《文选》卷七司马相如《子虚赋》："楚使子虚使于齐，王悉发车骑与使者出畋。畋罢，子虚过奼（夸也。字当作诧）乌有先生，亡是公存焉。坐定，乌有先生问曰：'今日畋乐乎？'子虚曰：'乐。'"郭璞注解说："以子虚，虚言也，为楚称；乌有先生，乌有此事也，为齐难；亡是公者，亡是人也，欲明天子之义。故虚藉此三人为辞，以风谏焉。"⑧幽事：雅事。杨万里《癸亥上巳即事》诗："晒书仍焙药，幽事也劳神。"⑨众鸟欣有托，吾亦爱吾庐：陶渊明《读山海经十三首》之一："孟夏草木长，绕屋树扶疏。众鸟欣有托，吾亦爱吾庐。"

[评析]

这首词诚如作者所说，属于"戏作"，故而其格调轻快，大有苦中作乐的意味。上阕先用《楚辞·卜居》之典，说明自家也是卜居之人。卜居者自然不像达官显贵那样富甲一方，所以作者夸张地说：虽然家徒四壁，还算有一束书，满足了。现在这个"家"，总比此前所居强很多，能放下锥子了！"借车载家具，家具少于车"——这玩笑开得虽然过分，但却饶有情致：如果真是家具少于车，稼轩先生命儿子背来足矣，何必要花雇车的费用？"舞乌有，歌亡是，饮子虚"三个短句用得非常传神。众所周知，此三人者，皆出于司马相如杜撰，作者用在词里，像是忽然活了一样，与作者尽情歌舞饮宴，其乐融融。如此使用典故，堪称出神入化，无懈可击。"二三子者爱我，此外故人疏"，便是作者前面所说"遣去歌者"之事了。有人会问：稼轩既然穷成这样，怎么家里还养了"歌者"呢？一方面稼轩言穷是一种调侃，另一方面，宋朝的士子家中养妓是一种风气，与现代人的理念完全不同。比如苏轼文集里记载着一位叫贾耘老的朋友，穷得连饭都吃不上，靠朋友接济才勉强度日，家里居然也养歌妓，后来还为主人生了儿子（一般妓女为主人生子，便可纳为妾室），苏轼专门写文章表示庆贺。宋朝的家妓既不是妾，更不是妻，仅仅是依附于某人借以糊口的年轻女子。她们有可能被纳为妾，但更多的往往被主人转送或遣散。稼轩所谓"遣去歌者"，就是将养在家里的妓女打发出门。词的末句全用陶渊明的成句不加点化，显得更加古拙有味道，同时把即将搬入新家的热情烘染得有滋有味。

水调歌头（醉吟）

四坐且勿语，听我醉中吟。池塘春草①未歇，高树变鸣禽。鸿雁初飞江上，蟋蟀还来床下②，时序百年心③。谁要卿料理，山水有清音④。　　欢多少，歌长短，酒浅深。而今已不如昔，后定不如今。闲处直须行乐，良夜更教秉烛，高会惜分阴⑤。白发短如许，黄菊倩谁簪？

[注释]

①池塘春草：谢灵运《登池上楼》诗："池塘生春草，园柳变鸣禽。"②蟋蟀还来床下：《诗经·豳风·七月》："十月蟋蟀入我床下。"③时序百年心：意谓时序的不断变化，使人发百年之幽思。杜甫《春日江村》诗："乾坤万里眼，时序百年心。"④山水有清音：晋左思《招隐诗二首》之一："非必丝与竹，山水有清音。"⑤高会：高朋之会。分阴：一分之光阴。谓极短的时间。阴，日影。《晋书·陶侃传》："大禹圣者，乃惜寸阴；至于众人，当惜分阴。"

[评析]

　　这首词是在宴会上的即兴之作,发言悠远,很有汉乐府的味道。写作上面,作者大量化用前人的诗句,增加了历史的凝重感。全词画龙点睛之笔在于下阕"闲处直须行乐"一句,直接表达了人生苦短及时行乐的士大夫情怀,只是这种情怀与魏晋士子"行乐"的概念存在着一定的区别。魏晋士子的苦闷,主要基于政治风云的变幻太快,"朝为卿相客,暮为阶下囚"的残酷现实,使士子们手足无措,只能得过且过。本词中所表现的"及时行乐"思想,则主要基于作者报国无门,复国无望,浑身是力却使不出来的憋闷。客观地说,南宋时期士子生存的环境要比魏晋时期好得多,宋朝自太祖时便定下规矩:不准乱杀士大夫。所以尽管官场污浊,但士子还不担心被杀甚至"诛三族"之类的残暴重演,充其量遭受弹劾,授官祠,被贬谪,被流放,那就算到底了。其实哪个朝代的官场是清如流水的呢?宋朝的士子,包括作者在内,更多的苦闷是在官场的勾斗中遭受精神折磨,所以作者很多词作所表现的,都是歌咏闲居之乐,这种快乐中的隐痛,则又是因无法实现平生抱负而起。这条主线,可以解释辛词中绝大部分词作的创作冲动。我们没必要去歌颂南宋的统治者,但也完全不必把那些统治者想象成吃人的怪兽。宋朝的政治可以用"懦弱"概括,但不能用"残暴"来解释。

贺新郎（别茂嘉①十二弟）

　　绿树听鹈鴂②。更那堪、鹧鸪③声住,杜鹃声切④。啼到春归无寻处,苦恨芳菲都歇⑤。算未抵、人间离别。马上琵琶关塞黑⑥,更长门⑦、翠辇辞金阙⑧。看燕燕、送归妾⑨。　　将军百战身名裂⑩。向河梁⑪、回头万里,故人长绝⑫。易水萧萧⑬西风冷,满座衣冠似雪⑭。正壮士、悲歌未彻⑮。啼鸟还知如许恨⑯,料不啼清泪长啼血⑰。谁共我,醉明月⑱。

[注释]

①茂嘉:辛茂嘉,辛弃疾的弟弟,此时因事贬为桂州(今广西桂林)幕僚。②鹈鴂(tí jué):又叫伯劳,一种与子规相似的鸟,夏至前后鸣叫。③鹧鸪:鸟名,其鸣声凄切,总像在说"行不得也哥哥"。④杜鹃:鸟名。又名杜宇、子规。相传为古蜀王杜宇之魂所化。春末夏初,常昼夜啼鸣,其声哀切。鲍照《拟行路难》诗之六:"中有一鸟名杜鹃,言是古时蜀帝魂。其声哀苦鸣不息,羽毛憔悴似人髡。"声切:鸣声十分凄切。⑤芳菲都歇:谓鲜花都已凋谢了。⑥马上琵琶:在马上弹琵琶。此处用汉代王昭君和亲匈奴的故事。昭君名嫱,汉元帝宫女,因和亲赐嫁匈奴王呼韩邪单于。昭君在去匈奴的路上,骑在马上弹奏琵琶。石崇《王明君辞序》:"昔公主嫁乌孙,令琵琶马上作乐,以慰其道路之思,其送昭君,亦必尔也。"关塞黑:指塞外一片昏暗。⑦长门:汉代宫殿名,汉武帝陈皇后失宠后曾住在这里。⑧翠辇:饰有翠羽的帝后车驾。此处特指陈皇后之车。辞金阙:谓皇后辞别皇宫。⑨看燕燕、送归妾:《诗经·邶风·燕燕》:"燕燕于飞,差池其羽。之子于归,远送于野。"毛亨注解说:春秋时,卫庄公的妻子庄姜无子,把庄公妾戴妫的儿子完认做自己的儿子。庄公死后,立完为君,不久被杀。其母戴妫回娘家,庄姜送她到郊野,并作《燕燕》诗以赠之。⑩将军百战身名裂:汉武帝时将军李陵出击匈奴,屡立功勋,但在一次与匈奴交战中,由于寡不敌众,不幸被俘,投降了匈奴,落得身败名裂。⑪河梁:河上的桥。⑫故人长绝:汉代苏武出使匈奴,被单于扣留十九年,始终不屈。后来西汉与匈奴关系缓和,苏武被放回汉朝。临行时与已在匈奴的李陵道别,李陵举酒赠别道:"异域之人,一别长绝。"⑬易水萧萧:战国时,燕太子丹派荆轲刺杀秦王,临别时为他饯行于易水,荆轲慷然悲歌道:"风萧萧兮易水寒,壮士一去兮不复还!"⑭满座衣冠似雪:荆轲临行时,为他送行的人都穿着白衣,戴着白帽,表示对荆轲必死的提前哀悼。⑮未彻:指荆轲的歌声还没有完结。⑯啼鸟:啼叫的杜鹃。如许恨:这些遗憾。指上面所列举的令人深深遗憾的故事。⑰啼血:相传蜀王杜宇死后化为杜鹃,啼叫时落下的血泪染红了杜鹃花。⑱醉明月:在明亮的月光下痛饮大醉。

[评析]

　　这是一首送别词,作于辛弃疾从福建路安抚使罢任闲居于上饶铅山之时,此时其弟茂嘉因事贬赴桂林。在这种背景下兄弟分手,其心情之沉重可想而知。辛弃疾在仕途上一直不顺利,最主要的原因是他坚决主张抗击金人,收复失地,这就屡屡与当权者意见相左。他长期被朝廷闲置于乡间,更使他充满了壮志难酬的惆怅。此词正是在这样的背景下写成的。词的上阕写鹈鴂、鹧鸪、杜鹃三种鸟连续啼鸣,其声均哀哀切切,令人肠断。它们的鸣声相继止住后,迎来的却是百花凋谢的残春。这实际上是在委曲地表达自己的境遇:大好年华中,屡屡不能伸扬壮志,好不容易脱离了政治上的高压,却已是被闲置的烈士暮年了。随后作者连用了五个古人离别的典故,倾吐了自己兄弟精忠报国却有家难回的愁苦愤懑之情。为了将这种情绪渲染得更浓重,作者打破上、下阕的转合,一气贯穿,末句用杜鹃之鸣收束全词。作者告诉杜鹃鸟:如果你知道世间还有如此之多的离恨,你就不可能只啼清泪,而是常啼碧血了。杜鹃啼血的故事尽人皆知,诗人多用它来表示极度的悲痛。作者表达了自己此刻的心情,同时又很自然地与词的开头三句相呼应。上阕仅仅是杜鹃悲啼,情到浓处,杜鹃的啼鸣也随之变化了。此词的感情十分复杂,其中既有兄弟相别的痛苦,又有壮志难酬反遭闲置的愤懑,更有对朝廷一味妥协、忠奸不辨的牢骚。全词纵横古今,感物伤情,气象雄浑,感情浓烈。《白雨斋词话》说此词:"沉郁苍凉,跳跃动荡,古今无此笔力。"王国维更是极口称赞辛弃疾胸中自有万卷书的丰厚积淀,他在《人间词话》中说此词:"章法绝妙,且语语有境界,此能品而几于神者。然非有意为之,故后人不能学也。"

沁园春（和吴尉子似①）

我见君来，顿觉吾庐，溪山美哉。怅平生肝胆，都成楚越②；只今胶漆，谁是陈雷③。搔首踟蹰，爱而不见④，要得诗来渴望梅⑤。还知否，快清风⑥入手，日看千回。　　直须抖擞尘埃⑦。人怪我柴门今始开⑧。向松间乍可，从他喝道⑨；庭中且莫，踏破苍苔。岂有文章，谩劳车马⑩，待唤青刍白饭来⑪。君非我，任功名意气，莫恁徘徊。

[注释]

①吴尉子似：铅山县尉吴绍古，字子似。又字子嗣。《铅山县志》卷十一："吴绍古字子嗣，波阳人。庆元五年任铅山尉，多所建白。"②楚越：《庄子·德充符》："仲尼曰：'自其异者视之，肝胆楚越也；自其同者视之，万物皆一也。'"成玄英疏解说："楚、越迢递，相去数千。"此处特指与友人相距遥远。③陈雷：东汉人陈重与雷义，二人皆以重节义为时所称。《后汉书·陈重传》："陈重字景公，豫章宜春人也。少与同郡雷义为友，俱学《鲁诗》、《颜氏春秋》。太守张云举重孝廉，重以让义，前后十余通记，云不听。义明年举孝廉，重与俱在郎署。"《后汉书·雷义传》："雷义字仲公，豫章鄱阳人也。初为郡功曹，尝擢举善人，不伐其功。义尝济人死罪，罪者后以金二斤谢之，义不受。金主伺义不在，默投金于承尘上。后葺理屋宇，乃得之。金主已死，无所复还，义乃以付县曹。后举孝廉，拜尚书侍郎，有同时郎坐事，当居刑作。义默自表取其罪，以此论司寇。同台郎觉之，委位自上，乞赎义罪。顺帝诏皆除刑。义归，举茂才，让于陈重，刺史不听，义遂阳狂被发走，不应命。乡里为之语曰：'胶漆自谓坚，不如雷与陈。'"④搔首踟蹰，爱而不见：谓思念而未得见。《诗经·邶风·静女》："静女其姝，俟我于城隅。爱而不见，搔首踟蹰。"⑤望梅：《世说新语·假谲》："魏武行役，失汲道，军皆渴，乃令曰：'前有大梅林，饶子，甘酸可以解渴。'士卒闻之，口皆出水，乘此

得及前源。"⑥清风：清凉的风。《诗经·大雅·烝民》："吉甫作诵，穆如清风。"毛亨传云："清微之风，化养万物者也。"此处特指吴子似的诗文。⑦直须：应当。抖擞尘埃：抖落衣裳上的尘土，表示将要迎接贵客。白居易《泛春池》诗："恐污清泠波，尘缨先抖擞。"⑧柴门今始开：杜甫《客至》诗："花径不曾缘客扫，柴门今始为君开。"⑨喝道：旧时官员出行，仪仗前导传呼令行人回避，谓之"喝道"。韩愈《饮城南道边古墓上逢中丞过赠礼部卫员外少室张道士》诗："为逢桃树相料理，不觉中丞喝道来。"⑩岂有文章，漫劳车马：此二句化用杜甫诗句，表示对客人到来的欢欣。杜甫《有客》诗："幽栖地僻经过少，老病人扶再拜难。岂有文章惊海内，漫劳车马驻江干。竟日淹留佳客坐，百年粗粝腐儒餐。不嫌野外无供给，乘兴还来看药栏。"⑪青刍白饭：喂马的青草和管待奴仆的白米饭。杜甫《入奏行赠西山检察使窦侍御》诗："为君酤酒满眼酤，与奴白饭马青刍。"

[评析]

这首词是写给铅山县尉吴绍古的，当时作者在铅山闲居，县尉吴绍古前来看望，使他非常高兴，于是写下这首和词。由于此时作者心思比较单纯清爽，故而词中没有表现出更复杂的情愫，主要说的都是友情。只是在最后两句，才委婉地道出自己的无奈。这种题材的词，最适合用典，所以作者接连用数个典故，表达欢愉之情。下阕化用了杜甫几首诗的成句，体现了江西诗派"点铁成金"的诗歌理论在当时影响之深远。现在读起这些点铁成金之语，最直接的感觉是：前人成句化用得好，真正做到"不露痕迹"，也未尝不是一种好的尝试。然而这种高深的诗歌理论与实践，必须面对造诣深湛的高手，如果是面对一般读者，则未必能体会到其间妙处。时过境迁，今天我们欣赏这些诗词，主要看的还是作品内在的感染力。比如此词，向人们展示了人与人之间必须真诚相待的道理，明白这番道理，远比弄清词中化用了多少杜诗意义更大。

浪淘沙（山寺夜半闻钟）

身世酒杯中①，万事皆空。古来三五个英雄。雨打风吹何处是，汉殿秦宫。　　梦入少年丛②，歌舞匆匆。老僧夜半误鸣钟。惊起西窗眠不得，卷地西风。

[注释]

①身世酒杯中：意谓将此生交给酒杯终日饮酒。②梦入少年丛：做梦时回到了少年时代。

[评析]

这首小词初看时觉得十分搞笑，这个老僧，真是老糊涂了吗？天还没亮你瞎敲哪门子钟啊。生生地把借宿的稼轩给敲醒了，这一醒不打紧，再也无法入睡，你说晦气不晦气。仔细琢磨，稼轩还真没生这个老僧的气，因为他听见卷地而来的西风，头脑倏地清醒了，他在想什么呢？想自己一生虚度，竟然寄情于酒杯之中，这是南渡前万万料想不到的结果。不过转念一想，也没什么，都说大丈夫不鸣则已，一鸣惊人，那其实是骗人的。古往今来，留在人们记忆里的英雄有几个？数来数去，不过三五个而已。英雄们改变的世界在哪里？看来看去，至今残存的，也不过几间汉殿，几处秦宫，一切都烟消云散，一切都失去了颜色和光辉。从这个意义上说，作者好像万念俱灰，而实际上在他心里，毕竟还有三五个英雄，他本应该是这三五个之内的人啊。他又回想起年轻之时，那时候想的不多，日子过得却有滋有味；如今终日纠结，什么快乐都没有了，实在弄不明白这纠结是为了什么？

西江月（以家事付儿曹示之）

万事云烟忽过，一身蒲柳先衰①。而今何事最相宜？宜醉、宜游、宜睡。　　早趁催科了纳②，更量出入收支。乃翁依旧管些儿：管竹、管山、管水。

[注释]

①一身蒲柳先衰：谓自己已如蒲柳日渐衰败。蒲柳，即水杨，一种入秋就凋零的树木。《世说新语·言语》："蒲柳之姿，望秋而落；松柏之质，经霜弥茂。"后遂以蒲柳喻体质衰弱。②早趁：即趁早，不要拖延。催科了纳：谓将应该缴纳官府的租税足额缴纳。催科，官府按照科条催收租税。《宋史·职官志三》："以四善、三最考守令……狱讼无冤、催科不扰为治事之最。"

[评析]

这首小词很有趣味，是作者向儿子付托家事的。稼轩为一家之长，此前所有家事都需要经他拿主意方才得行。眼瞅着年纪越来越大，精力和心气都大不如前，于是想把家中诸事都交给儿子打理，他可以当"老太爷"了。我们说此首小词写得有趣，表现在他还没有甘心"彻底交权"：经济大权交出，外事大权交出，但家中的竹木山水之权坚决不交！您说这位老爷子有多可爱。全词充满了生活情趣，在稼轩看来，"家"是他唯一可以放情肆意的地方，是最温暖、最舒心的地方，他无论在哪里"闲居"，无论闲居多久，总还得"居"吧？居的地方，不就是"家"吗？古代很多士子被流放、被贬谪，都是靠一个"家"作为支撑的：苏轼被贬到黄州，几个月之内就把家属接到了黄州，与老伴王闰之、侍妾朝云又是种田又是养牛，其乐融融；后来老伴病死，他再次被贬谪到岭南惠州，又是朝云一直陪伴着他。朝云绍圣三年（1096）病逝之后，苏轼的精神受到极大的摧残，幸而还有幼子苏过陪着他，直到海南儋州，苏过一直侍奉在他的身边——苏轼的晚年，几乎把幼子苏过的仕途、家庭生活全都打乱了，但如果没有家人做出如此大的牺牲，年迈的苏轼恐怕根本熬不到北归常州。稼轩爱他的妻子，爱他的儿子，可以这么说，一个对家人缺乏爱心的人，绝不会对别人、对祖国充满爱心，这就是我们选录本词的用心：看这位铁血大汉，对家人又是何等充满柔情。

汉宫春（立春日）

春已归来，看美人头上，袅袅春幡①。无端②风雨，未肯收尽余寒。年时③燕子，料今宵、梦到西园。浑未办④、黄柑荐酒⑤，更传青韭堆盘⑥。 却笑东风从此，便薰梅染柳，更没些闲。闲时又来镜里，转变朱颜。清愁不断，问何人、曾解连环⑦。生怕见、花开花落，朝来塞雁先还。

[注释]

①春幡（fān）：春日所带的幡胜。唐宋时期，妇女往往在立春之日剪五彩绸帛，折为燕形的小幡戴在头上，表示迎春之意。高承《事物纪原·春幡》："《后汉书》曰：立春皆青幡帻。今世或剪彩错缉为幡胜，虽朝廷之制，亦镂金银或缯绢为之，戴于首。亦因此相承设之。或于岁旦刻青缯为小幡样，重累凡十余，相连缀以簪之。此亦汉之遗事也。"②无端：没来由。③年时：宋元时期俗语，相当于今言"去年"、"去年时"。④浑未办：全然没有置办。⑤黄柑荐酒：以黄柑酒彼此相赠。明陈阶《编日新书·正月·立春黄柑酒》："立春日，作五辛盘。以黄柑酿酒，谓之'洞庭春色'。苏（轼）诗曰：'辛盘得青韭，腊酒是黄柑。'"⑥青韭堆盘：旧俗立春时，百姓作五辛盘，青韭亦属于辛菜，故以韭代指辛盘。⑦连环：旧时一种游戏用具，九环相连，运用技巧可以将环全部拆开，但解起来十分困难。《战国策·齐策》："秦昭王尝使使

者遗君王后玉连环，曰：'齐多智，而解此环不？'君王后引椎椎破之，谢秦使曰：'谨以解矣！'"

[评析]

这首词名为立春，实际上是通过立春这一天的感受抒发忧国之情。作者此时闲居于上饶，见到村民庆贺立春，联想到时光流逝之快，如今暮年将至，沦陷的北方却还没有收复，因此感到悲哀惆怅。词的上阕写南国立春时的习俗，妇女头插春幡，家家户户黄柑荐酒、青韭堆盘，展现的是一片祥和景象，这种祥和，恰恰与北方沦陷区中原遗老悲苦不堪的生活形成鲜明的对照，虽然那些悲惨的场面没有在词中出现，但作者是从北方来到南方的，深知北方人民在受着怎样的煎熬。由于有这样的前提，故下阕开始感慨自己"转变朱颜"，由青年熬到了老年，这些年的愁闷从未间断。末句写最怕见"花开花落"，因为一个轮回就标志着又是一年过去；更怕见"塞雁先还"，因为塞北之雁飞到南方，似乎带来了北方父老痛苦的呻吟。这两句话最动人情怀。周济《四家词选》说："辛词之怨，未有甚于此者。"也是针对这两句而言。

临江仙（簪花屡堕戏作）

鼓子花①开春烂漫，荒园无限思量。今朝拄杖过西乡。急呼桃叶渡②，为看牡丹忙。　　不管昨宵风雨横，依然红紫成行。白头陪奉少年场③。一枝簪不住，推道帽檐长④。

[注释]

①鼓子花：花名，即旋复花。郑谷《长江县经贾岛墓》诗："重来兼恐无寻处，落日风吹鼓子花。"②桃叶渡：古渡口名，在今江苏南京秦淮河畔。晋王献之在此送其爱妾桃叶，因而得名。《乐府诗集》卷四十五："《古今乐

录》曰:'《桃叶歌》者,晋王子敬之所作也。桃叶,子敬妾名,缘于笃爱,所以歌之。'《隋书·五行志》曰:'陈时江南盛歌王献之《桃叶》诗,云:桃叶复桃叶,渡江不用楫。但渡无所苦,我自迎接汝。'"此处泛指摆渡之船。③白头陪奉少年场:谓自己虽已白头,仍与少年一样簪花喜庆。④一枝簪不住,推道帽檐长:一枝花没有簪住,推说是因为帽檐太长挡住了。宋代已经有大檐和长檐的帽子,可参拙著《一本书读懂宋朝·宋人服饰器具与市民文化》(中华书局2010年9月版)。

[评析]

这是一首洋溢着生活热情的小词,全词不分层次,一气呵成,很像一篇小游记。开篇写春光烂漫之时,到处开满了鼓子花,使已经荒芜的田地里多了些生意。但这样的小草花毕竟没有什么意趣,还得到西乡去看牡丹。到了那里,果见朱紫争艳,这使作者非常开心,于是学着年轻人那样摘下一朵便往头上簪,谁知左簪右簪,那花儿怎么也簪不住,一次又一次地往下掉。作者自我解嘲:呵呵,瞧老夫这帽子,帽檐太长了!此词副题为"戏作",自然没有太多的激愤,我们为他高兴——尽管年纪大了些,快乐就好。

南歌子（新开池戏作）

散发披襟①处,浮瓜沉李②杯。涓涓流水细侵阶。凿个池儿,唤个月儿来。　　画栋频摇动,红蕖③尽倒开。斗匀红粉照香腮。有个人人,把做镜儿猜④。

[注释]

①散发披襟:披头散发,衣襟敞开。指放浪形骸的随意状态。白居易《闲卧》诗:"清风散发卧,兼不要纱巾。"②浮瓜沉李:指夏季将瓜果放进冷水中使之变凉。曹丕《与朝歌令吴质书》:"浮甘瓜于清泉,沉朱李于寒水。"③红蕖(qú):荷花,一名芙蕖。陶渊明《杂诗》之三:"昔为三春蕖,今作

秋莲房。"④有个人人,把做镜儿猜:有那么一个人,猜想这一定是一面镜子。这是作者童趣的表现。人人,即指他自己。

[评析]

这首小词副题名"戏作",可谓名副其实。全词的口吻像个孩子,充满了天真的童心童趣。上阕写天气炎热,作者在新开的小池塘边纳凉,一副披襟散发的山人模样,面对的是瓜果放在池中待其发凉。看那涓涓流水,几乎要漫到石阶上来。接下来的文字便有趣了:"凿个池儿,唤个月儿来。"多么奇妙的想象!细细琢磨,又很有道理:开凿一个池塘,月亮便倒映在池中了,这月亮真像是小池唤过来的。有首流行歌曲唱道:"天上有个月亮,水中有个月亮。"与稼轩的词相比,是不是显得生硬而无趣?下阕说其实池中不仅多了个月亮,还有雕梁画栋、娇艳的荷花,那么多荷花都倒着开放呢!此时作者非常开心,似乎连自己处在何地都不知道了。望着这充满生意的小池,作者自忖:如果把此情此景编成个谜语叫人猜,我肯定会猜:"是面镜子!"

鹧鸪天(黄沙①道中)

句里春风正剪裁,溪山一片画图开。轻鸥自趁虚船去,荒犬还迎野妇回。　　松菊竹,翠成堆,要擎残雪斗疏梅。乱鸦毕竟无才思②,时把琼瑶③蹴下来。

[注释]

①黄沙:黄沙岭,在江西上饶以西。②乱鸦毕竟无才思:成群的乌鸦实在是没有才思情趣。才思,才气和思致。③琼瑶:美玉。《诗经·卫风·木瓜》:"投我以木桃,报之以琼瑶。"毛亨传云:"琼瑶,美玉。"此处喻晶莹的白雪。

[评析]

这首小词是作者行走于黄沙岭时的即兴之作,与本书前面《西江月·夜行黄沙道中》为同时的作品。词的字数不多,却具有很强的概括性:目之所见,有水有山,水中的船是空船,鸥鸟撒着欢儿地飞到船上,享受着劳动者才能享受的安稳;狗儿则体现着本能和天性,汪汪叫着将它们的主人迎回家门。这些画面虽然算不得新巧,却也朴素真切,给原本寂静的山间村落增添了乐趣和生气。稼轩词的另一个显著的特点,就是极富想象力,任何没有生命或没有情感的事物经他一勾画,便会变得栩栩如生,且具有了人的情感。下阕写到四种植物:松、菊、竹和梅——此时的前三种植物无非是枝头挂雪,但在作者笔下,它们似乎有了人的感情,认为它们是想和梅花争奇斗艳。怎奈傻乎乎的乌鸦不懂得一点情趣,生生把松、竹上的雪踢腾到地上,多么扫兴!其实在大自然里,百花争艳仅仅是人赋予它们的内心活动,实际上是人在争艳。乌鸦自有乌鸦的生活方式,它没必要也不可能照顾到花草树木的状态。作者如此表述,将原本就不讨人喜欢的乌鸦大姐刻画得更加粗鲁,更加不招人待见了。"活灵活现"四个字,可以概括此词的写作技巧。

鹧鸪天(自古高人①最可嗟)

自古高人最可嗟,只因疏懒取名多。居山一似庚桑楚②,种树真成郭橐驼③。　　云子饭④,水晶瓜⑤。林间携客更烹茶。君归休矣吾忙甚?要看蜂儿趁晚衙⑥。

[注释]

①高人:高尚不仕的隐士。②庚桑楚:《庄子·庚桑楚》:"老聃之役有庚桑楚者,偏得老聃之道,以北居畏垒之山。其臣之画然知者去之,其妾之挈

然仁者远之。拥肿之与居,鞅掌之为使。"③郭橐(tuó)驼:柳宗元《种树郭橐驼传》:"郭橐驼,不知始何名。病偻,隆然伏行,有类橐驼者,故乡人号之'驼'。驼闻之曰:'甚善,名我固当。'因舍其名,亦自谓橐驼云。其乡曰丰乐乡,在长安西。驼业种树,凡长安豪富人为观游及卖果者,皆争迎取养。视驼所种树,或移徙,无不活,且硕茂蚤实以蕃。他植者虽窥伺效慕,莫能如也。"④云子饭:精米炊成的饭。云子,一种白色小石,细长而圆,状如饭粒。《汉武故事》:"太上之药,有中华紫蜜、云山朱蜜、玉液金浆,其次药有五云之浆、风实、云子、玄霜、绛雪。"杜甫《与鄠县源大少府宴渼陂》诗:"饭抄云子白,瓜嚼水精寒。"⑤水晶瓜:当作"水精瓜",此亦化用杜甫成句,见上注。⑥晚衙:古代地方官坐衙一日两次,上午称早衙,下午称晚衙。白居易《城上》诗:"城上冬冬鼓,朝衙复晚衙。"

[评析]

这首词也是抒写性情之作。作者闲居铅山,虽然还是"官"(宋代祠禄官还在朝廷官籍,与致仕、除职性质不同,故而当朝廷需要起用此人时,可以直接任命,无须补办任何手续),但天知道这个官多么令人难受,还不如不在官场来得干净。既然闲居,作者不可能不把自己与古代的隐士联系起来,于是想到:千万别再把自己当成官,就当成隐士算了,因为真隐士才最无所羁系,想怎么疏懒就怎么疏懒。下阕写自己真的成了隐士,他想象着吃精米饭,吃水精瓜,有客来访便对坐烹茶,聊他个天昏地暗。实在没事,看看蜜蜂晚归蜂巢也蛮有意思。他确实在写乡间闲居生活,但透过这种"过于隐士"的情景勾画,还是让我们捕捉到了他内心的失落乃至焦虑——他毕竟还在等待着朝廷的"醒悟"!

沁园春(灵山①齐庵赋,时筑偃湖未成)

叠嶂西驰②,万马回旋,众山欲东。正惊湍直下,跳珠③倒溅,小桥横截,缺月初弓④。老合投闲⑤,天教多事⑥,检校长身十万松⑦。吾庐小,在龙蛇影⑧外,风雨声中。　　争先见面重重。看爽气⑨朝来三数峰。似谢家子弟,衣冠磊落⑩,相如庭户,车骑雍容⑪。我觉其间,雄深雅健⑫,如对文章太史公⑬。新堤路,问偃湖何日,烟水濛濛。

[注释]

①灵山:上饶境内山名。《读史方舆纪要》卷八五:"灵山,(广信)府西北六十里。一名灵鹫山。《道书》第三十三福地,实郡之镇山也。有七十二峰,高千余丈,绵亘百余里。上有龙池,中产异木奇草及水晶等珍。其东北峰挺立孤石,高百余丈。西峰绝顶有葛仙坛遗址。溪分五派,西流入上饶江。"②叠嶂西驰:谓重峦叠嶂像在往西奔驰。这是作者拟人化的写作手法。③跳珠:迸溅起来的水珠。苏轼《与莫同年雨中饮湖上》诗:"还来一醉西湖雨,不见跳珠十五年。"④缺月初弓:意谓月亮是残缺之月,像一张刚刚拉起的弓。此即新月一弯之状。⑤老合投闲:谓做官之人年纪大了就应该赋闲。合,应该。投闲,置身清闲境地。即吃祠禄或致仕。陆游《入秋游山赋诗》之三:"屡奏乞骸骨,宽恩许投闲。"⑥天教多事:上天教我多管闲事。此为作者调侃之辞。⑦检校:检核察看。唐宋时期有检校官,故有此喻。长身十万松:十万株高大的苍松。作者还有一首《归朝歌》词,云:"灵山齐庵菖蒲港,皆长松茂林。"所指为同一处。⑧龙蛇影:指松树的阴影。陆游《眉州驿舍睡起》诗:"斜阳生木影,龙蛇满窗纸。"⑨爽气:朗然开豁的自然气象。《世说新语·简傲》:"王子猷作桓车骑参军,桓谓王曰:'卿在府久,比当相料理。'初不答,直高视,以手版拄颊云:'西山朝来,致有爽气。'"张元干《陇头泉》词:"望爽气,西山忘言。"⑩谢家子弟,衣冠磊落:指东晋王谢大族中的谢氏一族子弟。《晋书·谢安传》附传有谢琰、谢混、谢奕、谢玄、谢万、谢石、谢朗等诸传。衣冠,贵族的衣裳和冠冕。代指贵族。⑪相如庭户,车骑雍容:《史记·司马相如列传》:"相如之临邛,从车骑,雍容闲雅,甚都。"⑫雄深雅健:谓文章风格雄浑深沉,典雅而有风骨。《新唐书·柳宗元传》:"韩愈评其文曰:'雄深雅健,似司马子长,崔、蔡不足多也。'"⑬太史公:指《史记》的作者司马迁。他在每篇之后有一评论,自称"太史公"。上注"司

马子长",即司马迁。子长是司马迁的字。

[评析]

　　这首词作于宁宗庆元初年,作者闲居于带湖。表面看来,此词为投闲适意之笔,但从全词的内容和格调来看,也可以认为是一首励志之作。上阕先写景物,气象十分宏壮,他笔下的重峦叠嶂,仿佛有生命的万马千军,向西奔驰,很容易使读者想到,这位原本"壮岁旌旗拥万夫"的凛凛将军,时时刻刻不忘金戈铁马的雄壮场面,即使如今已被闲置在崇山之中,还本能地将山岭比做军阵。接下来写两种近景和一种天上之景:跳珠倒溅,小桥横截,缺月初弓。这三种景致在作者的笔下,既能让人感到美轮美奂,又能让人宛如置身于天籁之中,顿生虚空宁谧之感,这也正是作者想要达到的艺术境界。随后便开始调侃了:既然被朝廷逼着隐退,那就该退得彻底,退得明白。可惜老天多事,平白无故又命我掌管山中十万苍松!大将军不去管军队,却来到深山管理松柏,这本身是不合逻辑的,作者所要倾吐的郁闷,恰恰就在这不合逻辑的"安排"里喷涌出来。下阕用了谢氏大族、司马相如、太史公马迁三个熟典,以拟人化的手法平衡自己的心态:松树也很可玩味嘛,你看那整整齐齐排列有序的青松,不是很像谢家子弟,不是很像司马相如得意时的车骑吗?整座灵山,气象万千,不是很像太史公呕心沥血写成的一部名著吗?人生只要摆正了心态,便可以在任何条件下顽强地生存,发光。全词基调朗健,气势恢弘,读之能令人增强对"生命色彩"的理解。

鹧鸪天（睡起即事）

　　水荇参差[①]动绿波,一池蛇影噤群蛙[②]。因风野鹤饥犹舞,积雨山栀病不花③。　　名利处，战争多。门前蛮角日干戈④。不知更有槐安国，梦觉南柯日未斜⑤。

[注释]

①水荇（xìng）参差：谓荇菜随着水流飘动，将水波染成了绿色。《诗经·周南·关雎》："参差荇菜，左右流之。"荇，多年生水生草本植物，叶呈对生圆形，嫩时可食。②一池蛇影噤群蛙：谓荇菜的飘动宛如池中满是蛇的影子，将群蛙吓得不敢鸣叫。③积雨山栀病不花：谓因雨水太多，使栀子患了病，花也开不了了。山栀，即栀子，常绿灌木或小乔木。花白色，芳香。④门前蛮角日干戈：谓门前的蜗牛等小虫的确日日发生着争斗。参看前《哨遍·秋水观》注②。⑤不知更有槐安国，梦觉南柯日未斜：唐李公佐《南柯太守传》载：淳于棼一日酒醉，梦有二紫衣使者邀其到大槐安国，娶其国公主，奉命为南柯太守，二十余年，郡政大治。梦醒后日尚未斜。寻梦中所至之处，乃是大槐树下一古穴。

[评析]

这是一首感悟世事的词。读书人喜欢思考人生，进而思考社会，而且这种思考往往是伴随他们大半生的。比如稼轩年轻时，考虑这些道理并不多，那时候唯一的想法便是如何战胜金贼，如何清除叛徒。到了南宋，他一直在考虑如何说动朝廷采纳自己的抗金建言。当他的满腔热情受到冷遇，步入官场又屡屡遭人弹劾，吃尽苦头，历尽沧桑后，他当然要重新对人生进行更深一层的思考：人活着究竟为什么？我活着究竟为什么？这个世界上，看起来都是两只肩膀扛着个脑袋，可内心之想却相差万里，迥然不同。面对纷繁复杂的人世和官场，他开始考虑生命的价值：如果人的一生仅仅是为功名利禄，为一己之私而蝇营狗苟，那还算个人吗？那甚至连一般的动物都不如。可这个世界上，这种仅仅是为功名利禄，为一己之私而蝇营狗苟的家伙，却比比皆是，真不知道他们哪来这么充沛的精力，难道他们不懂得一切的物质财富都只是昙花一现吗？难道他们不明白"世间公道惟白发，贵人头上不曾饶"的道理吗？《庄子》不是已经说得明明白白了吗？这些问题，他很早就想通了，所以说：蜗角争斗的蛮触，知不知道世上还有"大槐安国"？可以想见，作者说这句话时，一定是满含着嘲笑和轻蔑的。

鹧鸪天（有感）

出处①从来自不齐，后车方载太公归②。谁知孤竹夷齐子，正向空山赋采薇③。　黄菊嫩，晚香枝。一般同是采花时。蜂儿辛苦多官府④，蝴蝶花间自在飞⑤。

[注释]

①出处：出仕和隐退。蔡邕《荐皇甫规表》："出处抱义，皦然不污。"②后车方载太公归：《史记·齐太公世家》："吕尚盖尝穷困，年老矣，以渔钓奸周西伯。西伯将出猎，卜之，曰：'所获非龙非彲，非虎非罴；所获霸王之辅。'于是周西伯猎，果遇太公于渭之阳，与语大说，曰：'自吾先君太公曰：当有圣人适周，周以兴。子真是邪？吾太公望子久矣。'故号之曰'太公望'，载与俱归，立为师。"后车，副车。③赋采薇：《史记·伯夷列传》："伯夷、叔齐，孤竹君之二子也。父欲立叔齐，及父卒，叔齐让伯夷。伯夷曰：'父命也。'遂逃去。叔齐亦不肯立而逃之。国人立其中子。于是伯夷、叔齐闻西伯昌善养老，盍往归焉。及至，西伯卒，武王载木主，号为文王，东伐纣。伯夷、叔齐叩马而谏曰：'父死不葬，爰及干戈，可谓孝乎？以臣弑君，可谓仁乎？'左右欲兵之。太公曰：'此义人也。'扶而去之。武王已平殷乱，天下宗周，而伯夷、叔齐耻之，义不食周粟，隐于首阳山，采薇而食之。及饿且死，作歌，其辞曰：'登彼西山兮，采其薇矣。以暴易暴兮，不知其非矣。神农、虞夏忽焉没兮，我安适归矣？于嗟徂兮，命之衰矣！'遂饿死于首阳山。"④蜂儿辛苦多官府：谓蜜蜂采蜜多贡于官府。罗隐《蜂》诗："采得百花成蜜后，为谁辛苦为谁甜。"⑤蝴蝶花间自在飞：谓蝴蝶则不必忙碌，可以自由自在地在花间飞舞。

[评析]

　　这首词的副题为"有感",则必是作者在生活中有了感悟而形诸文字。词中作者把感悟写得十分明白,他直截了当地讲出一番道理:人比人,气死人。有人早早就高官厚禄,有人直到垂暮才荣归故里,这公平吗?可谁又规定所有人必须出处相同呢?如果认为姜太公的晚遇不公平,那么几乎同时的伯夷、叔齐竟然饿死在首阳山,这公平吗?可谁又规定所有人都不可以因饿而死呢?人类如此,动物界又何尝不是如此?同在采花的季节里,蜜蜂忙前忙后采得百花,酿成蜂蜜,辛辛苦苦,自己却一无所获;蝴蝶什么活儿都不干,整天呼扇着翅膀飞到这儿,飞到那儿,悠然自得,无所拘系,这公平吗?其实这世界原本就没有绝对的公平,有人生下来就可以继承皇帝之位,有人生下来就注定要讨饭为生,既然如此,必有它内在的理由。凡事非要争出个公平,是再愚蠢不过的想法。孟子说:"有大人之事,有小人之事。……或劳心,或劳力。劳心者治人,劳力者治于人;治于人者食人,治人者食于人:天下之通义也。"你不服?那就离死不远了。作者这番感悟,主要是为了平复自己的内心,其实事情完全可以换个角度看:齐生死,等贵贱,庄周就是蝴蝶,蝴蝶就是庄周——哪里还要评一评谁公谁不公?这也是人到老年时才能感悟出的大道理。

鹧鸪天（吴子似过秋水[①]）

　　秋水长廊水石间,有谁来共听潺潺。羡君人物东西晋[②],分我诗名大小山[③]。　　穷自乐,懒方闲,人间路窄酒杯宽。看君不了痴儿事[④],又似风流靖长官[⑤]。

[注释]

①吴子似：铅山县尉吴绍古，稼轩词中屡屡提及。已见前注。秋水：秋水堂，稼轩在铅山时所筑堂名。②美君人物东西晋：钦美吴君标格如东、西两晋之人。晋代士大夫崇尚个性，发言玄远，后人称之为"魏晋风度"。此句赞扬吴县尉有古君子之风。③大小山：王逸《楚辞章句》："《招隐士》者，淮南小山之所作也。昔淮南王安博雅好古，招怀天下俊伟之士。自八公之徒，咸慕其德，而归其仁，各竭才智，著作篇章，分造辞赋，以类相从，故或称小山，或称大山。其义犹《诗》有《小雅》、《大雅》也。"④痴儿事：公家之事。黄庭坚《登快阁》诗："痴儿了却公家事，快阁东西倚晚晴。"⑤靖长官：邓广铭《稼轩词编年笺注》引曾慥《集仙传》说："靖，不知何许人，唐僖宗时为登封令，既而弃官学道，遂仙去，隐其姓而以名显，故世谓之'靖长官'。"

[评析]

这首小词是铅山县尉吴绍古到秋水堂与作者相见时随手而作，故语句虽少，内容却很丰富，首先当然免不了赞美吴县尉，间或也抒发了自己的情怀。上阕很礼貌地表示吴县尉能来到山间，心里非常高兴。秋水堂虽已修成，如果没有知音共赏流水潺潺之音，便觉大有缺憾，这也是人之常情。就是在今天，有人乔迁新居，也很希望亲朋好友前来捧场。随后二句赞扬吴县尉风流蕴藉，有魏晋风度，又善为诗，与作者实为同道之人。下阕首先为自己的"穷"和"懒"大书庆幸，接着话里有话地说到饮酒之乐。"人间路窄酒杯宽"，把作者仕途蹭蹬、无法施展才干的苦闷用轻松的话语表达出来，这与词作的背景十分吻合：本是轻松的相见，何不讲些轻松的话题？如果太过沉重，岂不是扫了人家县尉的雅兴？末句扣住主题，赞美吴县尉既有忧劳民事之心，又有神仙缥缈之性。看得出此时作者内心情绪的调节，已经达到了宁静出尘的状态。

卜算子（夜雨醉瓜庐）

夜雨醉瓜庐，春水行秧马①。点检田间快活人，未有如翁者。　　秃尽兔毫锥②,磨透铜台瓦③。谁伴扬雄作《解嘲》④?乌有先生⑤也。

[注释]

①秧马:古代农具名。《苏轼诗集》卷三八《秧马歌》(并引):"予昔游武昌,见农夫皆骑秧马。以榆枣为腹欲其滑,以楸桐为背欲其轻,腹如小舟,昂其首尾,背如覆瓦,以便两髀,雀跃于泥中,系束藁其首以缚秧。日行千畦,较之伛偻而作者,劳佚相绝矣。"②兔毫锥:兔毛制成的笔。亦泛指毛笔。罗隐《寄虔州薛大夫》诗:"会得窥成绩,幽窗染兔毫。"称兔毫笔为"锥",盖因笔锋如锥之尖。③铜台瓦:铜雀瓦砚。亦泛指砚台。《容斋续笔》卷一二:"相州,古邺都,魏太祖铜雀台在其处,今遗址仿佛尚存。瓦绝大,艾城王文叔得其一,以为砚,饷黄鲁直,东坡所为作铭者也。"④扬雄作《解嘲》:《文选》卷四十五扬雄《解嘲》序:"哀帝时,丁、傅、董贤用事,诸附离之者,起家至二千石。时雄方草创《太玄》,有以自守,泊如也。人有嘲雄以玄之尚白,雄解之,号曰《解嘲》。"⑤乌有先生:司马相如《子虚赋》中虚构的人物。《文选》卷七《子虚赋》李善注解说:"乌有先生,乌有此事也。"

[评析]

此词是作者在瓢泉所作《漫兴三首》中的第一首。本书前面所选《卜算子·千古李将军》为第三首。词的基调比较轻快,特别是上阕,写自己既种瓜又栽秧,瓜田里喝点小酒,醉了便睡在田里;用秧马播种,其乐无穷,算来此时最快活的人,没有能超过稼轩翁的了。读这样的文字,真让人为他高兴。下阕大谈读书无用,不若耕田种瓜来得快乐。这首词在稼轩闲居词里,算是少有的轻松愉悦之作,可以看出,作者在官场烦扰解脱之后,真的有过抛却功名的轻松。不管他心里还有没有纠结和压抑,反正此词中没有表现出来,那就让我们陪他愉悦吧,哪怕只是一时也好。

沁园春（答余叔良①）

我试评君，君定何如，玉川②似之。记李花初发，乘云共语，梅花开后，对月相思。白发重来，画桥一望，秋水长天孤鹜飞③。同吟处，看佩摇明月，衣卷青霓④。　　相君高节崔嵬⑤。是此处耕岩与钓溪。被西风吹尽，村箫社鼓⑥，青山留得，松盖云旗⑦。吊古愁浓，怀人日暮，一片心从天外归。新词好，似凄凉楚些⑧，字字堪题。

[注释]

①余叔良：稼轩在铅山时与之往来的友人，具体事迹不详。②玉川：唐代诗人卢仝。《唐才子传》卷五："卢仝，范阳人。初隐少室山，号玉川子。家甚贫，惟图书堆积。后卜居洛城，破屋数间而已。一奴，长须，不裹头；一婢，赤脚，老无齿。终日苦哦，邻僧送米。朝廷知其清介之节，凡两备礼征为谏议大夫，不起。时韩愈为河南令，爱其操，敬待之。尝为恶少所恐，诉于愈，方为申理，仝复虑盗憎主人，愿罢之，愈益服其度量。元和间，月蚀，仝赋诗，意讥切当时逆党，愈极称工，余人稍恨之。时王涯秉政，胥怨于人。及祸起，仝偶与诸客会食涯书馆中，因留宿，吏卒掩捕，仝曰：'我卢山人也，于众无怨，何罪之有？'吏曰：'既云山人，来宰相宅，容非罪乎？'苍忙不能自理，竟同甘露之祸。"③秋水长天孤鹜飞：王勃《滕王阁序》："落霞与孤鹜齐飞，秋水共长天一色。"④青霓：本指虹霓，亦代指道家服装。李贺《绿章封事》诗："青霓扣额呼宫神，鸿龙玉狗开天门。"王琦汇解说："青霓，谓道士所服之衣。"⑤相君：看君。高节崔嵬：谓有高山般的气节。⑥村箫社鼓：村社中的箫鼓。社，古代乡镇里祭祀土地神的庙，亦称庙社。每年立春后的第五个戊日和立秋后的第五个戊日，村里人都到庙社前祭祀庆贺，有箫鼓之乐，故云。⑦松盖：松树的树冠。云旗：高耸入云的旗。此处亦指松树耸入云天。⑧凄凉楚些：带有凄凉情绪的楚辞。《楚辞》宋玉《招魂》里大量使用俗语

"些"字,故称"楚些"。

[评析]

这真是一首"凄凉楚些"词。作者所答的这位余叔良,虽然我们无法知晓他的事迹,但有一点可以肯定,那就是此人必是个落拓终生的才子。上阕一句"玉川似之",便可想见此人才气横溢,心地善良,但一生蹉跎,没有任何世俗所谓的建树。作者与此人有旧,此前曾几次相交,所以作者回忆说:李花初发的春天,梅花开放的冬季,都曾乘云对月促膝畅谈。如今再见,头发竟然又白了很多!下阕赞扬余叔良志节高尚,文辞优美,逐字逐句皆可圈可点。此词写于闲居铅山时,从词中的叙述,可知余叔良是从远地前来看望稼轩,而后离开铅山的。出于"同是天涯沦落人"的同情和怀才不遇的相似遭际,作者对余叔良给予了极大的同情和安慰。自古及今,怀才不遇的读书人比比皆是,他们之间也大多惺惺相惜,除了精神上的抚慰之外,拿不出更好的办法。然而恰恰是这种精神上的赠与,才更会使受赠者感到生命的价值和分量。"士不遇"是非常古老的话题,这首词无非是通过稼轩的笔重新演绎了一遍而已。

水调歌头(送杨民瞻①)

日月如磨蚁②,万事且浮休③。君看檐外江水,滚滚自东流。风雨瓢泉夜半,花草雪楼春到,老子已菟裘④。岁晚问无恙,归计橘千头⑤。　梦连环⑥,歌弹铗⑦,赋登楼⑧。黄鸡白酒⑨,君去村社一番秋。长剑倚天⑩谁问,夷甫诸人⑪堪笑,西北有神州⑫。此事君自了,千古一扁舟。

[注释]

①杨民瞻:孝宗淳熙中居于上饶的人,事迹无考。或是与范廓之等同与

稼轩交游的读书人。②日月如磨蚁：谓日月的运行好像在磨上爬行的蚂蚁。《晋书·天文志上》："《周髀》家云：天圆如张盖，地方如棋局。天旁转如推磨而左行，日月右行，随天左转，故日月实东行，而天牵之以西没。譬之于蚁行磨石之上，磨左旋而蚁右去，磨疾而蚁迟，故不得不随磨以左回焉。"③浮休：谓人生短暂，世情无常。《庄子·刻意》："其生若浮，其死若休。"成玄英疏解说："夫圣人动静无心，死生一贯。故其生也，如浮沤之蹔起，变化俄然；其死也，若疲劳休息，曾无系恋也。"④菟裘：隐居。菟裘本地名，在今山东泗水。《左传·隐公十一年》："羽父请杀桓公，以求大宰。公曰：'为其少故也，吾将授之矣。'使营菟裘，吾将老焉。"⑤橘千头：《三国志·吴志·孙休传》："丹阳太守李衡。"裴松之注引习凿齿《襄阳记》云："（李衡）于武陵龙阳泛洲上作宅，种甘橘千株。临死，敕儿曰：'汝母恶我治家，故穷如是。然吾州里有千头木奴，不责汝衣食，岁上一匹绢，亦可足用耳。'"⑥梦连环：谓无所事事，梦见自解连环打发时光。连环，游戏用具，即今所谓"九连环"。韩愈《送张道士》诗："昨宵梦倚门，手取连环持。"⑦歌弹铗：用《战国策·齐策》冯谖弹铗的典故。见前《满江红·汉水东流》注⑧。⑧赋登楼：用汉末王粲作《登楼赋》的典故。《文选》王粲《登楼赋》："登兹楼以四望兮，聊暇日以销忧。……虽信美而非吾土兮，曾何足以少留？"⑨黄鸡白酒：李白《南陵别儿童入京》诗："白酒新熟山中归，黄鸡啄黍秋正肥。呼童烹鸡酌白酒，儿女嬉笑牵人衣。"⑩长剑倚天：唐杨巨源《述旧纪勋寄太原李光颜侍中》诗："倚天长剑截云孤，报国纵横见丈夫。"⑪夷甫诸人：指东晋王衍等人只顾谈玄，不顾北方沦丧。见前《水龙吟·为韩南涧尚书甲辰岁寿》注⑥。⑫西北有神州：此言作者希望杨民瞻无论何时何地，都不要忘记北方沦丧的神州大地。刘克庄《玉楼春·戏林推》词："男儿西北有神州，莫滴水西桥畔泪。"

[评析]

这是一首送行词，所送的杨民瞻也是一位郁郁不得志的士子，二人志趣相投，所以民瞻到铅山看望稼轩。临行前，稼轩作此词为他送别。词中再次高调批判了王夷甫之流不顾国家倾危而信口雌黄的可耻行径，并明确指出：当此神州陆沉的危难时刻，有良心的士子都必须时时记着：北方沦于敌手的土地还没有收复，任何人不把此事看得唯此为大，都是不能原谅的！词的两阕比较分明，上阕哀叹自己命运不偶，遭到小人暗算，被抛在了上饶铅山，有力无处使，只能隐忍痛苦，虚度岁月。下阕补充说明自己的无聊与无奈，英雄末路，古今一同，谁也没有更好的办法。但他并不希望杨民瞻也学他的模样，好男儿只要得到报国的机会，就应该义无反顾地冲上前去。全词像一首悲歌，既唱出烈士暮年的哀叹，又唱出"风萧萧兮易水寒"的苍凉和对朋友殷切的期待。

洞仙歌（丁卯①八月病中作）

贤愚相去，算其间能几？差以毫厘缪千里②。细思量义利，舜跖③之分，孳孳④者，等是鸡鸣而起。　味甘终易坏，岁晚还知，君子之交淡如水⑤。一饷聚飞蚊，其响如雷⑥，深自觉、昨非今是⑦。羡安乐窝中泰和汤⑧，更剧饮⑨，无过半醺⑩而已。

[注释]

①丁卯：宋宁宗开禧三年，公元1207年。本年作者在铅山闲居。②差以毫厘缪千里：此句连上读，意谓贤者与愚者相较，其间相差无几，往往是差之毫厘，去之千里。《史记·太史公自序》："失之毫厘，差以千里。"③舜跖：虞舜和盗跖。舜是上古圣贤，跖是上古大盗。参下注。④孳（zī）孳：勤勉不懈。《孟子·尽心上》："鸡鸣而起，孳孳为善者，舜之徒也。鸡鸣而起，孳孳为利者，跖之徒也。欲知舜与跖之分，无他，利与善之间也。"⑤君子之交淡如水：《礼记·表记》："君子之接如水，小人之接如醴；君子淡以成，小人甘以坏。"孔颖达疏解说："君子之接如水者，言君子相接，不用虚言，如两水相交，寻合而已。小人之接如醴者，小人以虚辞相饰，如似酒醴相合，必致败坏。君子淡以成，小人甘以坏者，水相合为江河，酒醴相合而久乃败坏也。"⑥其响如雷：谓蚊群飞时所发出的巨大声音像雷声一般响。《汉书·中山靖王

刘胜传》："众煦漂山，聚蚊成靁。"颜师古注解说："蚊，古蚊字；靁，古雷字。言众蚊飞声有若雷也。"⑦昨非今是：陶渊明《归去来兮辞》："实迷途其未远，觉今是而昨非。"⑧安乐窝：北宋处士邵雍在洛阳的居所名。《宋史·邵雍传》："富弼、司马光、吕公著诸贤退居洛中，雅敬雍，恒相从游，为市园宅。雍岁时耕稼，仅给衣食。名其居曰'安乐窝'，因自号安乐先生。旦则焚香燕坐，晡时酌酒三四瓯，微醺即止，常不及醉也，兴至辄哦诗自咏。春、秋时出游城中，风雨常不出，出则乘小车，一人挽之，惟意所适。"泰和汤：又作"太和汤"。即酒。邵雍《无名公传》："生喜饮酒，尝命之曰'太和汤'。"邵雍《林下五吟》诗之一："安乐窝深初起后，太和汤酽半醺时。"⑨剧饮：痛饮。《三国志·魏志·华歆传》："（孙）策以其长者，待以上宾之礼。"裴松之注引华峤《谱叙》云："歆能剧饮，至石余不乱。"⑩半醺(xūn)：半醉。

[评析]

这首词的上阕写对人生的困惑：何谓贤人？何谓愚人？想来想去，其区别往往就在毫厘之间。但作者又深知，这个所谓"差以毫厘缪千里"，只是表面现象，究其根底，还是孟子说到了点子上：虽然看起来都是孜孜而行，然贤者孜孜为善，愚者孜孜为恶；贤者为义，愚者为利——这才是判定贤愚的分水岭和试金石。作者发此感慨，是针对当时朝廷不辨贤愚，愚者如鱼得水，贤者反遭摈弃；愚者为了一己之私可以盘踞高位，贤者却只能隐遁山林以诗酒自娱。其实这还是文人们写了几千年的君子与小人之别。这种感叹带有很大的普遍性，任何朝代里，都有很多君子被小人排挤陷害，甚至丢了性命，也不稀奇。这究竟是为什么呢？如果按照现代科学中的基因理论解释，这世界上原本就有一部分人，天生就具有"恶"的基因，而且是任何说教都无法改变的。这些人的能量非常大，他们可以无所不用其极地窥伺君子的言行举止，伺机将君子置于死地。稼轩那个时候虽然没有基因研究，但他也已经悟出了这个道理，他知道，君子永远缠不过小人，你要想避开小人的纠缠和陷害，只能敬而远之——如此一来，小人们不就如鱼得水了吗？其实不要说稼轩那个时代，就是今天，有多少小人还在扬扬得意而且合理合法、理直气壮地坑害着君子，人们心里都有数。有句话叫"卑鄙是卑鄙者的通行证，仁义是仁义者的墓志铭"。虽然读之令人气短，却是谁也无法改变的规律。下阕叙述更令人扼腕：堂堂君子，如今只能整天喝酒解闷。这里作者想到了北宋处士邵雍的"安乐窝"——如今自己不也身处安乐窝吗？邵雍以饮酒为乐，老子当然也可以以饮酒为乐。不过稼轩毕竟不如邵雍过得逍遥，邵雍根本就不踏入官场半步，专一研究人家的"邵子神数"。稼轩则不同，又不甘心放弃官场，又不能无耻地稳坐官场，所以感叹"昨非今是"。然而对于稼轩来说，如果没有"昨非"的惨痛经历，他能明白"今是"究竟是在哪里吗？

千年调（蔗庵小阁名曰卮言①，作此词以嘲之）

卮酒②向人时，和气③先倾倒。最要然然可可，万事称好④。滑稽⑤坐上，更对鸱夷⑥笑。寒与热，总随人，甘国老⑦。　少年使酒，出口人嫌拗⑧。此个和合⑨道理，近日方晓。学人言语，未曾十分巧。看他们，得人怜，秦吉了⑩。

[注释]

①蔗庵：信州知州郑汝谐的别墅。蔗庵是郑汝谐的号。郑汝谐于孝宗淳熙十一年至十二年间知信州。《宋史翼》卷二十四《郑汝谐传》云："郑汝谐字熙绩，平阳人。操行纯固，言动必谨于礼。博学强记，老不释卷。……绍兴中入太学。"卮言：自然随意之言。《庄子·寓言》："卮言日出，和以天倪。"成玄英疏解说："卮，酒器也。日出，犹日新也。天倪，自然之分也。和，合也。……无心之言，即卮言也。是以不言，言而无系倾仰，乃合于自然之分

也。又解：卮，支也。支离其言，言无的当，故谓之卮言耳。"此处谓郑汝谐所建的阁取名叫"卮言阁"。②卮酒：满卮的酒。《战国策·齐策二》："楚有祠者，赐其舍人卮酒。"③和气：温和之气。《礼记·祭义》："有和气者必有愉色。"④然然可可，万事称好：指无原则地一味讨好。然，亦"可"、"好"之意。《庄子·寓言》："恶乎然？然于然。恶乎不然？不然于不然。恶乎可？可于可。恶乎不可？不可于不可。物固有所然，物固有所可，无物不然，无物不可。非卮言日出，和以天倪，孰得其久？"⑤滑（gǔ）稽：古代酒器。扬雄《酒箴》："鸱夷滑稽，腹大如壶，尽日盛酒，人复借酤。"《太平御览》卷六七一引北魏崔浩《汉记音义》云："滑稽，酒器也。转注吐酒，终日不已，若今之阳燧樽。"⑥鸱夷：亦古代酒器，见上注。司马光《柳溪对雪》诗："鸱夷赊美酒，油壁系轻车。"⑦甘国老：中药甘草的别名。《本草纲目·甘草》释名引甄权曰："诸药中甘草为君，治七十二种乳石毒，解一千二百般草木毒，调和众药有功，故有'国老'之号。"⑧少年使酒，出口人嫌拗（ào）：此乃作者自省之语，意谓自己年轻时喜欢饮酒，酒劲上来时，说出话来，别人便觉得很不顺耳。拗，不顺从。⑨和合：调和，混合。《韩诗外传》卷三："天施地化，阴阳和合。"此处特指一团和气的处事态度。⑩得人怜，秦吉了：意谓最招人喜欢的，莫过于秦吉了。秦吉了，鸟名，也称了哥。产于秦中，故名。李白《自代内赠》诗："安得秦吉了？为人道寸心。"《太平御览》卷九二四引《岭表录异》："容管廉、白州产秦吉了，大约似鹦鹉，嘴脚皆红，两眼后夹脑有黄肉冠。善效人言语。"

[评析]

这首词写得很活泼，起因是信州知州郑汝谐家建了一座小阁叫"卮言阁"。郑氏取此名的本意，无非是要表现他崇尚闲适随意的生活态度。但因为"卮"字又与酒有关系，于是作者借题发挥，偷换概念，将"卮言"故意曲解成"卮酒"与"言谈"。这一曲解不要紧，生发出不少人生的哲理。你看，卮酒在人面前，一定是毕恭毕敬，是哄着人高兴的东西。人喝了酒话就多，怎么说话、说出的话别人爱听不爱听，就成了大问题。此词正是从这点出发，说到当今种种做人、说话的现象：有的人相对饮酒，一团和气，你好我好大家都好,谁也不得罪;有的人则很善于鹦鹉学舌,看着上司的脸色,专找上司爱听的话说。作者却不是如此,总喜欢把自己的想法一吐为快,当然会惹人讨厌。糟糕的是,作者相当长的时间里对此并没有清醒的认识,直到年方老大,才明白别人都喜欢听顺耳的话,可惜想学总是学不好。眼瞅着那些巧言令色之徒步步高升,自己只有"艳羡"的份儿。我们之所以说此词写得很活泼,是因为作者所写的内容,大都是正话反说,让读者从嬉笑怒骂当中领略作者做人的准则。"看他们,得人怜,秦吉了",作者真想学成个"秦吉了"吗?"最要然然可可,万事称好",作者真想做个无原则的和事佬吗?非也。表面上看,作者似乎在对从前不谙世事、使酒拗人的行为进行反省,实则恰恰是认定:做人必须刚正不阿,才算真正的烈丈夫。那些"然然可可"的猥琐之徒,生前得到多少富贵,也不会得到人们的敬重,甚至没人拿他们当人看。遗憾的是,这种人不但充斥于古代,同样充斥于今天。他们不懂得廉耻,不懂得尊严,只要是有利益,他们便会不顾一切地扑过去。北宋神宗时有个叫邓绾的人,明知卖身投靠利益集团会遭到士人的唾骂,还是义无反顾。他的四川同乡因他的无耻都避之唯恐不及,无不唾骂。人家邓绾却得意扬扬地说:"笑骂由他笑骂,好官我自为之。"一个读过圣贤书的人,能无耻到这一步,也真算是登峰造极了。

鹧鸪天(登一丘一壑①偶成)

莫殢春光②花下游,便须准备落花愁。百年雨打风吹却,万事三平二满③休。 将扰扰,付悠悠④,此生于世百无忧。新愁次第相抛舍,要伴春归天尽头。

[注释]

①一丘一壑：稼轩词中屡次提到这个名称，当是作者闲居铅山时居所附近的山谷，作者为它命了此名。②莫殢春光：不要沉迷于春光之中。殢，沉湎。③三平二满：宋元时期俗语，相当于今言"四平八稳"、"平平稳稳"之意。黄庭坚《四休居士诗》序："太医孙居昉字景初，为士大夫发药，多不受谢。自号四休居士。山谷问其说，四休笑曰：'粗茶淡饭饱即休，补破遮寒暖即休，三平二满过即休，不贪不妒老即休。'山谷曰：'此安乐法也。'"宋陈昉《颍川语小》卷下："俗言'三平二满'，盖三遇平、二遇满，皆平稳得过之日。"④将扰扰，付悠悠：谓将那些烦心的事，交付给一丘一壑，悠然自得。

[评析]

这首小词属于闲适解闷之作，虽然没有崇高的立意，却也清新别致。上阕写登上一丘一壑，心境悠然，看着春光中盛开的鲜花，为它们想到了落英时节：万事万物皆有盛衰，故而花开无须沉迷，花谢无须哀叹。下阕说到人世，有欢乐就有烦恼，这是每个人都必须面对的现实。然而聪明者善于把烦恼疏散到天然中去，也就是今天不少人常说的"凡事只往快乐处想"。这是一种生存的技巧，也是一种相当高的境界。如果凡事都与自己过不去，那就等着患忧郁症跳楼卧轨去吧——想不开的人做想不开的事，别人想拦都拦不住。

瑞鹧鸪（胶胶扰扰①几时休）

胶胶扰扰几时休，一出山来不自由。秋水观②中山月夜，停云堂③下菊花秋。　　随缘道理应须会④，过分功名莫强求。先自一身愁不了，那堪愁上更添愁。

[注释]

①胶胶扰扰：纷乱不宁之貌。见前《卜算子·答晋臣，渠有方是闲、真得归二堂》注⑤。②秋水观：作者在铅山闲居时所建的堂室。见前《哨

遍·秋水观》注①。③停云堂：也是作者在铅山闲居时所建的堂室。本书前已屡见。④随缘道理应须会：意谓随缘而行的道理应该学会，不能总和别人唱反调。随缘，顺应机缘。唐张籍《赠道士宜师》诗："自到王城得几年，巴童蜀马共随缘。"此处带有随俗浮沉、不露圭角等意。

[评析]

这首词大约作于宁宗嘉泰三年（1203），作者自铅山被起用，担任绍兴府知府兼浙东安抚使。《会稽续志》卷二守臣题名载："辛弃疾，以朝请大夫、集英殿修撰知（绍兴府）。嘉泰三年六月十一日到任，当年十二月二十八日召赴行在。"按照世俗的看法，一个吃官祠的闲散官员被起用为方面大员，应该对朝廷感激涕零。然而作者的真实心态却是"胶胶扰扰几时休，一出山来不自由"——世俗的喧嚣何时才能终了？在山里待惯了的他，仕途乍起已经无法使他的神经重新兴奋，反而觉得又被朝廷套上了枷锁，远不如在瓢泉看月赏花清闲自在。下阕开篇便是一句调笑之语：既然朝廷又让咱当官了，就必须学学当官"宝鉴"：凡事多顺着别人说，不能"强项"，当今这个俗而又俗的官场，哪里有那么多道理可言？本来也没想在仕途上求什么升迁，但求得过且过吧。人生在世，愁闷已经不少了，何必再无端地愁上添愁？我们可以体会到，作者终日萦心的，仅仅是朝廷何时决定北伐，收复失地，至于官场那些蜗角虚名，根本不在他考虑之内，自然也就无须费心计较，平添烦闷了。

瑞鹧鸪（乙丑奉祠归舟次余干①赋）

江头日日打头风②，憔悴归来邴曼容③。郑贾正应求死鼠④，叶公岂是好真龙⑤？　　孰居无事陪犀首⑥，未办求封遇万松⑦。却笑千年曹孟德，梦中相对也龙钟⑧。

[注释]

①乙丑：宁宗开禧元年（1205）。奉祠归：指作者自隆兴府知府任被授予宫观，离开府治回归上饶。据《宋会要辑稿·职官》载，辛弃疾于本年七月二日罢知隆兴府，与宫观。余干：宋县名，在信州南。《读史方舆纪要》卷八十四："余干县，（信州）府南百二十里。……春秋时为越之西界，所谓干越也。汉为余汗县，属豫章郡。汗，音干。后汉因之。三国吴属鄱阳郡。晋因之。刘宋改汗为干。齐、梁仍旧。隋平陈，县属饶州。唐、宋因之。"②打头风：迎面而来的风，即今言"逆风而行"。唐郑谷《江上阻风》诗："闻道渔家酒初熟，晚来翻喜打头风。"③郍曼容：《汉书·楚两龚传》："（龚）胜、（郍）汉遂归老于乡里。汉兄子曼容亦养志自修，为官不肯过六百石，辄自免去，其名过出于汉。"此处自比于郍曼容，言官职不高，且免去也。④郑贾正应求死鼠：谓朝廷所需未必是真正的人才，而是以他们的标准框定的"人才"。《战国策·秦策三》："郑人谓玉未理者璞，周人谓鼠未腊者朴。周人怀璞过郑贾曰：'欲买朴乎？'郑贾曰：'欲之。'出其朴，视之，乃鼠也。因谢不取。"⑤叶公岂是好真龙：谓朝廷并非真正爱惜人才。刘向《新序·杂事》："叶公子高好龙，钩以写龙，凿以写龙，屋室雕文以写龙，于是天龙闻而下之，窥头于牖，施尾于堂。叶公见之，弃而还走，失其魂魄，五色无主。是叶公非好龙也，好夫似龙而非龙者也。今臣闻君好士，不远千里之外以见君，七日不礼，君非好士也，好夫似士而非士者也。"⑥犀首：战国时魏人，名衍，姓公孙。《史记·陈轸列传》："（楚）使陈轸使于秦。过梁，欲见犀首。犀首谢弗见。轸曰：'吾为事来，公不见轸，轸将行，不得待异日。'犀首见之。陈轸曰：'公何好饮也？'犀首曰：'无事也。'曰：'吾请令公厌事，可乎？'曰：'奈何？'"陪犀首，谓饮酒。⑦未办求封遇万松：不详何意。⑧却笑千年曹孟德，梦中相对也龙钟：意谓千年以前的曹操如果在梦中与之相见，想必也会愁得老态龙钟。

[评析]

此词写于作者被强行授予官祠，令其自省回归铅山途中，其心中的愤懑可想而知。词中反复讲说的一个中心，便是朝廷不识真正的人才——自己并没有任何错谬，竟无端遭此贬退，这与当年的屈原有何区别？上阕第一句用"打头风"开篇，让读者如同吃了一口倒憋气，明白作者心里是多么委屈。果然下句承接的便是"憔悴归来邢曼容"。归来是"憔悴归来"，很显然不属于正常的离任。随后两个典故，意在说明当今主事者大谈人才，完全是叶公好龙，一片虚伪。古往今来，当权者没有一个不是惊呼"人才难得"，然而真有人才脱颖而出时，有几个是真能容下他们的？所以前贤早有卓见：历史上最能人尽其才的时代，都是战乱纷扰的时代，因为那时不用人才，连他自身都无法保住了。而和平时日，则大多尸位素餐，越庸俗的人越能得到当权者的赏识。等到这群硕鼠把王朝掏空了，当权者才又想到"人才"，这几乎是历朝历代不可避免的规律，绝不仅仅是辛弃疾那个时代。不少人说，三国时期的人才都能得到重用，不论是谋臣还是降将。所以作者提到曹孟德，然而老曹如果生在今日，谅他也未必找得到一展雄才的机会。

瑞鹧鸪（京口①有怀山中故人）

期年不赋短长词②，和得渊明数首诗③。君自不归归甚易，今犹未足足何时？　　偷闲定向山中老，此意须教鹤辈知。闻道只今秋水上，故人曾榜《北山移》④。

[注释]

①京口：旧地名，宋代为镇江府，在今江苏镇江。②期（jī）年：周年。此处谓整整一年。不赋短长词：谓没有填词。词又叫长短句，以其句式要求长短不齐，故称。③和得渊明数首诗：谓作了数首与陶渊明诗和韵的诗。陶渊明的诗歌对后世影响甚大，不少失意的士子往往与陶诗唱和，以平衡自己的情绪和心态。比如苏轼贬到岭南后，即以和陶诗为乐，北归后编成《和陶诗集》。④《北山移》：孔稚珪《北山移文》的简称。《文选》卷四十三《北山移文》：

"世有周子,隽俗之士,既文既博,亦玄亦史。然而学遁东鲁,习隐南郭;偶吹草堂,滥巾北岳;诱我松桂,欺我云壑。虽假容于江皋,乃缨情于好爵。……及其鸣驺入谷,鹤书赴陇。形驰魄散,志变神动。尔乃眉轩席次,袂耸筵上;焚芰制而裂荷衣,抗尘容而走俗状。风云凄其带愤,石泉咽而下怆。望林峦而有失,顾草木而如丧。至其纽金章,绾墨绶。跨属城之雄,冠百里之首,张英风于海甸,驰妙誉于浙右。……蕙帐空兮夜鹄怨,山人去兮晓猿惊。昔闻投簪逸海岸,今见解兰缚尘缨。于是南岳献嘲,北垄腾笑,列壑争讥,攒峰竦诮。慨游子之我欺,悲无人以赴吊。"此句意谓要做隐士就要做真隐士,不要像周颙那样欺骗世人。

[评析]

这首词作于宁宗开禧元年(1205),当时作者在镇江。词中说"期年不赋短长词",恐怕与事实不符,因为他的很多名篇如"何处望神州,满眼风光北固楼"、"千古江山、英雄无觅,孙仲谋处"等,都是这一时期作的。之所以这样讲,大约是为了突出近来作了数首"和陶诗",强调归隐之心的迫切,以及对铅山故友思念的深沉。全词以一种自嘲的笔触表达归隐之愿,避免了平铺直叙,读来令人感到作者也是有血有肉的人而不是神,既有崇高傲岸的伟人风范,又有世俗凡夫的惶惑、迟疑等卑俗之心。这种内心的斗争或者说是矛盾,集中表现在上、下两阕的后两句。上阕说:"君自不归归甚易,今犹未足足何时?"翻译过来即是:你还不是非要归隐罢了,至今还贪恋官场,究竟什么时候才彻底回归?显然是在批判甚至嘲笑自己在仕与归两者之间迟疑不定,缺乏大丈夫的决断。下阕说"闻道只今秋水上,故人曾榜《北山移》",更是赤裸裸地暴露自己的卑微心理:恋着这个官位,引得秋水边的故人都想写篇《北山移文》寒碜你了!尽管作者对自身进行了无情的揭露和批判,我们读来却能给以深深的理解:作者所贪恋的,不是荣华也不是富贵,而是可能出现的抗金契机。如果不是为了这个念想儿,他早就彻底归隐,摆脱令他厌倦的仕途官场了。

瑞鹧鸪（期思①溪上日千回）

期思溪上日千回，樟木桥边酒数杯。人影不随流水去，醉颜重带少年来②。　　疏蝉响涩林逾静，冷蝶飞轻菊半开。不是长卿终慢世③，只缘多病又非才④。

[注释]

①期思：本奇师村，在上饶铅山。此村后来被作者改名为"期思"。②醉颜重带少年来：人饮酒后面色发红，如同少年颜面，故云。③长卿终慢世：长卿，西汉司马相如的字。慢世，谓傲世，玩世不恭。《世说新语·品藻》："王子猷、子敬兄弟共赏《高士传》人及赞。子敬赏井丹高洁，子猷云：'未若长卿慢世。'"刘孝标注引嵇康《高士传·司马相如赞》："长卿慢世，越礼自放。"④多病又非才：苏轼《乔太博见和复次韵答之》诗："非才更多病，二事可并案。"

[评析]

这首小词属闲适之作。作者隐居瓢泉，百无聊赖，沿着期思小溪来来往往一日走千回，还不时在溪边桥下饮上几杯，于是生出一些闲愁。作者很善于描摹人物的神态，"人影不随流水去，醉颜重带少年来"二句，把作者久久伫立溪边低头下看的情态写得十分传神，溪水不住地流淌，倒映在水中的人影却不随水动，细细看时，竟发现这个老者面色红润，仿佛少年。这种写法不仅意趣横生，还能把作者努力打发光阴的灰懒心态显现出来，可谓形神兼备。下阕大发傲世之言，声称不是我故意偷懒在这里虚度光阴，实在是前面的光阴已经虚度，如今老迈之躯，既无经邦之才，又拖一身疾病，纵然有心出山，也出不去了。词中不乏牢骚，但心境平和，颇有未出尘而欲出尘的坦然。

朝中措（为人寿）

年年黄菊滟秋风①，更有拒霜②红。黄似旧时宫额③，红如此日芳容④。　青青未老，尊前要看，儿辈平戎⑤。试酿西江为寿⑥，西江绿水无穷。

[注释]

①黄菊滟（yàn）秋风：意谓金黄色的菊花在秋风中摇曳。滟，本指水浮动之貌。《文选》木华《海赋》："浟湙潋滟，浮天无岸。"李善注解说："潋滟，相连之貌。"②拒霜：花名，即木芙蓉。冬凋夏茂，仲秋开花，耐寒不落，故名。宋祁《益部方物略记》："添色拒霜花，生彭、汉、蜀州，花常多叶，始开白色，明日稍红，又明日则若桃花然。"③黄似旧时宫额：谓菊花的金黄色好像旧时在宫廷为官时门前的金色匾额。宋代翰林院等近侍部门设在宫廷之内。据此可知，此人曾任近侍之臣。④红如此日芳容：谓拒霜花的红色，好像老者今天的容颜。⑤儿辈平戎：《世说新语·雅量》："谢公与人围棋，俄而谢玄淮上信至，看书竟，默然无言，徐向局。客问淮上利害，答曰：'小儿辈大破贼。'意色举止，不异于常。"⑥试酿西江为寿：谓将西江之水皆酿为酒以老者祝寿。西江，江西境内的江流名，又名章江。《读史方舆纪要》卷八十八："赣水在（南昌）府城北。其上源为章、贡二水。贡水一名东江，源出福建长汀县新路岭，西经瑞金、会昌及雩都县境，南北支川悉汇入焉。又西至府城东，环城而北，会于章水。章水一名西江，源出南安府聂都山，自宜章县东流，经崇义、大庾县及南康县境，亦会支川而东达府城西，环城而北，会于贡水。自此名赣水。"

[评析]

这是一首祝寿词。因不知其写作年代，故而不知是为谁祝寿。通常情况下，这类词都是些套话，很少会有出彩之处，这是题材决定的。此词写得却很尖巧，开篇便觉与其他同类词迥然不同：作者选取了两种花,菊花喻老者当年官衙前的黄金匾额,"拒霜"喻老者如今红润的面容。这两个比喻,不但让做寿者心花怒放,读者读来也会觉得这个"别出心裁"出得有新意。下阕一句"尊前要看,儿辈平戎",将当时国尚残破、敌尚骄横的现状展现出来,让所有人都不要忘记国耻,不要忘记国难。作者选取东晋谢安与人围棋、谢玄等击败苻坚于淝水的辉煌战例,在为老者祝寿时,将这片爱国之情同时倾出,且安排十分巧妙,丝毫不觉生硬,这就使一般性的应酬文字注入了不一般的情愫,从而使这篇寿词有了大幅的升华。

浣溪沙(父老争言雨水匀)

父老争言雨水匀,眉头不似去年颦。殷勤谢却甑中尘①。啼鸟有时能劝客,小桃无赖已撩人②。梨花也作白头新③。

[注释]

①殷勤:赶忙,连忙。谢却甑(zèng)中尘:擦去甑上的灰尘。表示又可以炊饭而食了。甑,传统蒸食炊器,其底有孔,古用陶制,殷周时代以青铜制,后多用木制。俗叫甑子。《周礼·考工记·陶人》:"陶人为甑,实二鬴,厚半寸,唇寸,七穿。"今陕西有一种食品叫甑糕,即以此具炊成。②无赖:带有童趣的可爱。撩人:撩拨引逗人的心性。指受到人们由衷的喜爱。③白头新:《史记·邹阳列传》:"白头如新,倾盖如故。"司马贞索隐云:"人不相知,自初交至白头,犹如新也。"此处以梨花喻人之白头。

[评析]

此词或作于宁宗庆元六年(1200),当时作者还在上饶铅山闲居,所写也正是当地百姓的普通生活。大约去年此地遇到旱灾,收成不佳,以致百姓很长时间揭不开锅。如今好了,风调雨顺,五谷丰登，辛苦一年的农民终于露出了笑脸。作者虽然不属于农民阶层，但长期与他们生活在一起，情感已经非常贴近，看到农民今年果腹无忧，他也由衷地想说几句庆贺的话。上阕实写，叙述去年与今年不同的年成，以及百姓不同的心情。下阕赋予景物以人的感情，说啼鸟有时候很懂得开解人，初开的桃花十分艳丽，已有撩人之姿，雪白的梨花也争相怒放，宛如人的白头。这些描绘，注入了作者内心的欣快和对农民的祝福，语调轻快，甚至带些俏皮。这首词代表了辛弃疾乡野词的特色，可与"白发谁家翁媪"相媲美。

霜天晓角（赤壁①）

雪堂迁客②，不得文章力③。赋写曹刘兴废④，千古事、泯陈迹。　　望中矶岸赤⑤，直下江涛白⑥。半夜一声长啸，悲天地、为予窄⑦。

[注释]

①赤壁：此处指北宋文豪苏轼作《赤壁赋》的湖北黄州赤壁。《苕溪渔隐丛话》后集卷二十八："东坡云：黄州西山麓，斗入江中，石色如丹，传云曹公败处，所谓赤壁者。或曰非也，曹公败归由华容路，路多泥泞，使老弱先行践之而过，曰：'刘备智过人，而见事迟，华容夹道皆葭苇，若使纵火，吾无遗类矣。'今赤壁少西，对岸即华容镇，庶几是也。然岳州复有华容县，竟不知孰是。"顾祖禹《读史方舆纪要》卷七六辨正云："赤壁山，（嘉鱼）县西七十里。《元和志》：'山在蒲圻县西一百二十里。'时未置嘉鱼也。其北岸相对者为乌林，即周瑜焚曹操船处。《武昌志》：'操自江陵追备，至巴丘，遂至赤壁，遇周瑜兵，大败，取华容道归。'《图经》云：'赤壁，在嘉鱼县。苏轼指黄州赤鼻山为赤壁，误矣。时刘备据樊口，进兵逆操，遇于赤壁，则赤壁当在樊口之上。又赤壁初战，操军不利，引次江北，则赤壁当在江南也。操诗曰：西望夏口，东望武昌。此地是矣。今江汉间言赤壁者有五，汉阳、汉川、

黄州、嘉鱼、江夏也。当以嘉鱼之赤壁为据。'"关于赤壁究竟在何处，历来争论颇多。作者此词无意弄清此事，仅就东坡《赤壁赋》而发感慨而已。②雪堂迁客：神宗元丰二年，湖州知州苏轼受人诬陷被捕。当年底，责授黄州团练副使。东坡在黄州筑雪堂，故称其为雪堂迁客。王宗稷《东坡先生年谱》："元丰五年壬戌，先生年四十七，在黄州，寓居临皋亭，就东坡筑雪堂，自号东坡居士。以《东坡图》考之，自黄州门南至雪堂四百三十步。《雪堂问》云：'苏子得废圃于东坡之胁，号其正曰雪堂。以大雪中为之，因绘雪于四壁之间，无容隙。'其名盖起于此先生自书'东坡雪堂'四字以榜之。试以《东坡图》考雪堂之景，堂之前则有细柳，前有浚井，西有微泉。堂之下则有大冶长老桃花茶、巢元修菜、何氏丛橘，种秔稌，蒔枣栗，有松期为可斲，种麦以为奇事。作陂塘，植黄桑，皆足以供先生之岁用，而为雪堂之胜景云耳。"③不得文章力：意谓苏轼没有借助文章之力得到升迁。苏轼嘉祐二年中进士第，嘉祐六年中制科，入第三等（这是北宋开国以来最高的等级）。英宗治平二年，召试秘阁，又入第三等。按理说像他这样的人才，早该飞黄腾达，但因他反对新法，长期遭到贬谪。④赋写曹刘兴废：谓苏轼用赋的形式抒写三国曹操、刘备、孙权间的兴衰。⑤望中矶岸赤：遥望赤壁矶，仿佛真的有赤红之色。⑥直下江涛白：奔涌下泻的江涛泛起堆堆白雪。此句取苏轼《念奴娇·赤壁怀古》词"乱石穿空，惊涛拍岸，卷起千堆雪"之句演化而成。⑦悲天地、为予窄：此句连上读，意谓隔岸长啸一声，顿感天地都为东坡之赋变得狭窄可怜。

[评析]

这是一首吊古词，远吊三国纷争的峥嵘岁月，近吊名臣苏轼无端遭贬，来到这块曾经发生过经典战役的土地，而其主要笔墨，几乎都放在了苏轼身上。在作者心目中，苏轼是真正意义上的忠臣，因为得罪群小，被贬谪长达五年之久，苏轼的遭遇，在作者身上也能找到一些影子：想当年南来，不就是想为朝廷献策，为光复祖国献身吗？为什么耿耿忠心，反遭小人嫉恨而被朝廷闲置呢？在中国历史上，一腔热血为国为民的义士，遭到邪佞小人排斥甚至残害的比比皆是，从战国时的屈原，到汉朝的贾谊，再到本朝的苏轼，哪一个不是如此？苏轼感慨三国周郎赤壁，是因为周瑜能充分展示才干，为其主建功立业。感慨曹刘，是因为曹刘皆能行己之心，不枉大丈夫一世，不论成败。辛弃疾感慨苏轼在赤壁闲居，则是出于惺惺相惜的烈士之心，以及对人妖颠倒、是非混淆的极度无奈。全词显得非常压抑，字字句句透出对英雄末路、小人横行的愤恨。词的最末一句颇耐人寻味：发赤壁之幽情，何以联系到"悲天地、为予窄"？没有别的解释，我们只能理解为：英雄一啸，声彻寰宇，天与地装不下这份浩然之气！此词可能作于作者任湖北提点刑狱时，当时驻于武昌，与黄州仅一江之隔，故可望见当年东坡遗迹。王兆鹏说及词中"望中矶岸赤"时称："辛稼轩好像没有到过赤壁，词中写的是'望中矶岸赤'，好像是在江的对岸遥望着，或许这'望'是想象出来的。"（长江文艺出版社《宋词鉴赏》，2009 年 10 月出版）此说恐不切。稼轩治所在武昌，遥望对岸在情理之中，这"望"无疑是实写，而不是在发挥想象。

水调歌头（和马叔度游月波楼①）

　　客子久不到，好景为君留。西楼著意②吟赏，何必问更筹③？唤起一天明月，照我满怀冰雪④，浩荡百川流。鲸饮⑤未吞海，剑气已横秋⑥。　　野光浮，天宇迥，物华⑦幽。中州遗恨⑧，不知今夜几人愁。谁念英雄老矣，不道功名蕞尔⑨，决策尚悠悠⑩。此事费分说，来日且扶头⑪。

[注释]

①马叔度：不详。月波楼：亦不详在何处。②西楼：即月波楼。著意：着意，留意。③问更筹：询问什么时候了。更筹，古代夜间报更用的计时竹签。宋欧阳澈《小重山》词："无眠久，通夕数更筹。"④照我满怀冰雪：意

谓满天明月照在怀里，宛如洁白的冰雪。⑤鲸饮：像鲸鱼吸海那样饮酒，即纵情豪饮。宋姚述尧《冬日赏菊次前韵》词："鲸饮方豪，龙吟未已。"⑥横秋：充塞于秋天的空中。孔稚圭《北山移文》："风情张日，霜气横秋。"⑦物华：自然界的景物。柳永《八声甘州》词："是处红衰翠减，苒苒物华休。"⑧中州遗恨：中原沦丧的遗恨。古称以汴京为中心的中原地区为中州。⑨蕞尔：谓很小。《左传·昭公七年》："郑虽无腆，抑谚曰'蕞尔国'。"杜预注："蕞，小貌。"⑩决策尚悠悠：指朝廷抗金的大计至今还没有定下来。悠悠，遥远之貌。⑪扶头：指饮酒。唐姚合《答友人招游》诗："赌棋招敌手，沽酒自扶头。"

[评析]

这首词写于何时何地，今已无考，根据副题和词中的叙述，当是作者的熟人马叔度到作者所在之地公干，与之同游月波楼饮酒所赋。上阕起首言"客子久不到，好景为君留"，可知马叔度很久没有与作者相见。好不容易见了面，何必急着回去？就算我不留你，这江山美景也在留你。据上阕末句，知此时当在金秋季节。下阕由秋将尽冬将至，隐晦地表达了时不我待、渴望尽早有所作为的焦虑心情，自然而然地说到中原板荡，恢复无期。"中州遗恨，不知今夜几人愁"两句，与"遗民泪尽胡尘里，南望王师又一年"的名句异曲同工，表达了作者内心时刻奔涌的爱国热情。这首词大胆地批评了朝廷在战与和的决策上迟疑不定。"此事费分说，来日且扶头"，又传达出作者对这种现状的万般无奈。

图书在版编目(CIP)数据

辛弃疾词选/(宋)辛弃疾著;李之亮注评.—郑州：中州古籍出版社,2011.10(2019.5重印)
(国学经典)
ISBN 978-7-5348-3694-7

Ⅰ.①辛… Ⅱ.①辛…②李… Ⅲ.①宋词—选集 Ⅳ.①I222.844

中国版本图书馆 CIP 数据核字(2011)第 213315 号

出版社：中州古籍出版社
　　　　(地址：郑州市郑东新区金水东路 39 号 C1 座　邮政编码：450016)
发行单位：新华书店
承印单位：河南大美印刷有限公司
开本：640mm×960mm　1/16　　印张：16.25
字数：210 千字　　　　　　　　印数：18 001－22 000 册
版次：2011 年 10 月第 1 版　　　印次：2019 年 5 月第 6 次印刷

定价：24.00 元

本书如有印装质量问题，由承印厂负责调换。